DERROTA AL
corazón

EMMA WEIMANN

AGRADECIMIENTOS

Fue difícil saber que el proyecto que comenzó hace años como un cuento se convertiría en dos cuentos para terminar siendo una novela. Definitivamente, esas dos chicas han recorrido un largo camino y han ocupado un lugar especial en mi corazón.

No podría haber imaginado la historia de Sam y Gillian sin la ayuda de algunas mujeres grandiosas. En primer lugar, le quiero agradecer a Cheri por su tiempo y su crítica constructiva. Ella me alentó cuando lo necesitaba y me pateó el trasero cuando me lo merecía. ¡Gracias!

Gracias Henrietta, Erin y Blu por hacer tiempo en sus agendas ocupadas y leer mi historia. Y, por último, aunque no menos importante, un gran agradecimiento a mi esposa, Daniela, que no solo compartió su experiencia como cuidadora de animales, sino que también decidió compartir su vida conmigo.

CAPÍTULO 1

–Pero eres una mujer.

Ese sujeto era uno de los gerentes de la construcción más repulsivo que Sam había conocido en su vida. Se separó la camiseta gris del cuerpo y bajó la mirada hacia el sostén.

–Sí, lo soy. Definitivamente, una mujer. –Volvió a elevar la mirada e ignoró la forma en que el señor Hayes tensó la mandíbula–. Vengo a pintar el apartamento de los Wallace.

El sujeto clavó la mirada en el calendario.

–Pero me dijeron que le habían encargado el trabajo a un Sam Freedman.

Sam reprimió las ganas de golpearlo con los altoparlantes llenos de polvo que había sobre el escritorio.

–Sam es el diminutivo de Samantha. Y esa soy yo. Ya se lo expliqué dos veces. ¿Por qué no llama a los Wallace y simplemente les pregunta?

Reprimió las ganas de gemir. ¿Cómo era posible que un sujeto como ese obtuviera empleo en uno de esos lujosos complejos de apartamentos?

Él revisó la agenda sobre el escritorio.

–No puedo. Están de vacaciones. –Frunció el ceño y contempló la pintura, los pinceles y la escalera que ella había llevado–. De acuerdo. Te llevaré al apartamento. Pero iré a controlarte de vez en cuando. Para que lo sepas. –Al terminar, dejó la sala.

Claro. Patán. ¿Acaso pensaba que iba a robar aire de un apartamento vacío? Con un gesto negativo de la cabeza, Sam recogió la mayor cantidad de cosas que podía cargar. Las manijas de los baldes se le clavaron en los dedos. Tendría que regresar por la escalera.

El señor Hayes se quedó de pie en el pasillo, con los brazos en jarra y un ceño tan fruncido que haría llorar a los niños.

–El elevador de servicio no funciona. Debemos tomar el otro. Intenta pasar lo más desapercibida posible.

Mientras lo seguía por el vestíbulo de cielo raso alto, Sam intentó ser silenciosa. Ese edificio emanaba una atmósfera de iglesia, construido para impresionar y presumir ante los visitantes. Ciertamente lo había logrado con ella.

Pasaron por una fuente rebosante con escalones acuáticos de pizarra. Sam no quería ni adivinar cuánto había costado eso. Milagrosamente se las arregló para meter todas sus cosas en el elevador vidriado; los baldes se plantaron con firmeza entre ella y el señor Hayes, quien le clavó la mirada al tiempo que entrecerraba los ojos.

Los segundos parecieron horas. Finalmente, el elevador repicó.

–Llegamos. –Con desdén, la observó luchar para sacar los materiales del elevador.

Sam colocó los baldes en el piso. El pasillo estaba vacío.

–¿Qué número es?

–El apartamento siete –escupió el señor Hayes a sus espaldas–. Al fondo del pasillo, la última puerta a la derecha.

Antes de que Sam pudiera responder, se abrió la puerta a su izquierda. Una mujer con cabello largo y oscuro, vestida con un traje pantalón de un rojo intenso apareció en el umbral.

–Gillian, cariño –gritó hacia el apartamento–. Apresúrate. –Se volvió hacia el señor Hayes–. Detenga el elevador, ¿sí?

–Por supuesto, señora. –Casi se tropieza y cae para asegurarse de presionar el botón del elevador a tiempo.

Sam apenas se contuvo de poner los ojos en blanco. El mismo hombre que no había pensado dos veces dejarle hacer todo el trabajo de carga ahora prácticamente se desvivía para asegurarse de que las puertas del elevador permanecieran abiertas para la *femme fatale*. Siempre lo mismo. Cuando una mujer tenía pechos del tamaño de melones, cintura de avispa y cerebro de pajarito, los hombres se volvían locos. Sam sonrió. Bueno, por otro lado... le echó una mirada a la mujer en traje pantalón. *De verdad tiene buenos pechos.*

Una segunda mujer salió del apartamento y cerró la puerta a sus espaldas.

—De acuerdo. Estoy lista. —Le echó una mirada a Sam antes de bajar la vista y dirigirse hacia el elevador.

Sí, así se deben sentir los insectos cuando los observa una mantis con ojos verdes.

—Cielos, esas dos estaban buenas. —El señor Hayes casi se estaba babeando sobre la camisa.

Este sujeto realmente es un cliché andante. Sam cruzó los brazos sobre el pecho.

—¿Tiene las llaves del apartamento?

—Sí, sí, vamos. —Se alejó y la dejó cargando todo de nuevo.

Qué patán. Esperaba que la dejara sola tan pronto como estuviera instalada con todas sus cosas. Pero primero, probablemente le diría exactamente cómo debía haber su trabajo.

Sam se sentó en el suelo y apoyó su espalda protestante contra la pared. Esa noche requería una ducha larga y caliente. Y una cerveza fría. Y una pizza.

Satisfecha, miró las paredes con pintura blanca todavía fresca. Por mucho que le doliera la espalda luego de ocho horas de pintura, había hecho un buen trabajo. Las dos habitaciones más pequeñas estaban terminadas. Quedaba la habitación grande, lo que significaba un día más de trabajo razonable y bien pago. Los dueños del apartamento habían estado tan contentos con su disponibilidad para comenzar de inmediato que ni siquiera intentaron debatir su tarifa por hora. Eso había sido una sorpresa agradable. A menudo, las personas adineradas resultaban ser los clientes más molestos.

Fue afortunada de que los dueños del apartamento fueran parientes de una de sus clientas más antiguas y agradables. La vieja señora Henderson probablemente había hablado bien de ella y se había encargado de las negociaciones del pago. Y Sam estaba de acuerdo con eso.

Abrió la botella de agua y bebió un sorbo. Trabajar en un edificio como ese era inusual para ella. A menudo eran propiedad de profesionales con sueldos altos y trabajos que demandaban que se quedaran a pasar la noche en la ciudad mientras sus deslumbrantes familias felices vivían sus deslumbrantes vidas felices en una casa no tan pequeña en las afueras. Su opinión sobre eso era: trabajos aburridos, vecindarios aburridos, vidas aburridas y más dinero del que nadie necesitaba. Suspiró. Esa vida bien podría haber sido la suya.

El sonido del celular sacó a Sam de su cavilación.

–¿Sí?

–Hola, Sam, soy Linda. ¿Cómo estás, guapa?

Ag. Un llamado de su amiga y compañera de trabajo solía significar más trabajo o compras compulsivas de cosas que estaban en liquidación en algún sitio.

–Estoy bien. ¿Qué sucede?

–Voy de camino a lo del señor Zimmer para hacer la instalación eléctrica. Dime, ¿vienes esta noche?

¡Mierda!

–¿A la fiesta?

–¿De qué otro evento crees que hablo?

Sam se pasó una mano por el pelo. Se había olvidado de la invitación por completo.

–No lo sé. Solo tengo dos días para pintar un apartamento entero.

–Ay, vamos, Sam. Me lo debes.

Sí y me lo recuerdas cada vez que quieres algo.

—De acuerdo. Pero no te prometo que me quede mucho tiempo.

—Genial. Nos vemos esta noche, maquinita de amor.

Sam dejó caer la espalda contra la pared. *Mierda. Hasta ahí llegó mi agradable noche de relajación en casa.*

CAPÍTULO 2

Sam suspiró mientras comenzaba a sonar otra de esas estériles canciones electrónicas. La música claramente iba con el sitio. Ambos eran aburridos y superficiales. Con un suspiro, se removió sobre el taburete del bar.

—Aquí tienes. —El barman colocó un vaso de algo que parecía arcilla líquida frente a Sam.

—¿Qué es esto?

—La cerveza que ordenaste.

—Mierda. —No lo podía creer. ¿Qué tenía de malo una cerveza normal? —Vamos. Ordené una cerveza, no un experimento químico.

El barman agitó los dedos en señal de despedida y volvió la atención a otro cliente.

Con asco, Sam clavó la mirada en la porquería de cerveza artesanal que contenía el vaso que tenía delante. En todo caso, ¿quién bebía cerveza de un vaso? Esa fiesta era incluso peor de lo que temía. Echó una mirada al grupo en la esquina. Linda se colgaba del último objeto de deseo. *Apuesto que no se irá a casa sola esta noche. Quizás me debería ir y pasar por The Labrys.* Su bar lésbico favorito era como una segunda sala de estar donde pasaba el rato con amigas que compartían su visión y estilo de vida mientras que esa gente se ataviaba con Brooks Brothers, Vineyard Vines, Hilfiger y otras marcas caras. The Pulse era el estilo de discoteca LGBT que atraía a los ricos, a los hermosos y a los andróginos. O al menos a los que querían serlo. Por lo que no era su estilo de lugar.

Sam miró el reloj enorme que se hallaba sobre la pared detrás del bar. Casi eran las nueve. The Labrys ya estaba abierto. Linda no la echaría de menos allí. Por otro lado… Sam suspiró. Su amiga le daría caza mañana si se limitaba a desaparecer. Aunque sentarse sola en el bar, a varios metros de donde se encontraba la fiesta, en realidad no era mucho mejor.

Sam sujetó el vaso. Al menos esa porquería estaba fría. Sam bebió. Un sabor afrutado le recorrió la lengua. *Puaj.* ¿Cómo podía beber eso la gente? Asqueada, apoyó el vaso.

Una pierna se frotó contra Sam mientras alguien se sentaba en el taburete de al lado. Esperando la ira de Linda, volteó la cabeza y quedó hipnotizada por un par de intensos ojos verdes. Una rubia bonita con la piel tan pálida como la porcelana le sostuvo la mirada. *¿Dónde la vi antes?* Sam no lo podía recordar y de alguna forma en realidad no importaba para nada. Esa mujer era una belleza. *Pálida y perfecta.* Tan perfecta que uno no se animaba a tocarla porque pasar las manos por una piel como esa fácilmente podría convertirse en una adicción. Sam tenía la boca seca. Se lamió los labios. Algunas adicciones eran peligrosas… pero valían el riesgo. *Y ese vestido negro…* Ay, cielos, esa era la personificación de un sobrentendido a medida. Esa mujer era muy elegante, probablemente estaba a fines de los treinta y muy fuera del alcance de Sam. La desconocida lucía básicamente como el estilo de Chanel No 5 con un cerco blanco alrededor de la casa. Sam le echó una mirada a las manos de la mujer. No llevaba anillo. Flirtear no podía hacer mal. *¿No?*

–Hola. –Sam puso su mejor sonrisa de conquista, una mezcla de confianza e interés que no había utilizado en un tiempo. Contuvo el aliento. La mujer podía levantarse e irse o…

Se achicaron los ojos verdes mientras la evaluaban.

–Hola.

Sí. Ahora el siguiente paso.

–Me llamo Sam. –Estiró la mano.

–Hola, soy Gillian. –La desconocida tomó la mano que le ofrecía.

Un escalofrío recorrió el cuerpo de Sam. La mano de Gillian era suave y cálida. Si el resto del cuerpo tenía el mismo atributo…

Gillian se inclinó y le dio a Sam una vista a la parte delantera del vestido que le secó la garganta.

Ay, sí. Buenas tetas. Sam admiró los senos firmes, contenidos en un sostén de encaje. *Creo que no iré a The Labrys. Esto podría ser muy divertido.*

—¿Quieres algo de beber?

—Vino sería genial. Blanco, por favor.

A Sam no le pasó desapercibida la leve cavilación. Aun así, poder ordenar algo para beber definitivamente era el paso siguiente a una noche, con suerte, prometedora.

—Blanco será. ¿Está bien un Chardonnay?

—Sí. —En esta ocasión, la sonrisa alcanzó esos ojos increíblemente verdes.

Era evidente que Gillian no era charlatana, pero era hermosa. De todas formas, Sam no tenía en mente conversar más tarde. Dos mujeres se podían divertir sin hablar. Había otras cosas para las que se podía usar la boca, y ella esperaba con ansias explorar esas posibilidades… si a Gillian le apetecía.

No pasó mucho tiempo hasta que el barista colocó una copa de Chardonnay frente a Gillian y, por su expresión, la calidad del vino era satisfactoria.

Bien. Sam decidió acelerar el juego un poco. Frotó la rodilla contra la de Gillian. Cuando la otra mujer no se apartó con timidez, Sam movió la mano sobre la pierna de Gillian y se inclinó hacia ella.

—¿Qué te trae aquí esta noche?

—Buscaba compañía. —Colocó la mano sobre la de Sam.

El estómago de Sam dio un vuelco. *Vaya. Gol.*

—¿De verdad?

—Sí, de verdad. —La voz de Gillian tembló un poco. Extrajo un trozo de papel de su bolsa de mano y se lo pasó a Sam—. Pero no aquí. Tengo un apartamento cerca de aquí. Esta es la dirección y mi nombre.

Santo cielo. Esa mujer de verdad sabía lo que quería.

–Suena bien.

Gillian se iluminó.

–Genial.

Sam estudió el trozo de papel.

–¿Qué tan lejos está tu nidito de amor?

–Son diez minutos andando hasta el apartamento. Me iré ahora, pero te agradecería que esperes un poco antes de seguirme. –Se pasó una mano por el cabello–. ¿Cuál es tu apellido?

Sam elevó una ceja.

–¿Por qué?

–Tengo que darle un nombre al portero.

De ninguna forma le daré mi verdadero nombre. Sam observó la etiqueta de la cerveza.

–Sam Cellar.

–¿Sam Cellar? –Gillian frunció el cejo.

–Sí, ¿hay algún problema?

–No. Está bien. Lo siento. –Gillian hizo un gesto negativo con la cabeza y se incorporó–. Te veo en unos minutos. –Lentamente retiró la mano, dándole un toquecito en la muñeca a Sam antes de soltarla.

A Sam la recorrió una ola de calor.

–Claro. –Con una sonrisa, regresó la atención a la cerveza y le dio otro sorbo a la bebida horrible. Vaya, esa iba a ser una noche de lo más interesante.

CAPÍTULO 3

–Buenas noches, señora Jennings.

Gillian le sonrió al portero anciano.

–Buenas noches, Thomas. Vendrá una visita en los próximos diez o quince minutos. Es una amiga. Se llama Sam Cellar.

El rostro de Thomas mostró su expresión estándar de indiferencia amable.

–De acuerdo, señora Jennings.

–Gracias, Thomas. –Los tacones de Gillian resonaron alto en el piso de mármol. Ingresó al elevador y presionó el botón de su piso.

Sintió un cosquilleo de excitación que la recorría al pensar en la noche que tenía por delante. Parte de ello era la emoción de acostarse con un alguien desconocido –con una mujer desconocida– en el apartamento de su marido fallecido. La otra parte era la emoción del peligro. El sexo con desconocidos nunca era completamente seguro, de eso estaba muy segura. Hasta ahora, la suerte había estado de su lado. Encontrarse con mujeres en el apartamento de la ciudad era lo más seguro que podía ser un encuentro de ese tipo. La mayoría había sido, por lo menos, placentero. *Esperemos que la nueva conquista sea tan caliente como parece.*

El elevador sonó y se abrieron las puertas. No había nadie a la vista en el corto pasillo mientras Gillian revolvía el bolso en busca de las llaves del apartamento. Por fin la puerta se abrió, entró y se quitó el tapado. Su nueva conquista llegaría pronto… si no se había acobardado. Por un momento, en el bar, Gillian había estado segura de que Sam no aceptaría su oferta. Acostarse con la mujer con aspecto masculino había sido una decisión repentina. Las otras "citas" de Gillian habían sido escogidas con más cuidado y habían sido más…

sofisticadas. *Solo espero que esta no me muerda el trasero.* Sonrió. *Bueno, no más de lo que me gustaría.* La sonrisa arrogante de Sam había causado sensaciones extrañas en Gillian. Y ese cuerpo se veía caliente. *Muy caliente.*

Gillian se quitó los zapatos y disfrutó de la tranquilidad que la rodeaba por un momento. Ningún sonido exterior invadía el apartamento. Era el refugio perfecto, un santuario de paz en medio de una avalancha de ruido en la ocupada ciudad de Springfield. Sin embargo, dudaba mucho de que ese fuera el motivo principal por el que Derrick había escogido ese lugar. Probablemente había decantado por la anonimidad y el lujo que brindaba. Y eso a ella le sentaba bien.

Se dirigió al aparador, abrió un cajón, extrajo una fotografía enmarcada en plata y clavó la mirada en los ojos del hombre con el que se había casado hacía mucho tiempo. Un hombre que la había traicionado. Que la había engañado.

–Bueno, aquí tienes, Derrick. La séptima cita caliente. Es una pena que no puedas estar aquí para presenciarla. –Inspiró hondo–. Púdrete en el infierno.

Enderezó los hombros y volvió a guardar la fotografía en el cajón. Era hora de refrescarse. Quería estar tan atractiva y deseable como le fuera posible cuando llegara Sam.

Sam elevó la mirada al complejo de apartamentos que tenía en frente. A lo largo de los últimos años, habían aparecido cada vez más esas cosas de vidrio y acero. En la actualidad, Springfield era un pueblo bastante ocupado. Y la gente que vivía en sitios como esos ciertamente tenía suficiente dinero como para pasar sus noches en discotecas como The Pulse. Probablemente todas las noches. Sam arrugó la nariz. *Espero que ella valga mi tiempo...*

Un portero en uniforme apareció desde el interior del edificio.

Sam se dirigió hacia él e hizo un gesto con la cabeza para saludarlo.

–Hola, vengo a ver a la señora Jennings.

El portero la miró.

–¿Usted es la señora Cellar?

–Sí, soy yo, y buenas noches a usted también.

Qué hombre tan esnob.

–¿Samantha?

El corazón de Sam se detuvo un momento. *¡Mierda! Thomas.*

–Vaya, ¿de verdad eres tú? Apenas te reconocí con el cabello corto y… –la observó– esas prendas.

Por un momento, consideró dar la vuelta y marcharse. Seguramente, ninguna aventura, por buena que fuera, valía la pena tantos problemas. Sam se obligó a calmarse. Thomas siempre había sido amable con ella. Sería de mala educación marcharse sin intercambiar unas palabras.

–Thomas, ¿no? –Estiró la mano–. ¿Cómo estás?

–Bien, bien. Envejeciendo día a día. –Le estrechó la mano–. ¿Cómo estás tú?

Era cierto. Estaba mucho más viejo que la última vez que lo había visto… *Vaya, veinte años más o menos. Debía tener diecisiete años entonces.* Ahora el gris dominaba su cabello, y ciertamente no se paraba tan erguido como antes. Las arrugas en su rostro se veían tan profundas como el Gran Cañón, pero la bondad de sus ojos era la misma. Sam le devolvió la sonrisa y le guiñó un ojo.

–Estoy bien. Gracias. Pero yo también estoy envejeciendo.

–Ay, por favor. –Él dio un paso hacia atrás y la miró de arriba abajo–. Mírate. Estás tan saludable como un caballo y tan hermosa como un sol centellante.

Sam se rio entre dientes.

–Gracias. Nunca antes me habían comparado con un atardecer.

–¿Cómo está tu familia?

Sam se guardó las manos en los bolsillos del pantalón. *¿Qué se supone que diga? ¿Que no vi a esos bastardos en años?* Simplemente no quería hablar de ello... de ellos. No con Thomas. Ni con nadie.

–¿Quizás podamos charlar en otra oportunidad? Tengo una... cita. –Cielos, eso sonaba muy patético. Se preguntaba si él tenía idea de qué había ido a hacer allí.

Él se rio.

–Claro, no hay problema. Salgo en media hora. Así que probablemente no te vuelva a ver esta noche.

El alivio la recorrió. Por más que Thomas fuera amable, no estaba lista para ser arrastrada a los recuerdos de un pasado compartido.

–Quizás en otra ocasión. Fue bueno verte.

–Igualmente. Saluda a tus padres de mi parte.

–Lo haré. –*Cuando se congele el infierno.* Sam atravesó el pasillo, sintiendo su mirada que la seguía. Mierda, eso había sido raro. Mucho más que raro. Ni siquiera recordaba cuándo se había encontrado por última vez con alguien que conocía de lo que ella llamaba "las épocas oscuras". Bueno, sabías que pasaría un día. *Alégrate de que fuera Thomas en lugar de tu padre o tu hermano.*

El elevador sonó y anunció su llegada.

Sam entró. Inclinó la cabeza contra una pared y dejó que el frío del acero le llegara al cerebro. Sus ganas de tener sexo quedaron pulverizadas. Sin embargo, la perspectiva de pasar la noche sola en su apartamento, acechada por recuerdos del pasado, tampoco era atractiva. Tenía unos dos minutos para decidirse. ¿Irse a casa? ¿Conducir hasta The Labrys y emborracharse... y probablemente terminar en la cama de una desconocida? La parte de la desconocida y el sexo era algo que podía tener allí y entonces. Y sin emborracharse antes. Sam se pasó una mano por el cabello. Se quedaría, intentaría volver a estar de ánimo, disfrutaría de una noche de hedonismo y se largaría por la mañana. Determinada, Sam se bajó del elevador y caminó por el pasillo. Apartamento 241. Inspiró profundo y llamó a la puerta.

–Allí estás –dijo Gillian con una sonrisa cuando abrió la puerta.

Por segunda vez esa noche, Sam se sintió atraída por esos ojos increíblemente verdes. Le recordaban a los aretes de esmeralda que solía usar su abuela en ocasiones especiales. Eran tan verdes como las colinas de Irlanda, solía decir su abuela. Sam tragó saliva.

–Hola, sí. Aquí estoy.

–Por favor, entra.

Con los ojos abiertos de par en par, Sam entró. Muebles de color café y cuero negro dominaban la habitación. *¿Este en su apartamento?* Prácticamente todo allí gritaba "testosterona". Sam se podía imaginar que un abogado o un banquero conservador atravesando una crisis de la edad mediana escogiera ese interior. Pero definitivamente no una mujer como Gillian. Sam cruzó los brazos sobre el pecho.

–¿Quieres…? ¿Te gustaría beber algo?

–Sí, por favor, una cerveza sería genial. –Sam siguió a Gillian a la cocina de acero metálico. Sin habla, miró alrededor. Hasta el último artefacto se había añadido en esa habitación. Ni una partícula de polvo parecía tener el coraje suficiente de estar alrededor. *Esto es un salón de exhibición. Hermoso pero estéril. Ay, por favor… que ella no sea como esta cocina.* Sam necesitaba descargarse esa noche. Quería olvidar y perderse. Si esa cocina reflejaba la actitud de la dueña… esa noche estaba destinada a ser un desastre.

Gillian extrajo una botella de cerveza del refrigerador Subzero. Luego de abrirla, le pasó la botella.

Mentalmente, Sam le dio un punto: la cerveza era de una marca cara pero aceptable. No la misma porquería de la discoteca. Elevó la botella con una sonrisa de agradecimiento, bebió profundamente, disfrutando la forma en que la bebida suave y fría bajaba antes de volver su atención a Gillian, quien se había servido una copa de vino blanco. Sam se aclaró la garganta.

—¿Hace mucho vives aquí?

—No. —Gillian frunció el entrecejo—. No vivo aquí. Es solo un lugar que uso de vez en cuando si me quiero quedar en la ciudad.

—¿Es decir que no es tuyo?

—Oh, sí. Es mío. —Gillian debió encontrar algo muy interesante en el fondo de su copa porque no dejó de mirarla.

Definitivamente, detrás de esas palabras acechaba una historia interesante. *Vamos. Ella te invitó aquí para una noche caliente. Para tener sexo. O te vas ahora o te pones con ello y descubres si esto será divertido o no.*

—Bueno, aquí estamos. —Sam bebió un sorbo de cerveza antes de apoyar la botella y dar un paso hacia Gillian—. No desperdiciemos más tiempo. —Sam bajó la voz—. No veo la hora de saborearte, Gillian.

Los ojos de Gillian estaban abiertos cuando elevó la mirada, la desvió y luego, con un rápido pestañeo, la volvió a Sam.

Como un animal asustado. Sam inclinó la cabeza y rozó los labios de Gillian con los suyos. Una vez, dos veces, disfrutando su suavidad antes de volver a interrumpir el contacto.

Gillian parpadeó y una sonrisa se expandió lentamente por su rostro.

Sam sonrió. De acuerdo. Esa es una buena señal.

—Me encanta como te sientes —dijo, acariciando la cara de Gillian y quitando un mechón de cabello rubio de los ojos de la mujer.

—Me encanta como besas —respondió Gillian luego de un momento de duda. Acarició la palma de Sam y depositó un beso en el centro.

Sí. Esto será divertido.

—Ay, el resto de la noche será más que agradable, te lo prometo. —Sam volvió a besar a Gillian esta vez no fue un roce suave de los labios, sino un poco más rudo, más demandante. La posición del misionario o un abrazo no era lo que tenía en mente para esa noche. O Gillian le seguía el juego o no. Era mejor enterarse ahora.

Para el deleite de Sam, Gillian abrió la boca y su lengua tocó la de Sam. La sensación fue húmeda y suave y le hizo sentir escalofríos a Sam, revivió el deseo que se había desvanecido en la planta baja.

Sam chupó la lengua de Gillian hasta que soltó un gemido ahogado, su cuerpo se retorcía y se arqueaba.

Gillian aferró la mano de Sam y se la llevó al pecho.

Sam sostuvo el peso del pecho de Gillian y dejó que la uña de su pulgar jugueteara con el pezón que se erguía debajo de la tela delgada. La inspiración profunda de Gillian la incentivó a capturar el pezón sensible entre el pulgar y el índice y juguetear suavemente con él mientras mordía la perfección exuberante del labio inferior de Gillian.

La manera en que el jugueteo con los pechos de Gillian aumentó la necesidad y el deseo de Sam era enloquecedora. Le susurró al oído:

—Vas a ser un buen revolcón, ¿no?

Gillian tragó saliva y le clavó la mirada, sin hablar ni siquiera cuando Sam capturó su pezón y lo retorció, lo que hizo que Gillian soltara un chillido, pero no se apartó.

—¿Quieres jugar conmigo, Gillian? —Preguntó Sam, liberando el pezón abusado—. Yo quiero jugar un poco brusco. ¿Quieres jugar conmigo?

Gillian se puso colorada. Obviamente luchaba contra una agitación interna mientras miraba a Sam con una mezcla de curiosidad y precaución.

Para satisfacción de Sam, no había ni un poco de arrepentimiento ni temor en su expresión. Al parecer, hasta el momento, había hecho y dicho las cosas adecuadas. Incentivada, se acercó a Gillian hasta que sus cuerpos se rozaron en los lugares apropiados.

—Dime, Gillian —dijo, bajando la voz—. ¿Cómo te gustaría acabar esta noche?

—¿Perdón?

–Quiero que me digas cómo quieres acabar –repitió Sam. –¿Qué te gusta? ¿Quieres que me tome mi tiempo o quieres acabar rápido y profundo? ¿Te gustaría sentir mi boca sobre tu cuerpo o quieres que te mire mientras te ocupas de ti misma? ¿Te gusta la estimulación anal? ¿Tienes juguetes que te gustaría que use? Dime. Quiero que la pasemos lo mejor posible.

Los ojos de Gillian eran piscinas oscuras de deseo.

Sam intentó ignorar su propio deseo en aumento mientras Gillian se mordisqueaba su labio inferior, claramente insegura de cómo continuar. Pero Sam permaneció silenciosa hasta que Gillian por fin preguntó, casi tímidamente:

–¿De verdad quieres saber qué me gusta?

Sam asintió y puso algo de distancia entre ellas.

–Sí. Quiero que las dos pasemos un buen rato, Gillian. Hablar también puede ser parte del juego previo. –Ella inclinó la cabeza para mostrarle que estaba prestándole atención a lo que Gillian escogiera decir. Al mismo tiempo, Sam comenzó a masajearse la entrepierna por encima de su pantalón, en el lugar en que la costura se frotaba contra su vagina, lo que la estimulaba con un dejo de dolor y mucha excitación–. Como te dije –continuó, con la voz un poco áspera–, definitivamente pienso que es estimulante escucharte, verte decirme cómo quieres que te complazca.

La mirada de Gillian voló hacia la mano ocupada de Sam y permaneció allí. Su respiración fue en aumento al igual que el color rosado de sus mejillas.

Sam separó las piernas aún más, moviendo un poco las caderas, metiéndose en ello.

Las pupilas de Gillian se dilataron y su rubor se incrementó.

–Quiero que me tomes aquí mismo. –Elevó la mirada hacia Sam.

Sam gimió. La expresión en esos ojos verdes la dejó sin aliento. Había hambre y deseo crudo, mezclados con timidez y vulnerabilidad: la mezcla emocional más adorable. Pensar en tomar a

Gillian allí mismo definitivamente era excitante. Si tan solo estuviera la mitad de húmeda de lo que Sam se había vuelto de tan solo pensarlo... Bueno, ya lo descubriría. Sam dejó de acariciarse y se quitó la chaqueta, sin romper el contacto visual mientras dejaba caer la prenda sobre el respaldo de una silla. Lentamente se enrolló las mangas de la camiseta, dejando a la vista sus antebrazos musculosos. Mantenerse en forma era importante para Sam y el trabajo físico le había dado una musculatura robusta y sabía que la mayoría de las mujeres la encontraba atractiva. Gillian no era diferente, si Sam leía correctamente su mirada de admiración. Estiró la mano para desabotonar el vestido de Gillian.

—Muy considerado de tu parte llevar un vestido con botones en la parte delantera. De esa forma, no lo tengo que desgarrar.

Los ojos de Gillian siguieron el camino de los dedos de Sam.

Una piel deliciosamente pálida quedó expuesta mientras Sam abría los botones con calma, uno a uno, hasta que pudo deslizar el vestido por los hombros de Gillian y dejarlo caer al piso en un charco de satén negro, y la dejó en un sostén de lazo negro y bragas haciendo juego.

Santo... Sam dejó que sus ojos recorrieran el cuerpo de Gillian: los pechos llenos casi se derramaban de las copas del sostén, la cintura pequeña y la barriga plana, la curva de las caderas que fluía hacia unos muslos esculpidos. Era evidente que Gillian hacía ejercicio, probablemente con un entrenador privado o en uno de esos gimnasios de lujo. Pero, de cualquier forma, el cuerpo de la mujer era perfecto y a Sam se le dificultó no babear.

Gillian se puso colorada ante el escrutinio de Sam, pero permaneció en su lugar.

Sam susurró:

—Eres hermosa, Gillian. Absolutamente deslumbrante.

Esa afirmación dio a lugar una sonrisa complacida en el rostro de Gillian. Murmuró un breve agradecimiento.

–Ahora te voy a tocar y no me detendré hasta que hayas acabado al menos una vez –dijo Sam. Aguardó un momento a que sus palabras se asentaran para medir la reacción de Gillian antes de recorrer el espacio que las separaba en un solo paso. Sam llevó la mano al sexo de Gillian. Esas bragas ya estaban tan empapadas como una esponja húmeda.

Gillian soltó un gemido.

Sam aumentó la presión levemente y ronroneó.

–Te prometo que te hago acabar ahora mismo si me prometes dejarme tomarme mi tiempo contigo más tarde. ¿Trato?

Gillian asintió. Los músculos de sus muslos temblaban.

–Quítate el sostén.

Gillian dudó, pero aflojó el sostén con las manos temblorosas y lo dejó caer al lado del vestido en el suelo.

Sam se lamió los labios. Los pechos de Gillian eran firmes y redondeados, los pezones finos rogaban que los tocara.

–Buena chica –dijo Sam–. Ahora las bragas. Quítatelas. –Alejó las manos.

En esta ocasión, Gillian obedeció sin dudarlo.

Sam dio un paso hacia atrás para admirar la vista.

Gillian quedó de pie y desnuda, temblando en el aire frío mientras la mirada de Sam se detuvo en los rizos cortos y humedecidos entre sus piernas.

Definitivamente es rubia natural. Surgió el recuerdo de otra rubia, igual de hermosa. Cheri. El primer amor de Sam. Y el caos que estalló luego de que la madre de Sam las encontrara juntas en la cama. Sacudió la cabeza, desesperada por aferrarse a la realidad de ese momento.

–¿Te encuentras bien? –La voz suave de Gillian interrumpió la oscuridad de los recuerdos de Sam.

–Sí, estaba algo mareada. –Sam sonrió–. No es de sorprender. Mírate. Eres exquisita, Gillian.

Una sonrisa tímida pero complacida asomó al rostro de Gillian.

–Gracias. –Tragó saliva–. Creo que tú también lo eres. Y muy sexy.

Un dolor de deseo se asentó en la barriga de Sam y reemplazó el nudo de ira que se había asentado a partir de sus recuerdos. *Ella es real. Tú eres real. Vas a disfrutar esta noche y olvidar todo lo feo.*

–Bueno, dos mujeres hermosas. Una está nerviosa. La otra, cachonda. ¿Qué hacemos al respecto?

Los labios de Gillian temblaron.

–Tómame.

Sam contuvo el aliento. Esas palabras, que venían de la mujer ingenua frente a ella, le borraron cualquier otro pensamiento y recuerdo de la mente.

–Lo haré. Toda la noche. –Dio un paso hacia Gillian y acarició esos pechos maravillosos, rozando lentamente los pezones.

Gillian gimió y se arrimó a las manos de Sam.

El fuego recorrió a Sam. Eso era todo. *Vida. Alegría. Diversión.* El deseo flameó fuertemente en su interior. Atravesó la distancia que quedaba entre las dos y colocó una rodilla entre las piernas de Gillian.

Gillian se aferró a las muñecas de Sam para mantener el equilibrio.

La humedad se expandió por los pantalones de Sam en el punto en que la vagina caliente se apretaba contra su muslo. La excitación de Sam fue en aumento. Era un picor que estaba más que lista para rascar. Sofocó un gemido, no quería que Gillian supiera cuánto la estaba afectando.

–Pon las manos contra la pared detrás tuyo y déjalas allí.

Gillian tuvo que soltar las muñecas de Sam, pero Sam se aferró a sus caderas y la sujetó hasta que Gillian obedeció. Su cuerpo formó una curva elegante; la piel y los muslos tensados de forma hermosa. Los ojos de Gillian se cerraron.

–Mírame a los ojos, Gillian. Mírame. Quiero ver tus hermosos ojos verdes cuando te posea.

Los ojos de Gillian se abrieron.

Sam hizo más presión en la vagina de Gillian, sabiendo que la tela se sentiría dura contra la piel ultra sensible.

–Separa más las piernas para mí.

Gillian se removió y Sam reemplazó el muslo con la mano.

Eso es lo que había estado esperando. Sam deslizó los dedos por los pliegues resbaladizos.

–Estás muy húmeda. Me gusta.

–Por favor –siseó Gillian, haciendo más presión contra la mano de Sam.

Sam no necesitó más incentivo. La sangre le latía en las orejas mientras surgía su excitación. Frotó el pulgar alrededor del clítoris de Gillian, desparramando humedad resbaladiza, y se inclinó para tomar la boca de Gillian en un beso. La otra mano encontró los pechos de Gillian. El pezón se endureció de inmediato en su palma. Frotó el clítoris húmedo con más firmeza.

El gemido de Gillian sonó como un gruñido.

Montando la ola de poder que le daba el dominio, Sam interrumpió el beso.

–¿Quieres que te haga gritar cuando acabes?

En esta ocasión, Gillian gimoteó en respuesta.

Sam lo tomó como un sí. Introdujo un dedo en el canal cálido y húmedo de la vagina de Gillian y luego de unas estocadas, agregó otro. Eso se sentía tan bien.

Gillian gritó bruscamente y cerró los ojos. Apoyó la cabeza contra la pared cuando Sam introdujo un tercer dedo.

Los músculos del antebrazo de Sam comenzaron a arder mientras introducía los dedos y los retiraba, en busca de un ritmo que hiciera que las caderas de Gillian se elevaran para encontrarla.

A Sam se le complicó concentrarse. La suavidad de las paredes internas que rodeaban sus dedos aumentaba su excitación a cada segundo. Embistió con más fuerza; incrementó el ritmo hasta que

Gillian frotó su vagina contra la mano de Sam sin pensarlo. El aroma de la excitación femenina era estimulante, se fundía con la fragancia del perfume de Gillian y producía una esencia que a Sam le pareció completamente embriagante. Sam retiró los dedos e ignoró la protesta muda de Gillian, se puso de rodillas y se acercó hasta que estuvo entre los muslos separados de Gillian.

–Me pones muy cachonda, Gillian. Te haré acabar ahora. –Tuvo que inclinar el cuello porque la posición era incómoda, pero así era como Sam quería tener a Gillian. Colocó una pierna sobre el hombro. *Mejor.* Lentamente, lamió y jugó con el clítoris de Gillian, disfrutando el sabor del deseo de Gillian.

Los gemidos de Gillian aumentaron.

Colocando la boca sobre la protuberancia de carne, Sam movió la lengua: primero lento, luego más rápido. Al oír los primeros gemidos, introdujo los dedos en el calor de Gillian; los introdujo lo más dentro posible antes retirarlos, hasta que las puntas de los dedos quedaron suspendidas en la entrada.

Los músculos de Gillian se agitaron, como una boquita codiciosa que intentaba aspirar los dedos de Sam desde el interior.

Sam dejó de lamerla e introdujo los dedos dentro de Gillian varias veces, con movimientos suaves y poderosos.

–Esta soy yo tomándote –dijo casi sin aliento. Una sensación de triunfo crecía, alimentada por los gemidos de Gillian y la humedad que emanaba de la entrada. Sam aumentó la boca sobre la vagina de Gillian y le lamió el clítoris.

Las manos de Gillian cayeron sobre el cuello de Sam, aferrándose a su cabello corto, manteniéndola en ese sitio. Gillian temblaba.

–Eso se siente muy bien.

Sam retorció los dedos en busca de ese punto especial dentro de todas las mujeres. Sabía que lo había encontrado cuando Gillian se corcoveó salvajemente y casi le tuerce la muñeca a Sam.

Sam aumentó la presión de la lengua contra el clítoris de Gillian y pronto sintió su recompensa. Los músculos internos se retorcieron sobre sus dedos y saboreó un borbotón de un líquido con un dejo amargo: claras señales del orgasmo de Gillian. Pero Sam no había hecho más que comenzar. Suavizó el lamido al principio, para calmar la carne caliente, y luego suavizó la lengua contra el clítoris de Gillian.

Gillian se puso rígida y se sacudió con un segundo orgasmo, sus manos seguían enredadas en el cabello de Sam.

Sin aliento, Sam removió los dedos con cuidado antes de colocar un beso suave contra los rizos púbicos de Gillian.

Gillian se desplomó.

Sam la aferró y le permitió alejarse de la pared. Acunando a Gillian en sus brazos, le dio un beso en los labios apenas abiertos, sorprendida del sentimiento de protección que se agitaba en su interior. Se sentó con Gillian en sus brazos durante unos minutos, la tranquilidad del apartamento solo se vio interrumpida por el sonido de su respiración.

Acunada en los brazos de Sam, Gillian vio estrellas bailando. Sentía un hormigueo por todo el cuerpo.

–Vaya –fue todo lo que pudo decir.

–¿Vaya? –Sam se rio entre dientes–. ¿Vaya es bueno?

–Increíble. –Gillian volteó la cabeza y acarició la garganta de Sam con la nariz, plantó un beso dulce contra la piel suave. Se sentía a salvo. Y relajada. Y simplemente muy, muy bien–. Eres un sueño erótico hecho realidad.

–Se va a volver un sueño muy frío si nos quedamos así mucho más.

–¿Entonces? –Gillian sonrió–. ¿Qué sugieres? –Esperaba que Sam se quisiera quedar y tener una segunda ronda, o una tercera o cuarta.

Sam sostuvo el pecho de Gillian y acarició el pezón debajo de su dedo.

–Estoy segura que en alguna parte de este apartamento hay una cama perfectamente buena.

Gillian gimió. El tacto de Sam la estaba volviendo loca. *No voy a sobrevivir a esta noche.*

Sam besó tiernamente a Gillian.

–Eres una mujer muy receptiva, sensual y excitante. Eso me encanta. Y me encantaría pasar toda la noche contigo.

Sí. Sí. Gillian intentó recomponerse para formar una oración coherente.

–Gracias por preguntarme qué quería. Yo… De verdad me gustó eso, como te darás cuenta.

–Entonces, ¿me quieres enseñar tu cama? –La sonrisa de Sam era ciertamente diabólica.

–Ya lo creo.

Sam se rio y apartó la mano.

Gillian gimió en señal de protesta.

–Vamos. Nos tenemos que levantar así nos podemos volver a acostar.

Les llevó un momento desenredar sus extremidades. Gillian tomó la mano de Sam y la condujo hasta la habitación.

Sam se detuvo.

–Aguarda un segundo. ¿Estaría bien si me doy una ducha rápida?

Gillian asintió.

–Claro. –Apuntó a la puerta que llevaba al lavabo–. Ese es el lavabo. Usa lo que necesites. Hay toallas en el aparador. Y hay otra puerta que lleva directamente a la habitación, donde te estaré esperando. Desnuda. –Sonrió–. ¿O no te quieres duchar sola?

Una sonrisa se esparció por el rostro de Sam.

–Esta vez, sí. Pero guarda esa idea para más tarde. Ahora, vete, calienta la cama y espérame. No me tardaré, ¿de acuerdo?

Gillian asintió y observó a Sam cerrar la puerta del lavabo a sus espaldas. La habitación se sintió vacía y Gillian se estremeció.

Caminó hacia el dormitorio y clavó la mirada en la cama enorme frente a ella. Se frotó las manos sobre el rostro, recordó la primera vez que había pisado esa habitación. Lo sorprendida que había estado entonces por el tamaño de la cama, se preguntaba por qué Derrick necesitaba algo así en un apartamento que usaba solo en una noche de vez en cuando si tenía que trabajar hasta tarde y no los quería molestar en casa. *Qué inocente y estúpida fui.*

Muchas de sus preguntas quedaron respondidas cuando abrió los cajones y encontró los juguetes sexuales que ella ni siquiera sabía que existían. Y los DVD que le habían volado la cabeza. Lo había visto con sus prostitutas… y había vomitado.

Gillian se pasó una mano temblorosa por el cabello y se sentó en la cama. Qué tonta había sido. Había dejado su vida de lado por Derrick, para apoyar su carrera.

—Tu pequeña ama de casa ha cambiado, bastardo. —Su voz sonaba tan cruda como se sentía—. Y voy a ser feliz.

Sam no podía creer sus ojos cuando entró en el lavabo. Se había invertido mucho dinero en ese sitio. En el centro de la habitación había una tina ovalada y autónoma. Era de color gris oscuro en el exterior y blanca en el interior, y hacía juego con el buen gusto frío y subestimado que era evidente en todo el apartamento. Cabían fácilmente dos personas, y Sam sonrió mientras se le venían ideas a la mente. Bueno, un lavabo se podía convertir en un patio de juegos increíble con un poco de imaginación. Y Gillian parecía abierta a las posibilidades. *Quizás más tarde.*

Sam cedió a su curiosidad y abrió el aparador de vidrio y acero. Loción para el cuerpo, un cepillo de dientes, crema de afeitar… *¿Crema de afeitar?* ¿Gillian también llevaba a hombres allí? Sam frunció el ceño y cerró el aparador. Era hora de ducharse. Se quitó la ropa y entró en la ducha de lujo en un recinto separado. La teca debajo de sus pies era suave y fría, y notó con placer que la ducha de alta tecnología era versátil. *Ven con mamá.* En cuestión de segundos, Sam disfrutaba de una cascada de agua caliente que le recorría el cuerpo e imaginaba que le quitaba todos los recuerdos de un pasado que había dejado cicatrices más que suficientes.

Era hora de buenos recuerdos. Con una sonrisa en la cara, Sam recordó la expresión de Gillian cuando se soltó, la sensación de esa piel suave debajo de las manos de Sam. Se imaginó su lengua removiéndose sobre el clítoris de Gillian. Una ola de excitación la invadió de la nada. *Sí, eso es.* Ajustó lentamente la temperatura del agua y guio los chorros por todo su cuerpo, haciendo círculos alrededor de los pechos. Gimió. El rocío poderoso le daba sensaciones más que placenteras, y a Sam le habría gustado trabajar en la excitación y saborear el momento, pero sabía que se tenía que apresurar porque Gillian la esperaba. Sin desperdiciar más tiempo, posicionó la cabeza de la regadera entre las piernas. Los pulsos la alcanzaron y le dieron un placer cercano al dolor.

–Sí. ¡Dios mío, sí!

Cerró los ojos y se imaginó a Gillian inclinada en el suelo de la ducha, lamiéndole la vagina, tomándola con la lengua mientras Sam montaba ese rostro precioso. Se le escapó un gemido por lo bajo. El orgasmo la fue alcanzando rápido y pronto llegó a la cima.

Sam abrió los ojos y clavó la mirada en el brazo. Tenía marcas clavadas en la piel donde se había mordido el antebrazo para acallar el ruido. Se acarició las marcas con dedos temblorosos. Afortunadamente, eran superficiales. Ese había sido un orgasmo increíble. Se inclinó contra la pared de mosaico, respirando ruidosamente por la nariz, y dejó que el agua caliente bajara por el cuello. Necesitaba un momento para bajar de esa cima. *Vaya.*

Con arrepentimiento genuino, salió de la ducha. Se secó con una de las toallas más esponjosas que había sostenido en largo tiempo y se imaginó que secaba a Gillian con una de esas más tarde. Vaya, había juzgado mal el potencial de esa cita. Le tendría que agradecer a Linda por haberla arrastrado a la fiesta, aunque la noción de mostrar gratitud le hacía apretar los dientes.

Había cosas más agradables en las que pensar. Colocó la toalla sobre el estante de la esquina y caminó hacia la puerta que conducía a la habitación. No había necesidad de vestirse. *Espero que no se haya ido a dormir.*

Sam abrió la puerta y se detuvo en seco.

Gillian yacía desnuda en la cama, tenía los dedos de la mano derecha sobre la vagina; la otra mano estaba ocupada jugueteando con uno de esos pezones tentadores.

–Pensé que nunca regresarías. Así que comencé por mi cuenta. –Su voz era ronca, con un leve temblor.

Sam sintió una ola de excitación.

–No te atrevas. –Atravesó la distancia hasta la cama–. Quita las manos. Ahora.

Gillian se rio con nerviosismo.

–¿O?

–O verás. –Sam saltó en la cama y reemplazó las manos de Gillian con las suyas. Esa iba a ser una noche divertida.

CAPÍTULO 4

Despertarse en su propia cama era agradable pero el sonido que se infiltraba en la habitación no lo era. Gillian apretó los dientes por el ruido ensordecedor de chirridos de los granos. Odiaba esa máquina de expreso digital que Derrick había insistido en comprar. Una máquina de café simple habría hecho el trabajo también. Y en ese momento, Gillian también odiaba a Tilde, su *au pair* sueca, que había insistido en quedarse con la máquina.

Una mirada al reloj reveló que ya eran las tres de la tarde. Los niños regresarían en dos horas. Gillian suspiró y se estiró con pereza y sonrió cuando sus músculos se quejaron del movimiento. *Cielos, van a pasar uno o dos días hasta que me pueda volver a mover sin pensar en anoche.* En Sam. Era de lo más machorra. Y sin embargo… nunca nadie había sido tan atento con las necesidades de Gillian. Se llevó los dedos a la nariz e inhaló profundo. Aunque se había duchado antes de irse del apartamento, un dejo de su esencia permanecía en sus dedos. Una sonrisa se formó en el rostro de Gillian. Se llevó la sábana al pecho y cerró los ojos. El cuerpo le cosquilleaba al recordar esas manos en su cuerpo, dentro de su cuerpo.

En alguna parte de la casa, se golpeó una puerta.

Gillian maldijo y salió de la cama. *No puedo pasarme el día pensando constantemente en sexo. Y en Sam. En la asombrosa Sam.* Gillian no había tenido suficiente de esos músculos fuertes debajo de una piel suave. El único inconveniente había sido el obvio desagrado de Sam ante la idea de ser tocada íntimamente. Gillian suspiró. *Necesito una ducha fría. Una ducha muy, muy fría. De nuevo.*

Quince minutos después, Gillian estaba de pie ante la ventana de la cocina y observó a la señora Storm, una de las vecinas más chismosas del barrio, inspeccionando el jardín del vecino sobre la cerca. La señora Storm era como la Inquisición española. Una inquisición que Gillian había erradicado de su casa luego de la muerte de Derrick. Y eso había vuelto a la señora Storm muy sospechosa de todo lo que ocurría dentro del hogar de los Jennings.

Gillian tomó la taza de café recién hecho y entró en el jardín de invierno. Abrió las puertas corredizas que llevaban al jardín y dejó que la invadiera el aroma de las flores y la tierra. Un enorme arbusto de lavandas se erguía al lado de la puerta. Las mariposas y las abejas revoloteaban a su alrededor como si la planta fuera alguna especie de autoservicio. Sonriendo, se sentó en su silla favorita y le dio un sorbo al brebaje oscuro. Los niños regresarían pronto de la casa de los abuelos. *Tienes tiempo de sobra para pensar y volverte loca. ¡Hurra!* Reclinó la cabeza y cerró los ojos. *¿Qué voy a hacer?* Por más agradables que fueran esas noches en la ciudad, la realidad la abrumaba al día siguiente. No estaba ni remotamente cerca de descifrar qué quería hacer con su vida. Sin un marido, tenía muchas opciones. Pero tenía que considerar a los niños. Y a los vecinos. Y a los suegros. *Tú sabes que eres lesbiana. Y sabes que algún día te gustaría tener una relación con una mujer. Y que los niños serán parte del paquete. Pero, ¿cómo? ¿Y dónde voy a conocer a la persona indicada?*

Gillian suspiró. A lo mejor mudarse sería un primer paso bueno. Pero los niños extrañarían el entorno familiar, ¿no? Ese tipo de preguntas la habían estado volviendo loca durante meses. *Supongo que me tengo que limitar a hacerlo, a dar el primer paso.* Ojalá supiera cuál era el primer paso correcto.

—¿Tuviste una buena noche?

Gillian gruñó, abrió los ojos y encontró a Tilde parada en el umbral.

—Gracias, sí. Fue una buena noche. No dormí mucho. Me siento mal ahora.

–Eso suena divertido.

Gillian sonrió.

–Sí, fue divertido. Siéntate.

–Me serviré un café. Regreso enseguida.

Con el cabello largo y negro y los ojos de color café, Tilde no parecía una *au pair* sueca, pero realmente había sido una de las sorpresas más agradables del año anterior. Era leal y divertida, y los niños la adoraban. Tener otra adulta en la casa era maravilloso. En especial porque Tilde era la persona menos crítica que Gillian había conocido.

Transcurridos unos instantes, se encontraba de regreso con una taza de café.

–¿Estás lista para la invasión? –Gillian le sacó la lengua.

–No. ¿Y tú?

Gillian hizo un gesto negativo con la cabeza.

–No. Pero con un poco de suerte Margret tendrá migraña y el chofer traerá a los niños.

–¿No sería agradable eso?

Intercambiaron una sonrisa. Compartían el desagrado por la suegra de Gillian, una matriarca esnob cuyo mundo era solo en blanco y negro. Un error que Gillian no volvería a cometer sería enamorarse de alguien sin haber conocido a sus futuros suegros.

–Estoy pensando en vender la casa y mudarme. –Gillian contuvo el aliento. Era la primera vez que compartía sus pensamientos. Solo se trataba de Tilde, pero de todas maneras…

Tilde se reclinó sobre la silla.

–¿A dónde?

¿Y no era esa la cuestión? No se podía imaginar viviendo en una ciudad, sin un jardín. ¿Mudarse a otro barrio cambiaría algo? ¿No encontraría la misma clase de gente fisgona y de vecinos estirados?

–No lo sé. Pero comenzaré a contactar a agentes de bienes raíces. Necesito empezar por algún sitio.

Tilde sonrió.

–De acuerdo. Pero la señora Storm estará devastada.

–Ya lo creo. –Gillian no pudo reprimir la risa–. Estoy segura de que acampará fuera de la casa para asegurarse de que nada escapa a esos ojos de águila.

El teléfono interrumpió la risa.

–¿Quieres que atienda? –Tilde apoyó el café.

–No, está bien. –Gillian se puso de pie–. Pidamos una pizza esta noche y veamos una película con los niños, ¿vale?

–Excelente idea.

Gillian tomó el teléfono de la cocina.

–¿Hola?

–Gillian. Tienes que venir. –La voz de Margret chilló a través del recibidor como una pava a punto de explotar.

–¿Por qué? ¿Qué pasó?

–¡No vas a creer lo que hizo tu hija! Espero que recojas a los niños. ¡Ya mismo! –La señal de ocupado reemplazó la voz de Margret.

–Mierda. –Gillian puso los ojos en blanco y regresó al jardín–. Tilde, pide una botella de Schnapps con la pizza. La vamos a necesitar.

CAPÍTULO 5

Sam clavó la mirada en el trozo de papel arrugado que tenía en la mano. Para entonces, se sabía el número de teléfono de Gillian de memoria… aunque no lo había marcado ni una vez. Pero había pensado en llamar a Gillian unas cien veces… por lo menos.

El recuerdo de la piel cálida y suave de Gillian debajo de sus dedos no se había desvanecido ni por un momento desde que Sam abandonó el apartamento. La manera en que el rostro de Gillian se había puesto colorado durante el orgasmo hacía que el corazón de Sam latiera más rápido cada vez que pensaba en ello y en los sonidos que había hecho Gillian cuando la lengua de Sam bailó sobre su clítoris… eran como una melodía pegadiza, se repetían una y otra vez en su cabeza.

Sam se frotó los ojos. *Mierda, es como si me hubiera hechizado.* Se sentó en un balde de pintura frente a su camioneta y jugueteó con el celular. *¿Debería llamarla?* Habían acordado que llamar para otra "cita" estaría bien si cualquiera de las dos tenía ganas. Habían pasado cuatro días de eso. Sam hizo una mueca. *¿Es demasiado tarde para volver a llamar después de cuatro días? ¿O demasiado pronto?* De verdad le gustaría volver a ver a Gillian. El sexo había sido genial. El misterio que la rodeaba había capturado la atención de Sam. ¿Era una ama de casa? ¿Una jugadora? ¿Una profesional? ¿Había comprado el apartamento lujoso por su cuenta? Una pregunta tras otra se arremolinaba en la cabeza de Sam.

—¿Sam? —La voz de Linda hizo eco desde la pequeña oficina.

Sam suspiró y se volteó.

—¿Sí?

—¿Por qué el café está vacío?

–¿Porque te bebiste la última taza?

–¡Qué graciosa! –Linda salió del edificio con una lata de café en la mano–. No hay más café. La lata está vacía. Y tú eras a encargada de las compras este mes.

–Ay, mierda. –*Me estoy volviendo loca.* Sam se incorporó–. Lo siento. Me olvidé.

Linda entrecerró los ojos.

–Ayer olvidaste una cita con un potencial cliente y el lunes te olvidaste las herramientas. –Colocó una mano sobre el brazo de Sam–. ¿Qué te está pasando?

Sam se guardó el trozo de papel con el número de Gillian en el bolsillo.

–Nada. –Dio un paso hacia atrás y recogió el balde de pintura–. Me tengo que ir, pero te compraré café más tarde. Lo siento.

–No me importa el café. –Linda sonrió–. Bueno, eso no es cierto. Pero tú me importas más.

–No quiero hablar de eso. –Sam colocó el balde de pintura en la camioneta. Con un ruido sordo, el balde quedó entre un martillo roto que Sam quería tirar hacía días, un carrete, una llave, varios destornilladores y dos cajas de herramientas. *Diablos, realmente necesito ordenar esto, de lo contrario podré abrir mi propia tienda de bricolaje en la camioneta.*

–Nunca quieres hablar de "eso" –gruñó Linda–. Te andas deprimida durante días y días hasta que tu hermana o yo amenazamos con torturarte. Y eso ni quiera funciona siempre.

Sam suspiró. Linda no se daría por vencida.

–Solo necesito pensar las cosas antes de hablarlo.

–Está bien. Pero la mayoría del tiempo piensas tanto que tu cerebro está a punto de freírse antes de que cedas. –Linda eliminó la distancia que las separaba–. Pensar demasiado es como una falla de cortocircuito a punto de ocurrir.

Sam no pudo evitar sonreír.

—¿Una falla de cortocircuito?

—Bueno, sí. —Linda se encogió de hombros—. Piensas demasiado y "'bum". —Arrojó las manos en el aire.

—Bum. —Sam se rio—. ¿Has vuelto a mirar demasiadas caricaturas?

—No. Y estás desviando el tema. De nuevo.

—Simplemente… no sé qué decir. —¿Cómo se suponía que tenía que hablar de algo si no sabía ella misma exactamente qué la molestaba? Había tenido una noche caliente. Excelente sexo. Y sí… quizás lo quería repetir. Con Gillian. Entonces, ¿por qué esto la estaba volviendo tan loca y haciéndola pensar tanto? ¿Y sentir tanto?

Linda se mordió el labio inferior.

—De acuerdo. ¿Puedo hacer algunas preguntas?

Sam asintió. No había manera de detener a Linda.

—Sí, adelante.

—¿Quién era la mujer con la que hablaste en la fiesta de cumpleaños?

—Eres entrometida. —*Y me conoce tan bien.*

—¿Y?

—Es… era… nos divertimos esa noche. —Sam se metió las manos en los bolsillos del pantalón.

—De acuerdo. ¿Y por qué no has sido tú misma desde entonces?

—Yo… —Sam gimió—. De acuerdo… Me gustaría volver a verla. ¿Satisfecha?

—Bueno, tú habrás estado muy satisfecha si quieres volver a verla. —Una sonrisa de superioridad iluminó el rostro de Linda.

—No es… —*eso*. Sam se cayó antes de exponer sus pensamientos—. Era atractiva. Pero no estoy segura de que volverla a ver sea algo bueno.

—¿Por qué no?

Porque sentí demasiado y me interesa demasiado y en ese edificio hay alguien que conoce a mi familia.

—No lo sé. Realmente me tengo que apresurar o llegaré tarde. Traeré café esta noche.

–De acuerdo. No te molestaré más. Por ahora. E iré más tarde a Coffee Beans y me compraré un poco de café.

–Gracias. –Sam estaba mareada del alivio de que la interrogación hubiera llegado a su fin. No tenía dudas de que Linda lo intentaría de nuevo. Era como un Terrier de caza cuando tenía una esencia de algo interesante. Sam se sentó en el asiento de conductor y arrancó el coche. El trayecto al nuevo trabajo no era largo; el trabajo en sí sería bastante aburrido. Eso por lo general estaba bien. No necesitaba otra cañería de agua rota. Al atardecer del día anterior había estado segura que le habían crecido pequeñas telarañas entre los dedos. Sin embargo, un trabajo aburrido significaba que tendría tiempo más que suficiente para pensar en Gillian durante todo el día.

¿Qué voy a hacer? Sam tamborileó los dedos contra el volante. *A lo mejor estoy complicando las cosas. A lo mejor debería llamarla y verla de nuevo. Sacármela de la cabeza. Pero, ¿y Thomas? ¿Y si está trabajando otra vez? ¿Y si quiere hablar de los buenos viejos tiempos?* Un sabor amargo invadió la boca de Sam. No se podía esconder para siempre. *Ya sabías que un día pasaría algo así. Estate contenta de que solo te encontraste con Thomas.*

Veinte minutos más tarde, Sam aparcó el coche frente a la casa de su nuevo cliente, tomó el móvil y marcó el número de Gillian. *Es ahora o nunca.*

Los rociadores de los vecinos comenzaron a apagarse uno después de otro y, como resultado, dejaron césped mojado y una bandada de pájaros felices en busca de insectos.

Gillian se detuvo en el jardín delantero y respiró con dificultad. El sudor le goteaba por el rostro y le cubría todo el cuerpo. Eran cerca de las ocho y ya estaba demasiado cálido como para seguir corriendo. Por eso, había corrido menos tiempo.

–Hola. –Una voz chillona como el sonido de las uñas sobre una pizarra la arañó desde el otro lado del césped.

Mierda. Gillian se sintió tentada de ignorar el llamado ensordecedor y apresurarse hacia la seguridad relativa de su hogar. A lo mejor podía pretender que no acababa de oír a la señora Storm. Se volteó y se dirigió a paso apurado hacia la entrada.

–Hola, Gillian. Aguarda. No hemos hablado en mucho tiempo.

Gillian suspiró, se detuvo y se volteó.

La señora Storm se dirigió hacia ella con la determinación de un barco de vapor por el río Mississippi.

Gillian dibujó su mejor sonrisa falsa.

–Buenos días, señora Storm.

–Bueno, sería un buen día si no estuviera tan increíblemente caluroso.

–Sí, parece ser otro de esos días.

La señora Storm observó su reloj y luego a Gillian con una sonrisa deslumbrante en el rostro.

–Me encantaría una taza de café, querida. Tengo más o menos media hora hasta regresar a casa y me encantaría charlar un poco. Ha pasado demasiado tiempo…

Ah. No. No te invitarás a nuestra casa.

–Me encantaría, señora Storm. De verdad. Pero me tengo que duchar. –Gillian señaló las prendas sudadas–. Y luego debo hacer unas llamadas telefónicas urgentes que no puedo posponer. –Gillian usó la sonrisa política falsa que había aprendido de Derrick. Lo único que quería era escapar de esa vecina entrometida y salir del sol que ya comenzaba a quemar como un foco poderoso.

La señora Storm hizo un gesto negativo con la cabeza.

–Realmente me pregunto de qué van las *au pair*. Aunque tienes una, nunca tienes tiempo para sentarte a charlar con una de tus vecinas más viejas.

Una de mis vecinas más entrometidas.

–Bueno, simplemente hay mucho que hacer todos los días. Y sin un marido…

–Me encantaría ayudar si me dices cómo te puedo apoyar. –La señora Storm se acercó un paso con una expresión impaciente en el rostro.

Mierda.

–Bueno, señora Storm…

El móvil de Gillian comenzó a sonar con la canción de apertura de "Amas de casa desesperadas".

Gracias a Dios. Observó la pantalla. *¿De quién es ese número?*

–¿Sí, hola?

La señora Storm dio otro paso en su dirección.

Gillian se volteó, con el teléfono en la oreja.

–Hola, ¿habla Gillian?

–¿Sí?

–Soy Sam.

–Ah. –El calor invadió el cuerpo de Gillian, seguido de varios recuerdos muy vívidos que harían que a la señora Storm le diera un síncope–. Aguarda un segundo, por favor. –Se volvió hacia la vecina y casi se choca con la mujer al hacerlo–. En otra ocasión, ¿de acuerdo? Esta es una de esas llamadas de las que le estaba hablando.

El otro de la señora Storm se puso de todos los colores.

Gillian se apresuró dentro de la casa. *Sam. Vaya.* Había pensado muy a menudo en la noche que habían pasado juntas, pero no había reunido el coraje para llamarla. Cerró la puerta a sus espaldas y caminó hacia la sala de estar.

–Hola. ¿Cómo estás?

–Bien. ¿Y tú?

–Muy bien, gracias. –Gillian se sentó.

Durante un momento, la respiración de Sam fue la prueba de que la conexión seguía funcionando.

–Entonces…

–Me gustaría volverte a ver. Por eso te llamé. Para ver si tú también me quieres ver.

Gillian se incorporó, sin poder sentarse erguida mientras pensaba en las implicaciones de lo que Sam acababa de decir.

–Eso sería agradable. Me encantaría volver a verte. *–Y sentirte. Saborearte.* La cabeza le daba vueltas.

–¿Sí? –Sam se aclaró la garganta–. Genial. Suena genial. ¿Nos... encontramos de nuevo en el apartamento?

–Por supuesto. Sí. ¿Cuándo? –Gillian gimió por dentro. *Oraciones de una palabra. Muy, muy sofisticada.*

–¿Qué te parece el viernes a las ocho de la noche?

–Sí. –Gillian corrió a la cocina para ver el calendario. Angela tenía una pijamada en casa de una amiga. Michael estaría bien con Tilde. Se adoraban y no la echarían de menos ni un segundo–. El viernes me viene bien.

–Maravilloso. Lo espero con ansias. Y, ¿Gillian?

–¿Sí?

–Me gustaría tenerte toda la noche.

El cerebro de Gillian casi se fríe cuando pensó en la promesa detrás de esas palabras. Se aclaró la garganta.

–Igualmente.

–Nos vemos el viernes.

–Sí. Adiós. –Gillian clavó la mirada en el teléfono que tenía en la mano. Sam quería verla... tocarla otra vez. Toda la noche.

CAPÍTULO 6

Gillian parpadeó, se despertó de un sueño lleno de placer, calor y diversión. Se sumergió aún más en las sábanas en un intento de aferrarse a los sentimientos maravillosos que había dejado el sueño.

El sonido del agua le invadió la mente. Lentamente abrió los ojos. Roperos blancos. *Esto no es un sueño.* Estaba en el apartamento del centro, no estaba sola... y se había quedado dormida con su amante. *Diablos.* Volvió a cerrar los ojos y se cubrió la cabeza con la sábana. *Qué vergüenza.* Se había quedado dormida en presencia de Sam. Gillian echó un vistazo fuera de su refugio. Eran las dos de la mañana. Y Sam todavía estaba allí. Eso tenía que ser una buena señal. *¿Verdad?*

Con un suspiro Gillian estiró los músculos que chillaban por el exceso de uso. *Qué noche.* Estaba segura de que no había ni un milímetro del cuerpo que Sam no hubiera tocado o lamido de alguna forma. Y, sin embargo, imaginar a Sam en la ducha en la habitación de al lado... un cosquilleo se extendió por el cuerpo de Gillian. El sexo había sido genial nuevamente, maravilloso y satisfactorio. Y esa noche Sam se había abierto para que la tocara. No de manera muy íntima. Pero había actuado diferente a la primera noche que pasaron juntas. No había dudas de que Sam era una amante increíble. *Me pregunto cómo será fuera de la habitación.* Gillian suspiró y se sumergió más en la almohada. *Seamos honestas. Te gustaría volver a verla. Pero, ¿cómo se lo pregunto?*

Sam se miró en el espejo.

–¿Qué hago?

¿Por qué le pasaba eso? ¿Por qué le interesaba alguien que solo buscaba citas de una noche? Bueno, técnicamente de dos noches... Lo cierto era que le encantaría ver a Gillian fuera de la habitación, conocerla un poco... charlar de cosas normales, saber de la vida de Gillian. *A lo mejor ni siquiera me gusta luego de decir más de cinco oraciones que no estén relacionadas con el sexo. Está fuera de mi alcance. Y no sé nada de ella. Tal vez es casada. Tiene un marido al que le encanta oír acerca de sus aventuras.* Ese pensamiento le dio náuseas. Pero debía saberlo. Si Gillian estaba casada y la usaba como una distracción o lo que fuera... Sam no la volvería a ver y ese sería el fin. No invertiría más en "eso" ... sea lo que fuera. Si a Gillian le interesaba y había oportunidad de conocerla un poco más... Sam le sonrió a su reflejo en el espejo. *Daré un paso a la vez.* Sabía que era buena en la cama y Gillian era una excelente amante. Pero luego de las experiencias malas que Sam había tenido con las relaciones en el pasado, no estaba segura de si quería más. Las relaciones la asustaban. Por otro lado... Gillian era intrigante y divertida. *¿Qué hago?* Sam giró sobre sus talones, inspiró hondo y entró en la habitación.

Gillian yacía desnuda sobre las sábanas, con los ojos cerrados y el rostro suave y relajado.

Es hermosa. Sam permaneció de pie en el umbral, con los brazos cruzados a la altura del pecho y disfrutando la vista. Su mirada vagó hacia las manos de Gillian. Esos dedos la habían tocado y habían estado increíblemente cerca de hacerla perder el control; algo que no había hecho en mucho tiempo.

Como si se hubiera sentido observada, Gillian abrió los ojos y su mirada buscó la de Sam.

Una vez más, Sam se convirtió en el centro de atención de una mirada de ojos verdes intensos que parecían penetrarla. Durante un largo momento, mantuvo la mirada fija de Gillian, luego se dirigió a la cama.

–Hola, desconocida –dijo Gillian por fin con una voz tan baja que le hizo sentir escalofríos.

–Hola –ronroneó Sam, atravesando la distancia que las separaba. Se subió al colchón y estiró la mano para acariciar suavemente la mejilla de Gillian. Sam se tomó su tiempo con las cejas de Gillian, los párpados, las líneas de los labios y la nariz antes de preguntar:

–¿Cómo estás?

Gillian se rio.

–Tengo la voz un poco ronca, pero fuera de eso… Creo que nunca me sentí más viva. –Tocó los muslos de Sam, con el tacto tan suave y dulce como una mariposa–. Gracias.

Sam sonrió.

–Eres una mujer muy atractiva, Gillian. No me canso de ti. –Trazó la línea de la mandíbula de Gillian con las yemas de los dedos. Y era cierto. El deseo de tocar a Gillian era mayor al deseo de protegerse. *Al menos, de momento*–. Creo que me has hechizado.

–¿Sí? –La risa de Gillian llegó al corazón de Sam–. Bueno, yo creo que ha sido al revés.

Sam se quedó rígida ante el rechazo que sabía iba a venir.

–Sé que es demasiado pronto y todo eso. Pero, ¿te gustaría que nos volvamos a ver? ¿El próximo viernes?

Gillian sonrió.

–No puedo.

Dos palabras que tenían el poder de desgarrar un corazón. Sam apartó la mirada. ¿En qué había estado pensando? ¿Que Gillian quería pasar más tiempo con ella?

–Está bien. Disfruté mucho esta noche. –Sam besó la frente de Gillian y se incorporó. Con un movimiento rápido, recogió la ropa interior del piso.

–Aguarda. –Gillian la miró con los ojos abiertos de par en par–. ¿Qué está sucediendo?

Sam evitó la mirada de Gillian. Se sintió como cuando tenía quince años y su papá le había preguntado qué hacía afuera tarde con la hija del chofer.

—Me encantaría volver a verte. Simplemente no puedo el próximo viernes.

—Ah. —Sam se quedó congelada.

Gillian frunció el entrecejo.

—¿Creías que no quería venir? ¿Verte otra vez? ¿Nunca?

Sam solo quería vestirse y huir. Eso era exactamente lo que había pensado.

—¿Sam? Mírame, por favor.

Sam se obligó a encontrar los ojos de Gillian y quedó cautivada por la vulnerabilidad que percibió allí.

—No tengo tiempo el próximo fin de semana. Pero nos podríamos encontrar para cenar en la semana… si quieres.

Sam se volteó y lentamente puso la ropa interior en el respaldo de cuero de la silla que había en la esquina. *Cenar. ¿Quiere ir a cenar?* Sam volteó y se acercó a la cama.

—¿Te gustaría ir a cenar conmigo?

Gillian asintió y dio una palmadita a su izquierda.

—Sí, una cena contigo. Solo comer y hablar. No me puedo ir de casa toda una noche en la semana. Aunque no sé cómo sobreviviré sin tocarte. O sin que me toques. —Sonrió—. Ven aquí.

Como si estuviera controlada remotamente, Sam atravesó la distancia hasta la cama y se acurrucó al lado de Gillian. *Quiere ir a cenar. Y hablar.*

—Pareces un ciervo atrapado por los focos de un coche.

Sam tragó saliva y sintió la garganta muy seca.

—Así me siento.

—¿Por qué?

—Yo… —Sam suspiró—. Me gustaría pasar tiempo contigo fuera de la cama. Hablar y conocernos un poco. Pero yo… Creo que no nos movemos en los mismos círculos.

Gillian se encogió de hombros.

–Probablemente sea cierto. Pero también es cierto que no me gustan mucho mis tipos de "círculos".

–¿No?

–No. Para nada.

–Ah.

Gillian se acercó, su cuerpo desnudo tocó el de Sam.

–Estás fría. –Gillian acercó a Sam a sí–. Ven aquí.

Y Sam obedeció. Se acercó lo más que pudo, con una mano sobre la cadera de Gillian, la otra al lado de Gillian.

–Y tú te sientes bien y cálida. –Dejó que la mano vagara desde la cadera de Gillian hacia su pecho.

–Tienes unas manos muy curiosas.

–Sí, ¿te molesta?

Gillian sonrió e hizo un gesto negativo con la cabeza.

–No, para nada. Pero antes de olvidarnos de todo… ¿Estás libre el miércoles por la noche? ¿Para ir a cenar?

–Sí. –Y aunque no lo estuviera, cancelaría todo por esa cita.

Gillian tragó saliva.

–¿Y te molestaría simplemente cenar conmigo? ¿Limitarnos a hablar?

–Qué difícil. ¿Limitarnos a hablar? –Sam aún no había procesado que a Gillian posiblemente le interesaba algo más que sexo.

–Sí.

–Me encantaría. –Acarició el pecho de Gillian–. Me encantaría saber más de ti. –Sus caricias se volvieron más intensas hasta que el pezón de Gillian estaba tan duro como una piedra–. Pero también me encantaría tocarte más esta noche.

–Por favor –Gillian exhaló–. Sí.

–Y bien, ¿ya hablamos de todo?

–Bésame, tonta.

Sam se colocó encima de Gillian.

–Tus deseos son órdenes –Sam rozó sus pechos contra los de Gillian, piel contra piel–. Eres mandona. –Le dio un beso en los labios–. Eso me gusta.

Gillian le devolvió el beso con una ferocidad que encendió a Sam. El calor se centró en su vagina. *Me vuelve loca.* Sam tomó la boca de Gillian en otro beso, mordisqueando el labio inferior y extrajo un suspiro de su amante. Desesperada por sentir más de Gillian, Sam comenzó a masajear los pechos de Gillian, e inclinó la cabeza para succionar un pezón, luego el otro y alternó entre los dos.

Gillian gimió, y separó las piernas.

Tras soltar un pezón rosado con un sonido húmedo, Sam se sintió fascinada por la piel de gallina al sentir el tacto de la piel perfecta bajo ella.

–Te gusta eso, ¿no?

–Me encanta. Me encanta tu tacto.

Sam sonrió antes de deslizarse por el cuerpo de Gillian e hizo una pausa para besar la barriga firme y suave. Una cicatriz desvanecida de una cesárea le llamó la atención. No la había notado hasta ese momento, pero había visto otras cicatrices del estilo en otras amantes. *Entonces tiene hijos.* Durante un momento, Sam se congeló. Los niños encajaban en la imagen mental de la vida de Gillian en los suburbios que Sam imaginaba. *Te quiere ver y hablar contigo el miércoles.* Sam se concentraría en eso. Guardando la información que había obtenido de la cicatriz, hizo una trompetilla en la barriga de Gillian, lo que la hizo soltar una risita como respuesta. Esa noche se trataba de tocarse y sentirse, de desearse y divertirse. Sam depositó más besos en las caderas de Gillian y en la parte interior de sus muslos.

Al poco tiempo, de la garganta de Gillian escaparon suspiros y gemidos.

Esos eran los sonidos que Sam había deseado oír. Continuó con la tortura lenta, sumergió los dedos en la humedad de Gillian y los movió alrededor de los pliegues mojados.

Gillian le clavó la mirada, sus ojos destellaban de lujuria y tenía los labios entreabiertos.

Lentamente, Sam se llevó los dedos a la boca y los lamió para limpiar los jugos de Gillian.

Gillian dejó de respirar y se lamió los labios como si se pudiera saborear.

Los pezones de Sam se irguieron y susurró:

–Date vuelta, preciosa.

Gillian la miró como si estuviera estupefacta. Finalmente, se aclaró la garganta y se las ingenió para decir:

–¿Quieres que te saboree yo para variar?

–Quizás más tarde –Sam se rio, sentándose sobre los talones–. Ahora, quiero que te voltees para mí.

Sin dudarlo, Gillian se recostó sobre el estómago.

La boca de Sam pasó de estar húmeda a seca de inmediato. El trasero de Gillian era magnífico. Cada terminación nerviosa del cuerpo de Sam siseó ante la vista de esas nalgas redondas y firmes. Sintió un palpitar en la vagina.

Gillian se removió.

–Relájate, Gillian –dijo Sam, bajando la voz–. Sólo me quiero tomar mi tiempo contigo y conocer cada centímetro de tu cuerpo. No te lastimaré ni haré nada que tú no quieras. En cuanto digas "no" detendré lo que esté haciendo. Confía en mí.

–Está bien –la voz de Gillian estaba ronca.

Sam colocó las manos en la espalda de Gillian y masajeó suavemente los músculos tensos.

–Te quiero hacer sentir bien. Es lo único que tengo en la mente. – Transcurridos unos minutos, Sam comenzó a bajar por los muslos de Gillian y siguió masajeándola con cuidado hasta que los nudos bajo la piel de Gillian hubieran desaparecido–. ¿Te encuentras bien?

Gillian gimió de placer.

Intentando ser paciente, Sam movió las manos lentamente hasta alcanzar el trasero de Gillian, deslizó las palmas sobre las nalgas hasta que sintió que Gillian se hacía hacia atrás para ser acariciada, claramente en busca de más estimulación.

La excitación de Sam iba en aumento. Gillian era como un afrodisíaco natural, y Sam estaba empapada.

–Te encanta que juegue con ese dulce traserito, ¿no?

–Sí –gimió Gillian–. Tócame. Haz lo que quieras… cualquier cosa… solo tócame.

Sam se rio suavemente, deslizando un dedo en el trasero de Gillian, fue una caricia incitante que hizo que la respiración de Gillian se entrecortara. Sam no la penetró. La respuesta ansiosa de Gillian ante los juegos anales hasta el momento los volvían una posibilidad distinta que a Sam le encantaría explorar… en otra ocasión. Ese día, no. Se llevó los dedos de la otra mano a la boca para humedecerlos, luego frotó la humedad alrededor del estrecho agujero de Gillian. Sam besó las nalgas de Gillian y la parte baja de su espalda susurrando palabras cariñosas y obscenidades contra la piel de Gillian.

No pasó demasiado tiempo hasta que Sam estuvo cubierta de sudor y respiraba con la misma dificultad que Gillian. Sam gateó hacia adelante hasta que todo su cuerpo cubrió la espalda de Gillian. Depositó algunos besos en el cuello de Gillian. Su olor perceptible, dulce y almizcleño, aumentó el deseo de Sam aún más.

Gillian volvió la cabeza, observando a Sam sobre el hombro.

Esos ojos verdes estaban expuestos, y Sam pudo ver que Gillian estaba dispuesta a darle todo, a ceder completamente al deseo de Sam. No había ninguna barrera entre ellas. Por peligroso que fuera eso, lo deseaba. Deseaba a Gillian. Sam se tomó su tiempo depositando besos en la columna vertebral de Gillian, antes de lamer y succionar uno de los lóbulos de Gillian, con dientes y lengua, presionando su cintura contra la carne desnuda debajo de ella. Gillian debía estar sintiendo la humedad de los bellos púbicos de Sam en las nalgas, y ese pensamiento la hizo excitar aún más. Esto ya no era un simple acto sexual, era adoración pura por parte de ella. Susurró al oído de Gillian:

—Te deseo tanto. Debo oírte acabar de nuevo y esta vez quiero que lo hagas tú. Imagina que me acaricio, que juego con mi vagina mientras tú juegas con la tuya.

—Ay, Dios —gimió Gillian, claramente al borde del precipicio.

Sam sintió los movimientos mientras Gillian se tocaba. Sam se movió entre los muslos de Gillian, la capturó entre sus rodillas para tener acceso a esas nalgas maravillosas. Volviendo a humedecer el dedo, comenzó a jugar con el ano de Gillian. Era un acto muy íntimo que Sam no llevaba a cabo a menudo. Se necesitaba confianza. Y esa noche, se había otorgado.

Gillian no se encogió cuando Sam sumergió la punta del dedo en el agujero estrecho. Hubo una resistencia momentánea, luego relajación muscular y el dedo de Sam se deslizo hasta el nudillo.

—¿Estás bien?

—Sí… Es solo… que es raro.

—¿Quieres que me detenga? —*Por favor, di que no.*

—No, no… No te detengas.

Pronto, Gillian estaba haciendo ruidos que volvían absolutamente loca a Sam. En esta ocasión, no reprimió el gemido que se le escapó de la garganta. No tenía sentido ocultar lo excitada que estaba, lo mucho que su cuerpo deseaba y pedía alivio. La vista, el olor, el sonido de Gillian llevaban a Sam al borde de la locura. No podía controlar la pasión que la sacudió, ni quería. Se tocó el clítoris, frotándolo fuerte, mientras penetraba el ano de Gillian. La coordinación no era fácil, pero tenía el mejor incentivo del mundo.

—Vamos, nena —susurró—. Quiero acabar contigo. Déjame oírte. Ven conmigo.

Gillian llegó al orgasmo gritando el nombre de Sam.

Sam gimió y llegó a la cima después de Gillian. La luz explotó en la visión de Sam al tiempo que el placer la invadía. Cansada, se las ingenió para retirar el dedo del trasero de Gillian antes de colapsar en la cama, alcanzó a moverse a último momento para no aterrizar sobre su amante, sino al costado.

Inmediatamente, Gillian se volteó hacia el abrazo de Sam, tenía el rostro relajado de placer.

Sam envolvió a Gillian en sus brazos, con cuidado de no tocarla con la otra mano. Piel contra piel, sudor que se enfriaba en los cuerpos de las dos... hasta donde podía decir, la intimidad nunca se había sentido tan bien.

–¿Sabes? –remarcó Sam, aun meciéndose en el resplandor de un orgasmo poderoso–. Eso fue increíble.

Gillian se rio entre dientes y trazó lentos patrones en el brazo de Sam con las uñas, arañándola suavemente.

–Sí. Cuando te vi en el bar, la primera vez... Creí que serías una de esas machorras típicas. Que harías lo tuyo conmigo.

Sorprendida, Sam la miró fijo.

–¿Lo mío?

–Sí. –Gillian se puso colorada–. Lo tuyo.

San no tenía idea a dónde iba eso.

Gillian posó los labios sobre la boca de Sam antes de continuar.

–No eres mi primera aventura de una noche, he tenido unas cuantas en estos últimos meses... Te juzgué mal. Estás tan sintonizada con lo que yo quiero, lo que necesito, y me siento muy valiosa y segura contigo. Gracias.

Sam mantuvo la calma. No siempre le importaba lo que pensaran sus amantes, o si la satisfacían, pero Gillian era diferente de una forma que no podía definir. Sam no sabía cómo responder. El hecho de que Gillian tuviera hijos y quizás estuviera casada y tuviera otras amantes... *¿Qué estaba pensando?* El estómago de Sam se encogió. El viejo instinto de huir cuando las cosas se volvían demasiado intensas volvió a irrumpir. Lo reprimió. *No. Hablarán de esto el miércoles. Cálmate. Sólo espera unos días más.*

Ajena a la batalla de Sam, Gillian se puso encima de ella y sus frentes se rozaron. Su cabello cayó como una cortina sobre ellas y bloqueó la vista de la habitación al tiempo que creaba un espacio privado que las envolvía solo a ellas dos.

–Oye, ¿te gustaría ducharte conmigo? –preguntó Gillian con timidez–. Nos hemos ensuciado… supongo que es mejor limpiarnos.

Sam tragó con dificultad. El mundo se había vuelto loco, ella estaba loca.

–Sí –dijo Sam, y giró hasta que pudo salir de la cama y dejar a Gillian sobre su espalda y sin aliento–. Te juego una carrera al lavabo y a esa tina obscenamente grande. La primera en llegar escoge la posición –continuó.

Salió disparada y una Gillian risueña que le pisaba los talones.

CAPÍTULO 7

—Angela, si no sales de aquí en treinta segundos… —Gillian dejó la amenaza en el aire. Ese era un juego que ella y su hija jugaban varias veces por semana. Angela era un poco desaliñada: tanto con su habitación como con el manejo del tiempo. Un hecho que había vuelto loco a Derrick. Él, el abogado perfecto, siempre había llegado a tiempo a sus citas y había sido prolijo, rozando lo obsesivo. Eso había vuelto tan loca a Gillian como el comportamiento de Angela.

—Adiós, mamá. —Angela le hizo un gesto con la mano mientras corría por la entrada con el almuerzo en una mano y el móvil en la otra.

Gillian se pasó una mano por el cabello.

—Un día de estos la voy a estrangular. —Ella misma no era amante de las mañanas. Los niños no habían cambiado eso. Pero con o sin *au pair*, quería ser ella quien enviara a los niños a la escuela por las mañanas.

—Yo también me tengo que ir. —Tilde pasó rápido al lado de Gillian—. Regresaré en dos horas.

—¿Tienes la lista de compras?

—Sí —Tilde sostuvo una hoja de papel en el aire—. Está todo bajo control. Incluso nos traeré algo para almorzar.

—Esto es como estar en el medio de un embotellamiento en una carretera —murmuró Gillian antes de regresar a la casa y cerrar la puerta. Con Angela, Michael y Tilde fuera de la casa, el único sonido que oyó fue el reloj de la cocina. Gillian se enrolló las mangas del suéter y se dirigió al equipo de música de la sala de estar. La música era su soporte para encontrar paz cuando se encontraba sola y la soledad amenazaba con convertirse en dolor.

Unos instantes después, la voz de Melody Gardot llenó el aire como un perfume dulce.

Gillian suspiró. *Mejor.* Su mirada se dirigió al aparador y a los portarretratos que allí se erguían como pequeños modelos de su vida pasada. La fotografía en el centro exhibía a Derrick y a ella, parados junto a los padres de él. Todo se veía tan… artificial y… feliz… y obscenamente al estilo Disney. Detestaba esa fotografía tanto como su vida de entonces. Gillian la puso boca abajo.

Había otra que era tan horrible como un dolor de muelas. Los niños vestidos con las mejores prendas como soldaditos sin una sonrisa en el rostro. Gillian se frotó la cara con las manos. Derrick había usado la misma fotografía para el santuario de la familia feliz en el trabajo. En una ocasión, ella había hecho una broma de que los abogados tendían a alardear con fotografías de sus familias como si fuera un trofeo que ganaron. Derrick no había entendido la broma, que en realidad no había sido una broma. Gillian volteó la fotografía con un golpe de satisfacción.

Sus ojos vagaron al portarretratos de Derrick y el gobernador estrechando las manos en una toma lustrosa en blanco y negro. Gente importante que ayudaba a acelerar acuerdos de negocios falsos. Hizo una mueca y volteó también esa fotografía.

La siguiente fotografía que le llamó la atención fue la de la boda, tomada en una época en la que tenía la certeza de estar enamorada de Derrick. Los dedos de Gillian tocaron el vidrio. ¿Esa había sido ella en realidad? Una sonrisa tan deslumbrante como la de Derrick. En ese entonces, ella había creído que el Príncipe Encantado había llegado a su vida. Un socio de un bufete de abogados que se casó con su secretaria… el tipo de cosas del que se hacían los cuentos de hadas. Pero no todos los cuentos de hadas tenían un final feliz. Se obligó a no decaer. Ese había sido un grave error… de parte de los dos.

Pasó un dedo por la fotografía de sus hijos abrazándola. Ese había sido un maravilloso día de verano en el barco de los padres de Derrick.

Una sonrisa se formó en el rostro de Gillian. Realmente, los niños eran lo único bueno que había salido de ese maldito matrimonio.

Cielos, le encantaría beber algo. Algo fuerte. Su mirada vagó hacia el antiguo Tantalus de roble que su suegro le había regalado a Derrick para navidad hacía muchos años. Los decantadores de cristal brillantes que guardaba el Tantalus la llamaban. Gillian se apartó. El alcohol era una de las tentaciones de las que había jurado mantenerse alejada. Una copa de vino de vez en cuando por la noche era todo lo que se permitía. Pero nunca antes de las seis. Y por supuesto que nunca más que una. Gillian se llevó una mano casi temblorosa a la frente y cerró los ojos por un momento. Nada de alcohol. Café.

Un instante después se encontraba de pie ante la ventana de la cocina con una taza de café en la mano. La vista de afuera era tranquila. El vecindario era bueno. Al menos eso era lo que había dicho Derrick. Entonces. Y parte de eso era cierto. Era un lugar seguro con mucho césped bien cortado y vecinos tranquilos. Incluso había hecho algunas amistades superficiales. Pero por más tranquilo que fuera, ese no era el sitio en el que quería seguir viviendo. Gillian le dio un sorbo al café y disfrutó la bebida amarga. Nunca había deseado la muerte de Derrick. Pero no había transcurrido mucho tiempo hasta que se dio cuenta de que su muerte la había liberado y que su ausencia era una oportunidad de escapar de lo que había llegado a detestar. No de regresar a su antigua vida. Sonrió. No, eso tampoco había sido todo de color rosa.

El único problema era que escapar de algo no era suficiente. Aún no había descifrado a dónde escapar. Lo único que sabía con absoluta certeza era que quería, no, que necesitaba encontrar una vida que le bridara a ella y a los niños la misma felicidad. Ni más, ni menos. Si había algo que había aprendido en los pasados años infelices era que no sería una buena madre para sus hijos si ella misma no era feliz.

Le dio otro sorbo al café y disfrutó la manera en que la bebida fuerte le cosquilleaba las papilas gustativas. Había algo… alguien que le había dado un poco de felicidad a su vida. *Sam*. Sam había sido distinta a sus anteriores citas de una noche... de dos noches... Sam despertó un hambre en Gillian. No se trataba solo del sexo. Gillian sonrió. Aunque el sexo era muy, muy bueno.

Gillian se alejó de la ventana. Realmente no sabía qué hacer con Sam. ¿Y qué quería Sam de ella? Gillian se descubrió pensando en la otra mujer cada vez con más frecuencia, se preguntaba qué estaría haciendo... y si Sam también pensaba en ella. Y eso era estúpido. Se habían visto dos veces y habían pasado la mayor parte del tiempo en la cama, no hablando. *Pero hablaremos mañana, en nuestra cita.*

Cita. Gillian se masticó el labio inferior. La palabra sonaba extraña en su cabeza. Tenía una cita con una desconocida que conocía su cuerpo íntimamente. Pero, ¿alguien como Sam podría ser algo más que una amante ocasional? Además... ¿Sam querría siquiera explorar la posibilidad de algo más? ¿O correría a los gritos en la noche en cuanto supiera que Gillian venía con un paquete? Bueno, con dos paquetes; uno estaba por alcanzar la pubertad y el otro era un niño encantador.

Apoyó la taza de café. Una cosa era segura. Ni Sam ni nadie más volvería a ser la persona en la que se basaba su felicidad. Por tentador que fuera la idea de encontrar a alguien... a ese alguien especial. No. De ninguna manera. Se trataba de su vida, sus objetivos y su felicidad. Eso era algo que estaría encantada de compartir con la persona indicada. Pero definitivamente no volvería a renunciar a ello. No por otra persona.

—Bueno. Basta. Ya es hora de hacer algo. —Recogió el teléfono y llamó a su agente de bienes raíces—. Hola, Caroline. Estoy lista para buscar una casa.

CAPÍTULO 8

Gillian llegó unos minutos tarde a La Trattoria, el restaurante italiano que Sam había escogido para la "primera" cita. Sin embargo, el romance no estaba en la mente de Gillian. El tráfico en la calle había sido una locura, al igual que la llamada telefónica de su suegra justo cuando Gillian estaba a punto de salir. Al volver a pensar en la llamada, Gillian apretó los dientes. La mujer la estaba volviendo loca y llevaba el término de "suegra malévola" a un nuevo nivel. El apodo que le había puesto Tilde le sentaba bien: dragona.

Afortunadamente, había lugares para estacionar reservados para los clientes del restaurante que Sam había escogido. A lo mejor el día mejoraba. Simplemente tenía que mejorar. Aparecer tarde en la cita como si no le importara no era el tipo de impresión que le quería dar a Sam. Debido a la estúpida llamada telefónica, no había tenido tiempo de obsesionarse sobre un atuendo especial para esa noche.

Gillian apagó el motor, respiró hondo y salió del coche. *Cena romántica. ¿Cómo entro en sintonía con esto?* Cerró los ojos y se imaginó a Sam. Hermosa y fuerte. La mujer que le había enseñado a Gillian más de su propio cuerpo y sexo en dos noches que cualquier otra persona antes. Tembló. Sería mucho más fácil si esa noche fuera otra de esas citas calientes y sudorosas que ya habían compartido. Pero esta vez no se trataba de sexo y los nervios de Gillian estaban de punta. Se retorció las manos para liberarse del cosquilleo que le causó la energía nerviosa que le recorría el cuerpo. ¿Y si eso, esa noche, no funcionaba? ¿Y si descubrían que no tenían nada de qué hablar, nada en común? ¿Y si Sam era tan aburrida como se sentía Gillian la mayoría de los días? ¡Piensa en positivo! Elevó la mirada al cielo. El atardecer se estaba estableciendo en la ciudad. *A lo mejor disfrutemos de hablar tanto como disfrutamos volvernos locas en la cama.*

Una pareja entró en el restaurant, aferrándose las manos, riéndose y felices. Enamorados. La luz que brillaba a través de las ventanas del restaurant era acogedora. La Trattoria parecía un negocio familiar. Visiones de pasta casera y pan crujiente con ajo bailaron en la cabeza de Gillian. Se rio. *Chica mala. Nada de aliento a ajo.* No tener sexo no significaba no besarse y estaba determinada a robar un beso esa noche. Gillian se pasó un dedo por los labios. Sam era muy buena besando.

El aroma de tomates, ajo y pan fresco cosquilleó en la nariz de Gillian cuando entró en el restaurante. Se le hizo agua la boca. *Qué lindo.* Recorrió el lugar con la mirada. Había pequeños nichos en la parte trasera y una luz tenue creaba una atmósfera cálida. La mayoría de las mesas estaban ocupadas, pero el nivel de ruido era lo suficientemente bajo como para oír la música italiana que se reproducía suavemente de fondo. La Trattoria parecía una elección perfecta para una cena romántica en territorio neutro.

Algunos comensales la observaron. Con alivio, notó que no conocía a nadie. También se dio cuenta de que el rostro que había ido a ver esa noche no se encontraba allí. Sam.

Una mujer joven que era la encarnación de una belleza italiana avanzó hacia Gillian. Tenía cabello oscuro y ondulado, un vestido rojo muy elegante y piernas que no tenían fin.

–*Buona sera*, bienvenida a La Trattoria. ¿Cómo te puedo ayudar?

–Buenas noches. –Gillian volvió a recorrer el restaurante con la mirada, sin encontrarla–. Me debo encontrar con Sam aquí esta noche. Creo que hizo una reserva.

La mujer la recorrió con la mirada lentamente.

–*Si, si.* Sam te espera. Sígueme, por favor. –La recepcionista volteó y se dirigió a la parte trasera de la sala.

¿Se tutean? Con el ceño fruncido, Gillian la siguió por una puerta que estaba parcialmente escondida detrás de una planta enorme. Caminaron por un pasillo casi oscuro hasta que la recepcionista se detuvo.

–Sam reservó una habitación privada para esta noche. Qué disfruten la cena. –La recepcionista le hizo un guiño a Gillian y abrió la puerta a su derecha.

Gillian reprimió el deseo no romántico de silbar. Un ramo de rosas rojas dominaba la mesa de madera en el centro de la habitación. Las velas encendidas enmarcaban una hielera con una botella de champagne Dom Pérignon. Y en una silla estaba sentada Sam. *Ay, Dios.* Vestida con una camiseta a botones de color azul oscuro y con un pantalón de vestir negro, se veía condenadamente atractiva. De solo saber lo que yacía debajo de esas prendas, el deseo de Gillian se encendió a la velocidad de la luz. Alisó la tela de su blusa con las manos temblorosas, sin saber qué hacer, como comportarse en el territorio poco familiar de una cita verdadera… con una mujer. *Con Sam.*

La sonrisa en el rostro de Sam cuando se levantó de la silla y atravesó la distancia que las separaba era tan radiante como un foco.

–Hola. Te ves de lo más encantadora. –Sam tomó una rosa del ramo y se la entregó a Gillian–. Sin espinas.

Gillian tomó la rosa con la garganta tensa. Se la llevó a la nariz e inhaló. El aroma dulce le hacía acordar a la primavera y a los nuevos comienzos.

–Gracias. –Ni siquiera cuando habían comenzado a salir Derrick había hecho algo tan romántico como aquello. De hecho… nadie había hecho algo así por ella. Le sonrió a Sam–. Esto es… simplemente… cielos.

Sam dejó vagar los dedos por el brazo de Gillian antes de besarla suavemente en la mejilla.

–Me dejas sin aliento. Gracias por compartir esta noche conmigo.

La leve ronquera en la voz de Sam le hizo sentir un escalofrío a Gillian. Sus ojos recorrieron el arco ligero de los labios de Sam. Labios que ella había probado. Labios que se habían dado un banquete con ella. *Mierda. Nada de sexo.* Esta iba a ser una noche interesante.

Sam le dio un mordisco a su filete de cordero, disfrutando el aroma suave del romero que le acariciaba la lengua. Había esperado con ansias la comida. La Trattoria era uno de sus restaurantes favoritos; el dueño, Luca, y su hija Diana, viejos amigos. Por más que disfrutara la cocina italiana, la comida tomaba el segundo lugar esa noche. Gillian era el centro. Y qué centro más hermoso que era. Con la blusa celeste simple, pantalones de vestir cuidadosamente planchados y tacones elegantes, Gillian había dejado a Sam sin aliento cuando apareció en la puerta. Casi diez minutos tarde. Sam se había convertido en una bola de nervios para entonces, temía que Gillian no apareciera.

Ajena a los pensamientos de Sam, Gillian canturreaba y parecía disfrutar de su atún. Eso era bueno. La ubicación obviamente fue un éxito. La comida estaba deliciosa. De acuerdo. Y… la charla era un poco difícil. Pero por eso estaban allí. Para hablar y conocerse mejor fuera del dormitorio y de la ducha y… Sam se aclaró la garganta.

–¿Y cómo estuvo tu día?

–Bastante bien, en realidad. –Gillian clavó el tenedor en un trozo de atún–. Estuve buscando una casa.

Sam asintió. *Buscando una casa. De acuerdo.*

–¿Y qué estás buscando?

–Algo que no sea tan grande como la que tenemos ahora. –Gillian frunció el ceño mientras masticaba–. Y en otro vecindario. El jardín es imprescindible. Una piscina sería agradable. Para los niños. Una habitación principal grande con acceso directo al jardín sería genial. Para mí.

Niños. Una pregunta resuelta. *¿Cómo le pregunto si hay un padre alrededor? Mierda.* Sam bebió un sorbo de vino antes de preguntar:

—¿Y encontraste algo?

Gillian hizo un gesto negativo con la cabeza.

—Hoy fue una confirmación de lo que no quiero. Pero eso está bien. La búsqueda continúa la semana que viene. —Gillian inclinó la cabeza y le dio esa sonrisa especial que hacía que el estómago de Sam diera un vuelco cada vez que iba dirigida a ella.

—Entonces… —Sam se aclaró la garganta—, ¿tú y tus niños?

Gillian dudó un momento antes de decir:

—Sí, Angela y Michael y, bueno también está Tilde, nuestra au pair.

Así que, donde quisiera que estuviera el padre, no estaba en la fotografía para la mudanza. Sam jugueteó con las patatas en su plato. *¿Se divorció del padre? ¿O quizás se divorció de su esposa?* Todo era posible. Sin embargo, Sam estaba segura de que esas eran preguntas que no se hacían en la primera cita.

—¿Qué edades tienen tus hijos?

—Angela tiene once años y Michael, seis. —La voz de Gillian era suave.

—¿Y está funcionando con la au pair? ¿A los niños le agrada?

Gillian asintió, con los ojos encendidos.

—La adoran. Es muy centrada y tiene un excelente sentido del humor. No sabría qué hacer sin ella. —Gillian rompió el contacto visual y se concentró en la comida.

Entonces, ¿esa es otra línea? Había miles de cosas que Sam quería preguntar. ¿Dónde estaba la media naranja de Gillian? ¿Por qué se mudaron? ¿Por qué la había escogido a Sam la primera noche que se encontraron? *Cálmate. Preguntas seguras. Necesito una pregunta segura.*

—¿Y qué hay de las mascotas? ¿Hay algún gato o perro en la fotografía?

Gillian se rio entre dientes.

–No. A Angela le encantaría tener un perro. Pero Michael es alérgico.

–Ay, apuesto que eso le sienta bien a su hermana.

Gillian puso los ojos en blanco.

–Es cierto. Pasó un tiempo hasta que dejó de culparlo por no poder tener un perro.

–Sí. Mi hermana y yo tuvimos el mismo problema.

–¿Tienes una hermana?

Sam asintió.

–¿Tú tienes hermanos?

–Que yo sepa, no.

Sam frunció el entrecejo. Esa era una respuesta extraña.

–No me dijiste cómo estuvo tu día. –Gillian se inclinó hacia adelante.

Sam odiaba las primeras citas. Dos desconocidas haciendo preguntas mientras intentaban cruzar fronteras invisibles. Técnicamente, ellas no eran desconocidas, pero hablar de orgasmos y juguetes sexuales podría no ser lo adecuado para esa noche.

–Bueno, creo que mi día no estuvo tan interesante como el tuyo. Trabajé más que nada.

–¿Qué tipo de trabajo haces?

–Soy empleada de mantenimiento. Pinto apartamentos, reparo cosas y a veces construyo pequeños muebles. Cosas de ese estilo.

–Vaya. Entonces, si hay algo roto, ¿tú lo puedes reparar?

–A veces. Pero nada eléctrico. –Sam sonrió.

–¿Te gusta tu trabajo?

–Sí. La mayor parte del tiempo. Algunos clientes apestan. Pero la mayoría son amables. Y tenemos algunos clientes mayores y realmente aprecian poder confiar en nosotros para que los ayudemos en sus hogares. –Sam apoyó el tenedor–. Y ese es el tipo de trabajo que es satisfactorio. No solamente reparar algo o pintar algo. Pero saber que estoy haciendo la diferencia en la vida de alguien. –Se mordió el labio inferior. Decirlo en voz alta sonaba patético.

–Me parece increíble oír que te encanta esa parte de tu trabajo. Siempre pensé que un trabajo se debe tratar de algo más que de dinero. Hace la diferencia cuando uno ama lo que hace y ve significado en su trabajo, ¿no? –Su tono era casi nostálgico.

Sam asintió.

–Estoy de acuerdo. No es fácil descifrar qué quieres hacer con el resto de tu vida cuando terminas la escuela. Pero más adelante en la vida… creo que es importante descubrir quién eres y qué quieres hacer. La vida es demasiado corta para intentar complacer o escuchar a otros.

Una sombra cayó sobre el rostro de Gillian.

–Estoy de acuerdo. Aunque seguir esa regla no siempre es fácil.

–No, no lo es.

Se miraron fijo a los ojos. Gillian fue la que rompió el silencio.

–Y bien, ¿qué te gusta hacer en tu tiempo libre?

–Toco la guitarra. Nada muy sofisticado. Solo por placer. Me gusta leer. Y me encanta pasar tiempo con mi sobrina.

Una mirada intensa encontró la de Sam.

–Eso suena muy centrado.

Sam recorrió la base de la copa con un dedo.

–Sí, creo que mis días salvajes se han acabado.

Gillian agitó las pestañas.

–¿Días salvajes?

Sam soltó un resoplido.

–No. De ninguna manera hablaré de eso esta noche. Así que, ¿cómo te ganas la vida, Gillian?

Gillian frunció el entrecejo.

–No… Bueno, cuido a los niños, me encargo de la casa y ese tipo de cosas. Pero no trabajo. Es decir, no en una oficina.

Sam estaba a punto de hacerle otra pregunta a Gillian cuando alguien llamó a la puerta y, sin esperar invitación, entró.

–Buona sera. Buona sera, Sam. Qué bueno verte.

Sam gimió por dentro. Quería a Luca a muerte. Era un sujeto increíble y una especie de figura paterna. Pero le había pedido explícitamente que las dejara solas esa noche.

–No las quiero molestar. Solo vine a saludar y preguntar si se encuentra todo bien. –Luca tenía una sonrisa de culpa. Mientras que su hija era delgada y un sueño erótico italiano, él era barrigón e irradiaba un aire de acogedor. La mezcla de esas dos personalidades era lo que hacía que el restaurante fuera tan exitoso.

Sam se incorporó de la silla y se acercó a su viejo amigo, reprimiendo la necesidad de ahorcarlo.

–Hola, gracias. Sí, la comida está deliciosa, como siempre.

Él la miró a Gillian y elevó una ceja.

No lo puedo creer. Bastardo curioso.

–Luca, por favor, te presento a Gillian. Gillian, él es mi viejo amigo, Luca. –Sam se hizo a un lado y observó a Luca y Gillian estrechar las manos.

–Ay, pero no soy tan viejo. Es un placer conocerte, Gillian. –Hizo un gesto hacia la mesa con la mano–. Espero que disfruten la comida y –bajó la voz mientras miraba a Sam– la compañía.

Mátenme.

–Muchas gracias. La comida es maravillosa. El atún es perfección pura. Felicite al cocinero. –Le sonrió a Sam–. Y la compañía es la mejor que podría desear.

Las orejas de Sam quemaban.

Luca se rio entre dientes.

–Maravilloso, maravilloso. Las dejaré con la comida y la buena compañía. –Tomó la mano de Gillian y le depositó un beso.

Sam puso los ojos en blanco. *Siempre tan encantador.*

Afortunadamente, se despidió y volvió a desaparecer.

Sam sonrió.

–Lo siento. Creo que es un poco curioso.

–¿A cerca de qué?

Sam se rascó la nariz.

–Tú.

–Ah, de acuerdo. –Gillian sonrió–. ¿Cómo se conocen?

Mierda. La versión apta para todo público de esa historia en particular sería corta. Definitivamente no le quería contar a Gillian demasiado de su relación con Diana. Sam se frotó el cuello. Por otro lado, si esa noche se trataba de averiguar si Gillian y ella tenían una oportunidad de algo… mentir no era una opción. *Intenta un enfoque neutro. A lo mejor no haga muchas preguntas.* Sam inspiró hondo.

–Yo, eh… me encontré con su hija y luego conocí a Luca y nos agradamos y la comida aquí es excepcional. –Volvió a elevar la mirada y se encontró con los ojos de Gillian.

Gillian parpadeó.

–¿Te encontraste con su hija? ¿Qué significa eso?

Ahora sería el momento perfecto para que regresara Luca y las volviera a interrumpir. O para que se dispare una alarma de incendios.

–En un bar. –Sam reprimió las ganas de dejar caer la cabeza contra la mesa. ¿Por qué no había hecho una reserva en otro sitio?

–Lo siento. –Gillian puso la mano sobre la de Sam–. No quiero fisgonear.

Sam clavó la mirada en sus manos unidas. La de Gillian era suave y cálida y muy diferente a su mano dura, que esa tarde había estado dentro de un inodoro. Sam soltó un lento resoplido.

–No es fisgonear. Nosotras… salimos hace unos años y quedamos como amigas.

–Eso es increíble.

Sam frunció el entrecejo.

–¿Qué es increíble?

–Poder quedar como amigas luego de… ya sabes. No muchas personas pueden decir eso.

Sam presionó la mano de Gillian.

–Funciona si las dos partes realmente quieren hacerlo funcionar.

–Ah, ¿sí? –Gillian bajó la voz.

De repente, Sam no estaba segura de si seguían hablando de su relación con Diana o de otra cosa completamente diferente.

Durante un largo momento, ninguna dijo nada. Luego Gillian soltó la mano de Sam, tomó la silla y la colocó al lado de Sam.

–Hola.

Sam elevó una ceja.

–Hola.

–Por más que me guste hablar contigo y hacerte preguntas y actuar como una adulta… de verdad odio sentarme tan lejos que no te puedo tocar. –Los ojos de Gillian tintinearon mientras su pulgar hacía círculos perezosos en la mano de Sam.

–Ah, ¿sí?

–Sí. Está bien no tener sexo. Bueno, esta noche. Pero sentarse en puntas opuestas de la mesa no está nada, pero nada, bien.

Sam no pudo evitar reír.

–Sí, apesta.

Gillian dejó caer la cabeza contra el hombro de Sam.

–Entonces, ¿dónde estábamos?

Sam le dio un beso en la cabeza. El aroma a canela le cosquilleó en la nariz. Cerró los ojos e inhaló.

–Me gusta cómo huele tu cabello.

Permanecieron en silencio por un rato.

–Me encanta poder tocarte –murmuró Gillian cuando interrumpió el silencio.

–Me encanta que me toques y tocarte. –Sam cerró los ojos y disfrutó la conexión. Esa cita no era tan mala como se lo había temido.

Sam observó el Mercedes brillante, negro y deportivo. *Apuesto a que son asientos de cuero.* La mujer definitivamente tenía clase. Y era rica. Aunque nunca lo había dudado.

–Gracias por la noche maravillosa. –Gillian sacó las llaves del bolsillo y abrió la puerta del coche–. Repitámosla.

Sam le cogió la mano y besó la palma de Gillian.

–Eso me encantaría. Pero la próxima vez, tu escogerás el lugar.

–Genial. Sí. –Gillian observó los alrededores antes de dar un paso hacia Sam, su se cuerpo presionó suavemente contra Sam–. Sabes que no te puedo dejar ir sin un beso de despedida.

–¿Sí?

–Sí. Déjame agradecerte de forma apropiada por una noche encantadora. –Había un ronroneo seductor que hizo que las rodillas de Sam temblaran.

Gillian le acarició la mejilla y luego sus labios suaves hicieron presión contra los de Sam. Cerró los ojos, se perdió en el beso y en la sensación que era igualmente suave, dulce y caliente.

Transcurrido un momento, Sam interrumpió el beso tan despacio como había comenzado. Con un último roce al labio inferior de Gillian, se apartó.

–Haces que sea muy difícil no hacer algo inapropiado en un estacionamiento.

Gillian inclinó la frente contra la de Sam y murmuró:

–Ser adulta y comportarse de forma responsable está muy sobrevaluado.

–Sí, apesta. –Riéndose, Sam dio un paso hacia atrás y movió uno de los dedos contra los labios tentadores de su amante–. Quieres que esta noche me dé una ducha fría, ¿no?

Gillian suspiró.

–¿Por qué debería ser la única que está siendo torturada?

–¿Nos vemos el miércoles?

–Sí.

–¿A las nueve de la noche en el apartamento?

Gillian se deslizó en el asiento del conductor.

–Sí, pero solo tengo dos horas.

–Nos las podemos arreglar. –Sam cerró la puerta con cuidado, sus ojos no se apartaron de los de Gillian hasta que la luz dentro del coche se apagó.

Poco después, Sam observó a Gillian alejarse. El miércoles tardaría en llegar para ella.

CAPÍTULO 9

–Hola, Chloe –Sam gritó por el pasillo–. Estoy lista. Vamos. –
Sin esperar respuesta, entró en la pesadilla rosada, también conocida
como la habitación de su sobrina. No mucho había cambiado desde
la última vez que Sam había puesto un pie en esa habitación para
ensamblar el nuevo ropero hacía varias semanas. Al dejar el martillo
y los clavos al lado de una pila de libros sobre el escritorio, sus ojos
se vieron atraídos a un póster que no había visto antes. El rostro de
Justin Bieber le sonreía. Tembló. *Ay, mierda. Espero que esta sea
una etapa muy corta de su vida.* Con un suspiro, se sentó en la cama
que parecía haber sido atacada por un tornado. La habitación le dio
dolor de cabeza. ¿Cómo podía una sobrina de ella amar tanto el color
rosado y las cosas de niñas?

–Chloe. Necesito instrucciones. Apresúrate.

Chloe entró en la habitación en un remolino, toda sonriente y
llena de energía, su cabello rubio sujeto en una coleta.

–Genial. Lo quiero allí. –Apuntó hacia la pared por encima del
tocador.

Dos minutos más tarde, la fotografía enmarcada del equipo de
porristas de Chloe colgaba del lugar exacto que ella había querido.
Sam le sonrió a su sobrina.

–¿Está bien?

–Sí. Gracias, Sam. –Chloe se inclinó contra el cuerpo de su
tía–. El marco es hermoso.

Sam se obligó a sonreír. Chloe no tenía ni idea de cuánto había
odiado Sam pintar el marco de madera de color rosado.

–Qué bueno. Me alegra que te guste. Oigo una mega porción de
pizza extra grande que me llama.

–Sí, yo también. –Chloe tomó la mano de Sam–. Vamos.

Cuando entraron en la cocina, Victoria sostuvo un plato con una enorme porción de pizza humeante.

–¿Quién tiene hambre?

–Dame. –La mano de Chloe fue más rápida que la luz y, sin detenerse, se consumió una porción de pizza.

Sam no pudo evitar sonreír. Chloe parecía una ardilla.

–Disculpa, hija mía, pero "dame" no es lo que decimos cuando queremos algo. –Victoria fulminó a su hija con la mirada.

Las mejillas de Chloe se hincharon más.

–Tengo hambre.

–Modales, modales, modales.

Sam le sonrió a su hermana.

–Suenas igual que mamá.

La mirada que recibió fue una réplica exacta de la que las dos recibían de niñas.

–Basta. Me siento como una niña de diez años.

–Bueno, entonces deja de comportarte como una y siéntate. Eso va para las dos.

Sam se rio, tomó una porción de pizza y la puso sobre un plato antes de ofrecérsela a su hermana.

–Toma. Come. Te comportas como una diva cuando tienes hambre.

Chloe soltó una risita y se sentó.

Victoria gruñó.

–Oigan, no se alíen en mi contra.

–Pero lo hacemos siempre, mamá.

Sam sonrió con superioridad.

–Sí, mamá. Lo hacemos siempre.

–Ay, cállense las dos.

Sam aceptó el plato que contenía una porción de pizza enorme. Inhaló el olor del queso y la salsa de tomate y la albaca fresca antes de dar el primer mordisco. El sabor explotó en su boca. Gruñó.

–Eso es maravilloso. Y estoy muy agradecida por tus vacaciones en Italia.

–Te encantará oír que regresaremos el año que viene.

Sam asintió.

–Eso es genial. ¿Todo el verano?

–Cuatro semanas en Toscana. –Los ojos de Victoria centellearon–. Estoy tachando los días.

–Ay, yo los tacho contigo y no me puedo imaginar las recetas con las que regresarás esta vez. –Por la cornisa del ojo, Sam notó que Chloe se llevaba una segunda porción a la boca lo más rápido que podía.

Victoria elevó una ceja.

–¿Cuál es el apuro, Chloe?

–Mamá, tengo que llamar a Laurie en... –le echó una mirada al reloj sobre la pared– unos dos minutos.

–¿Por qué?

–Por su fiesta de cumpleaños. –El "obvio" tácito sonó alto y claro en el aire.

–Que sean cinco minutos y come de manera adecuada. ¿De acuerdo?

El suspiro de Chloe fue propio de una reina del drama. A Sam se le dificultó no reírse. En ocasiones, su sobrina era una copia de una Victoria mucho más joven.

Los siguientes minutos estuvieron llenos de risas y anécdotas de la escuela de Chloe. Sam disfrutaba la sensación de familia y pertenencia que siempre la invadía en momentos como ese. No pudo esconder la sonrisa cuando Chloe se incorporó y Victoria puso los ojos en blanco. Todo eso era tan familiar y seguro. Una sensación cálida se expandió a través de Sam. Así era como debía ser la familia. Tragó el resto de la pizza y se dio unas palmaditas en el estómago.

–Eso estuvo muy bueno. Me encanta tu pizza.

–¿De verdad?

Sam le arrojó la servilleta a su hermana y le dio en el pecho.

Victoria tomó la servilleta entre el pulgar y el dedo índice y la arrojó en el cesto de basura.

–¿Quieres café?

–No, gracias. –Sam recogió los platos y los metió en el lavavajillas mientras Victoria se mantenía ocupada con su deslumbrante máquina de café.

El sonido de los granos moliéndose vibró en los dientes de Sam.

–Un mazo no tiene nada en contra de este monstruo. –Miró más de cerca. *Estoy segura de que la última vez la máquina de café era negra y no un monstruo plateado de acero.* – ¿Es nueva?

Victoria suspiró.

–Sí.

–¿Quién te la regaló?

Victoria echo una mirada a la taza de café antes de apoyarla y presionar un botón del gigante de acero. Un líquido oscuro cayó en la taza.

–Nuestro querido padre.

–Ah, ¿qué hizo ahora? –Sam no pudo contener la amargura de su voz.

–Se olvidó de acudir a la presentación del grupo de teatro de Chloe el mes pasado, aunque prometió que estaría allí y que nos llevaría a cenar luego.

–Claro que sí. –Sam puso los ojos en blanco–. ¿Y cómo ayudaría una máquina de café nueva?

–Una máquina de café nueva para mí y un iPad nuevo para Chloe. –Victoria alzó las manos–. Y sí, aceptamos los regalos.

–Realmente no entiendo cómo puedes dejar que ese patán…

–Basta. –Su hermana le pellizcó la nariz–. No volveremos a discutir esto. Él es su abuelo. Y no lo sacaré de nuestras vidas. Y por más que sea una porquería, los regalos son su forma de disculparse. Tienes que aceptarlo.

–Más bien su forma de comprarse un "está bien, te perdonamos… de nuevo". –Sam puso las manos en puños. Nunca estarían de acuerdo en cuanto al comportamiento de su padre y la forma en la que intentaba manipular y comprar a todos los que lo rodeaban, incluida su familia.

–Sam. –Victoria estiró la mano y tomó las de Sam–. Él es su abuelo. Y realmente no quiero perder otra parte de mi familia. Quiero que mi hija tenga contacto con él mientras ella así lo quiera. Cuando ella decida que no lo quiere ver más… –Se encogió de hombros–. Bueno, entonces es su decisión. Pero hasta ese momento, él será parte de nuestras vidas. Una parte muy pequeña.

Sam hizo un gesto negativo con la cabeza.

–Lo siento. Nunca lo entenderé. Pero es tu decisión.

–Ya lo sé. Vamos, relajémonos un rato en el sofá.

–Sí.

Se acomodaron en el sofá en la sala de estar, Victoria se acercó lo suficiente como para apoyar la cabeza en el hombro de Sam.

La ira aún recorría a Sam. Ira por el comportamiento de su padre, la decisión de Victoria de dejarlo permanecer en su vida y, por encima de todo, una ira que la quemaba por la forma en que todo aquello aún le afectaba. Incluso después de tantos años.

–Y bien, ¿qué hay de nuevo en tu vida?

–¿Por qué?

–Has estado inquieta como una niña de cinco años desde que entraste.

–No.

Victoria se limitó a tararear.

A Sam se le dificultó la respiración. Había esperado con ansias contarle a su hermana acerca de Gillian y, al mismo tiempo, lo había temido. Hablar de "eso", de Gillian, volvería todo real y Sam aún no estaba segura si eso era lo que quería. Pero su mente y sus pensamientos habían estado dando vueltas durante los últimos días y necesitaba contárselo a alguien.

–Conocí a una mujer.

–¿Y?

–Es divertida. Es interesante. Es… –Sam se mordió el labio inferior–, una amante increíble. Muy atractiva. –Suspiró–. Y me está sacando de quicio.

Victoria silbó.

–Vaya. ¿Y?

Sam hizo una mueca.

–Tiene dinero. Mucho. Es rica.

–Ay, no. Qué lástima. –Victoria se rio alto.

–Esto no es divertido.

–Ay, sí que lo es.

Las manos de Sam se cerraron en puños.

–No, no lo es.

–De verdad creo que eres la única persona que tiene un problema con tener una novia rica.

Sam reprimió la respuesta maliciosa que tenía en la punta de la lengua. Como necesitaba distancia, se incorporó y se dirigió a la cocina. Sacó una botella de cerveza del refrigerador.

–No es nada divertido –se dijo a sí misma, antes de abrir la botella y regresar a la sala de estar. Se detuvo en la puerta–. No me llevo bien con… ya sabes… la gente rica. –Aunque no era mayormente el dinero sino el comportamiento que eso conllevaba. Toda esa actitud de "poseemos el mundo y a ti" que ella detestaba como un salpullido.

–¿Así que tampoco puedes lidiar con esto? –Había incitación en las palabras de Victoria.

–No es lo mismo.

Victoria hizo un sonido irritado en lo profundo de su garganta.

–¿Por qué no? ¿Y desde cuándo te convertiste en semejante presuntuosa? –La voz de su hermana era tan suave que casi le quita el escozor a sus palabras–. Ven aquí. –Dio unas palmaditas en el espacio vacío a su lado en el sillón.

–¿Una presuntuosa? ¿Yo? –Sam se apuntó al pecho–. ¿Yo soy una presuntuosa?

–Ven aquí, tonta, antes de que te arrastre aquí. –Victoria clavó la mirada en el espacio vacío a su lado.

–Como si pudieras… –gruñó Sam, pero se sentó. Colocó la cerveza en la mesa ratona.

–Ah, sí. Eres un poco presuntuosa. No juzgas a las personas por quienes son sino por cuanto dinero tienen. Y crees que eres mejor porque no eres rica.

Sam se inclinó hacia adelante y colocó los codos sobre las rodillas. No podía negar que lo que había dicho Victoria era cierto.

–¿Me puedes culpar?

–No, y ya sabes que no lo hago. Lo que te hicieron estuvo completamente mal y fue una porquería infernal. Pero eso no significa que todas las personas que tienen más dinero que tú en su cuenta bancaria sean monstruos. Y estoy segura que sea quien sea, ella no te hizo sentir esa vibra porque de lo contrario no estaríamos aquí sentadas teniendo esta conversación.

Sam sabía que Victoria esperaba una respuesta. No lo dejaría ir. Ser la madre de una niña de nueve años la había convertido en una especie de Señorita Paciencia. *Me conviene ceder.*

–Ese no es el punto. No recuerdo ni una buena experiencia con la gente de cuello blanco. Ni de chica, ni de adolescente y ciertamente tampoco como adulta. Simplemente no me siento identificada. No es mi mundo.

–Ay, Sam. –Victoria colocó una mano sobre la espalda de Sam–. Apuesto a que todavía no sabes mucho de ella, ¿no?

–No. –Sam se sentó erguida–. No hemos hablado mucho. Solo tuvimos una cita hasta ahora.

–¿Solo se vieron una vez?

–Bueno, no. Pero solo hablamos una vez.

Victoria rompió a reír.

–Eres increíble.

Sam gruñó.

–Y no tienes ni idea de cómo obtuvo el dinero, ¿no?

–No. –Sam rodó la cabeza hacia el sofá.

–Y te enfadas como mi hija.

Sam gruñó.

–No es cierto.

Victoria le sacudió el hombro.

–Sí, lo es.

–Te odio.

–Claro que no. –Victoria puso los ojos en blanco.

–Tengo miedo.

Victoria alborotó el cabello de Sam como lo hacía con Chloe. El cariño le desbordaba el rostro.

–Lo sé.

–No estuve enamorada desde Cheri. –Pronunciar el nombre aún dolía.

–Cinco años es mucho tiempo.

Sam volvió a echar la cabeza hacia atrás. ¿Por qué no podía dejar el pasado atrás? Luego de casi veinte años de haber dejado su vida en el pasado, aún dolía. Y hablar de Cheri era casi igual de doloroso. Su mirada cayó en un contenedor de cristal que contenía muchas notas pequeñas.

–¿Qué es esto?

–Buenos recuerdos. –Victoria se incorporó y caminó hacia el aparador–. Cada vez que Chloe está abrumada o enfadada sobre lo que le pasó a su padre, escribimos recuerdos buenos –tomó el frasco. El temblor de su voz era inconfundible–. Yo también lo hago.

Sam tragó con dificultad. Aunque habían transcurrido dos años desde el accidente de Martin, hablar de él era difícil para Victoria. Habían estado juntos durante más de diez años. Y con un conductor ebrio, todo había acabado. Martin se había ido. Y Victoria y Chloe quedaron atrás. Solas.

Victoria apoyó la copa y se unió a Sam en el sillón. Dejó caer la cabeza en el hombro de Sam.

–Lo echo mucho de menos.

Sam le dio un beso suave en la cabeza a su hermana.

–Lo sé.

–Y quiero que encuentres la felicidad que tuvimos. Tienes que crear buenos recuerdos y para hacerlo, debes arriesgarte.

Arriesgarse era exactamente lo que Sam no quería hacer. Seguro, un feliz para siempre sería genial. Pero, ¿con cuánta frecuencia ocurría eso en la vida real? La chance de salir lastimada, de que le desgarraran el corazón de nuevo, era mucho mayor.

–Detesto ser adulta.

–¿Y qué vas a hacer?

Sam se encogió de hombros.

–Bueno, dado que dejar de verla no es una opción… Creo que me limitaré a ver a dónde lleva esto.

–¿Y si te lleva a algo serio?

Pensamientos y sentimientos contradictorios se arremolinaron en el interior de Sam como un tornado. Sin embargo, tenía que admitir que su corazón se sentía al menos un poco más liviano ahora, luego de ventilar sus preocupaciones y temores.

–Bueno, si se vuelve algo más serio, vendré a tocarte la puerta en el medio de la noche.

Victoria se rio.

–Genial. Excepto la parte de la mitad de la noche.

CAPÍTULO 10

Gillian intentó recuperar el aliento y, con un leve movimiento de la cabeza, liberarse de las estrellas que bailaban delante de sus ojos. La mano cálida de Sam se expandía por su abdomen y su cabeza estaba enterrada entre las piernas de Gillian. Gillian nunca había pensado que participaría en una maratón de orgasmos. Había algo que sabía: no había forma de que durara otra ronda.

Gillian bajó la mirada hacia la cabeza oscura y la alentó con los dedos de una mano levemente temblorosa.

—Oye, ¿sigues viva?

Sam elevó un poco la cabeza.

—No estoy segura. Creo que estoy flotando. O muerta. O lo que sea. Pero me siento genial.

—Bueno, por algo los franceses dicen que un orgasmo es "una pequeña muerte". Aunque yo debería ser quien está un poco muerta. No tú.

—Bueno, no tengo dudas de que hicimos algo francés hace tan solo un momento.

Gillian se rio.

—Ven aquí y bésame.

Sam obedeció y Gillian se pudo saborear en esos labios, en esa lengua.

—Me encanta besarte.

—Me encanta saborearte. —La sonrisa de Sam era lenta y vaga.

Con un movimiento rápido y una energía que no sabía que aún tenía, Gillian se puso encima de Sam y se sentó a horcajadas.

Unos grandes ojos color café la miraban con una confianza que no había visto allí antes.

Recorrió los labios de Sam con el pulgar suavemente y suspiró. Nunca se cansaría de ese sentimiento. Sentir su piel sobre el cuerpo cálido y suave de Sam era el paraíso.

—Eres incorregible.

—Sí —dijo Sam arrastrando las palabras—. ¿Y?

—Me encanta.

—A mí también.

—Qué bueno. —Gillian capturó los labios de Sam en un beso firme y frotó el pulgar sobre un pezón que se estaba endureciendo.

Un gemido escapó de la garganta de Sam.

—Quiero tocarte. —Gillian se inclinó, lamió el pezón y luego le sopló aire cálido—. Y te quiero dar el mismo placer que me das tú.

Sam cerró los ojos e inspiró hondo.

Mierda. Temiendo haber cruzado una frontera e ingresado en territorio peligroso, Gillian se detuvo en seco.

Sam abrió los ojos y se encontró con la mirada de Gillian, como si estuviera buscando algo.

Gillian le lamió los labios repentinamente secos. Una cosa que sin lugar a dudas estaba escrita en sus ojos era la lujuria pura… y la necesidad. Pero quería darle placer a Sam, no satisfacer sus propias necesidades. Y si Sam no quería dar ese siguiente paso y no quería que la tocara íntimamente… Gillian sintió unas náuseas repentinas y retiró la mano del pecho de Sam.

—Lo siento —murmuró.

—No. —La mano de Sam envolvió la muñeca de Gillian suavemente. Sus ojos se arrugaron cuando sonrió—. No lo sientas. Nunca te disculpes por desearme.

—Te deseo constantemente. —Las mejillas de Gillian se encendieron.

—Entonces, muéstrame. —Sam sonrió—. Pero… no me tortures demasiado o perderé los nervios.

Gillian rompió a reír. De alguna forma, Sam siempre encontraba las palabras indicadas para quitarle los miedos.

–No te voy a torturar. Te lo prometo. –Volteó la muñeca y depositó un beso en la mano de Sam–. Solo te quiero hacer sentir bien.

–Lo haces, Gillian. De verdad. –Sam atrajo la mano de Gillian más cerca y le devolvió el beso que acababa de recibir.

Durante un momento, se miraron a los ojos, luego Gillian dio rienda suelta a la sonrisa que había florecido en su corazón.

–Me encanta la suavidad de tu piel. –Pasó la mano por la caja torácica de Sam y tembló en respuesta al gemido de Sam.

–Eres… Dios…

–No. Pero a veces desearía tener las habilidades que conlleva ese nombre en particular. –Gillian sonrió y cerró la boca alrededor de un pezón erecto y lo bañó con lametazos lentos y lánguidos.

El gemido de Sam vibró bajo el cuerpo de Gillian.

Borracha de emociones, Gillian no podía dejar de tocar a Sam. No después de tener permiso para tocarla por primera vez, como si no hubiera más barreras entre ellas.

La mano callosa de Sam tocó la espalda de Gillian y le hizo sentir escalofríos en la columna vertebral. Gillian soltó el pezón y elevó la mirada hacia los hermosos ojos de color café que de alguna manera se habían convertido en algo similar al chocolate líquido. *Es muy deslumbrante.* Gillian se acercó para besarla.

Sin dudarlo, Sam le dio acceso a la lengua de Gillian.

La piel de Gillian ardía de deseo. Movió la mano entre los cuerpos, a lo largo de la piel suave y más allá de los rizos empapados antes de sumergirse lentamente en la humedad de Sam, haciendo círculos lentos con los dedos.

–No puedo…

–Esta va a ser una pequeña muerte bastante rápida. Te lo prometo. – Sosteniéndose sobre un brazo, Gillian inició otro beso mientras seguía acariciando el clítoris de Sam. En cuestión de segundos, los dedos de Gillian estaban empapados de la esencia de su amante.

—Estás muy mojada. —Con un movimiento rápido entró en Sam. Profundo. Con movimientos constantes. Adentro y afuera, ignorando el palpitar entre sus propios muslos.

—Me estás torturando. —La voz de Sam era rasposa.

—No. —Gillian retorció los dedos y la penetró profundo, manteniendo el ritmo—. Confía en mí. No lo haré.

La respiración de Sam se aceleró con las embestidas de Gillian. Hizo la cabeza hacia atrás, con los ojos cerrados, se veía casi etérea en su belleza.

—Acaba para mí.

Un gruñido lánguido llenó la habitación, segundos antes de que las paredes de Sam se contrajeran alrededor de los dedos de Gillian.

—Eres muy hermosa. —Gillian no pudo ni quiso detener las palabras que le llenaban la mente.

Sam se llevó un brazo a los ojos.

—Listo. Basta. Estoy acabada.

Con una risotada, Gillian rodó al lado de Sam.

—Creo que somos dos.

Sam sintió que su cuerpo le demandaba una siesta. *Diablos. Qué noche.* Estaba exhausta, un poco irritada y se sentía como una campeona. ¿Quién iba a pensar que Gillian sabía hacer semejante número?

Una mano cálida se posó sobre el brazo de Sam.

—Esta noche algo fue distinto. —La voz de Gillian era suave y titubeante.

Sam volvió la cabeza.

—¿A qué te refieres?

—Tú… Yo…

—Oye, dímelo. ¿Qué sucede?

—Nunca antes me dejaste tocarte de ese modo.

Sam tragó saliva.

–Necesito tiempo antes de confiar en alguien, antes de poder soltarme.

Los ojos de Gillian se abrieron.

–¿Confías en mí?

–Sí, lo acabo de hacer. Y sí, lo hago.

Gillian se mordió el labio inferior.

–¿Cuándo supiste que eras lesbiana?

Ese era un definitivo cambio de tema.

–Quince. Tenía quince años.

–Vaya. ¿Cómo se lo tomó tu familia?

Sam se puso rígida. No estaba lista para contarle a Gillian toda esa historia sórdida. No esa noche. *Dilo simple y objetivamente.*

–Me fui de casa bastante joven. Casi tenía diecisiete años.

Gillian frunció el ceño, pero mantuvo el silencio.

–Fue difícil durante unos años. Pero aun así era mejor que estar en casa. Mi papá me quería enviar a uno de esos campamentos para curar la homosexualidad… o eso dicen.

–Mierda.

Sam no pudo evitar reírse un poco.

–Sí, mierda. Eso lo describe.

–¿Cómo sobreviviste? ¿Tan joven y sola?

Por un momento, Sam luchó contra los recuerdos de un dolor que había sido su constante compañero en ese entonces. Se encogió de hombros.

–Con suerte. Tuve varias experiencias malas y pasé más noches escondida en callejones y bancos de parques de lo que debería un adolescente. Diablos, de lo que debería cualquier persona. Eso es seguro. Pero lo logré. Y creo que huir y luchar durante unos años fue la mejor opción comparado con ser obligada a ir a un campamento donde te enseñan a odiar lo que eres, quien eres. Quien soy. –Los sentimientos le arañaron la garganta. Era hora de cambiar de tema–. Y, ¿qué hay de ti? ¿Tienes una historia sórdida para contar? —Sam contuvo el aliento. Ese era un momento determinante. ¿Revelaría algo de su vida Gillian? ¿O se seguiría escondiendo?

La sábana sobre el pecho de Gillian se movía con cada respiración que daba.

Sam se aclaró la garganta.

—No tienes que…

—Mi marido murió hace un tiempo. —La voz de Gillian era afilada como un cuchillo–. Tenía el apartamento, pero no lo usaba mucho para dormir luego de un largo día en la oficina, sino para su larga línea de aventuras. Hombres y mujeres.

De allí venía la loción para afeitar del baño. El corazón de Sam se encogió. *Estaba casada con un hombre. ¿Que tenía aventuras? Bastardo.* Sam se acercó más y enredó los dedos con los de Gillian, dándoles un breve apretón.

La voz de Gillian sonó ahogada cuando continuó.

—No lo sabía… Estuvimos casados durante mucho tiempo. Pero… —inspiró hondo— no habíamos tenido sexo en un tiempo. Desde que me di cuenta de que no lo amaba y de que me sentía atraída hacia las mujeres. No podía soportar que me tocara. Pero quería salvar nuestro matrimonio o la hermosa imagen de un matrimonio que habíamos dibujado para los otros. Los niños. No quería que ellos… —su voz se fue apagando–. Fui estúpida. Y luego él murió y yo me enteré de sus aventuras infinitas. Más bien un harén. Y sucedió durante muchos años. Me hizo sentir asqueada. Pero, de alguna forma… Yo también soy culpable. Lo debería haber dejado. —Un fuego ardía en los ojos de Gillian–. ¡Maldición! Teníamos dos hijos juntos y mi esposo dormía con todo lo que tenía pulso. Cuando me enteré de eso, solo me quería vengar. Hace muchos años sé que me siento atraída hacia las mujeres. Aunque nunca actué. Pero después de enterarme lo de Derrick, yo… me di rienda suelta.

Sam tembló. Se puso sobre los codos y frunció el ceño.

–¿Te vengaste acostándote con una mujer después de su muerte?

–Con mujeres... con otras mujeres. Es complicado y, por cierto, suena estúpido al decirlo en voz alta. –Gillian hizo una mueca.

Sam estaba sin habla. Había presentido que había una historia detrás del comportamiento de Gillian, pero eso sonaba absolutamente absurdo.

–¿Y funcionó? Es decir, ¿te hizo sentir mejor?

–No... Bueno, al principio, sí –Gillian frotó la mano contra la manta–. Como te dije... hacía mucho tiempo sabía que me sentía atraída hacia las mujeres, pero entonces... no. Me sentía como una pendeja o una idiota. Me aseguraba de que las otras siempre supieran que yo solo buscaba sexo. No les daba esperanzas falsas. –Una arruga se formó en la frente de Gillian–. Pero acostarme con mujeres no me hizo sentir mejor. Para nada.

–No sé qué decir, Gillian –respondió Sam finalmente.

Gillian elevó la cabeza y su mirada buscó la de Sam.

–Fue una reacción tonta de mi parte. Ahora lo sé. –Bajó la mirada a la sábana, sus dedos juguetearon con el borde de la manta que le cubría el cuerpo–. Pero contigo es diferente. Lo fue desde la primera noche. Desde la primera vez que me tocaste. Contigo... no es solo el mejor sexo que tuve en toda mi vida... –se detuvo y continuó después de un rato–. Hay más entre nosotras. Y me gustaría saber qué es ese "más".

Las palabras de Gillian dieron en el corazón de Sam como un mazo. ¿Debería admitir sus propios sentimientos inseguros o limitarse a levantarse e irse mientras era posible escapar? Esa relación que tenían podía hacer añicos a Sam. Ella lo sabía.

–Por favor, Sam, Me... Me gustaría pasar más tiempo contigo, conocerte un poco. Eres... Has tocado algo en mi interior –dijo Gillian. Suavemente frotó sus labios contra los de Sam como si intentara reafirmar una conexión que Sam no podía negar–. No tengo idea de a dónde vamos desde aquí. Tengo dos niños, una vida rota y un futuro incierto. Y para ser completamente honesta... no sé qué pensar de "nosotras". Si es que hay un "nosotras".

Sam soltó una risita. ¿A quién quería engañar? Por más que Gillian tuviera el potencial de destruirla, Sam también se dio cuenta de que lo que tenían podía ser algo muy bueno. Algo especial.

–Sí. Eso básicamente resume mi vida. Bueno, excepto que no tengo hijos. Y no soy rica.

–Ser rica no es muy divertido.

Sam estaba de acuerdo. A pesar de que aún se esforzaba en la vida, no era nada en comparación con lo que había tenido que luchar antes de irse de casa. Pero esa era una historia que le contaría a Gillian en otra ocasión. Sam tragó un nudo en la garganta y preguntó:

–Y, ¿qué hacemos ahora?

–Bueno –Gillian se humedeció los labios con la lengua–, me gustaría volver a verte.

–¿Verme para "verme" o para...?

–Las dos cosas. Hablar, tener sexo. Comer. Salir. Divertirnos.

–Suena bien. –Sam se mordió el labio inferior. Se le ocurrió una idea–. ¿Estás libre el viernes? ¿Durante tres horas?

–¿Solo tres horas?

–Sí. Nos encontraremos a las siete y te llevaré a casa a las diez. ¿Qué dices?

–Yo iba a escoger la próxima cita

Sam se sentó en la cama y se abrazó las rodillas contra el pecho, las envolvió con los brazos.

–Puedes escoger las próximas dos citas.

Una sonrisa genuina iluminó el rostro de Gillian.

–De acuerdo. ¿Vamos a cenar de nuevo?

Sam hizo un gesto negativo con la cabeza.

–No, será mejor comer algo antes de que nos encontremos. ¿Dónde quieres que te recoja?

–Ah. –Gillian se mordió el labio–. Yo... No sé si esa es una buena idea.

Sam se sintió un poco irritada.

–No te voy a besar hasta dejarte sin sentido delante de tu casa.

–Lo sé. Es solo que los vecinos son muy metidos y prefiero salir en mis términos y no en los de ellos.

Un silencio incómodo se extendió entre ellas.

Sam tragó el nudo que tenía en la garganta. Esa no era la forma en la que quería terminar esa noche. Tenía que ser paciente con Gillian de la misma forma que Gillian tenía que ser paciente con ella. Con una sonrisa, Sam estiró la mano y recorrió la mejilla de Gillian.

–De acuerdo. ¿Por qué no nos encontramos aquí?

–Eso sería genial. Lo siento. Es solo que…

–Puedo ser paciente. De verdad.

Los labios de Gillian se curvaron en una pequeña sonrisa.

–Voy a necesitar tu paciencia.

Sam capturó los labios de Gillian en un beso firme.

–Es tuya. Lo prometo.

CAPÍTULO 11

Gillian salió del taxi y clavó la mirada en Sam. Sam estaba hermosa, llevaba unos pantalones vaqueros desgastados, los zapatos Doc Martens de siempre y una chaqueta de cuero negra era la personificación de confianza en sí misma y una sensualidad rebosante. Esa iba a ser una noche larga sin contacto físico.

Sam estaba de pie al lado de Thomas, el portero anciano. Se reía mientras se pasaba una mano por el cabello, un gesto que Gillian reconocía cuando Sam estaba nerviosa o avergonzada.

Gillian hizo un gesto negativo con la cabeza. ¿Cómo era posible que tras haber pasado algunas noches con Sam podía leer su lenguaje corporal? Y qué lindo el cuerpo al que ese lenguaje pertenecía. Gillian resopló suavemente. *Pervertida insaciable.*

Como si hubiera percibido su presencia, Sam se volteó y una sonrisa de un millón de watts se le expandió en el rostro.

Algo se revoloteó desde el pecho de Gillian hasta su estómago.

–Hola.

–Hola.

Gillian se volteó hacia Thomas.

–Buenas noches.

–Buenas noches, señora Jennings. ¿Cómo se encuentra esta noche?

–Gracias. Estoy bien. –Elevó la mirada hacia Sam, no estaba segura de qué decir o cómo actuar en presencia de Thomas. Él sabía que Sam había estado con Gillian esa primera noche, pero no sabía si él tenía la más mínima noción de que ella y Sam eran más que simplemente amigas. *Cálmate.* Inspiró hondo para calmar los nervios.

–¿Estás lista?

Sam asintió.

–Sí, es la hora. Nos vemos, Thomas.

Él se tocó el sombrero con dos dedos en un movimiento que le recordó a Gillian a uno de esos marineros de las fuerzas navales de una película de los años cincuenta.

–Fue un placer hablar contigo, Samantha. –Su voz era risueña.

Sam hizo un gesto de dolor.

–Igualmente. –Se volvió hacia Gillian–. Vamos. Encontré un lugar para aparcar justo a la vuelta, lo que es algo similar a un milagro.

Gillian aún intentaba procesar el hecho de que Thomas la había llamado "Samantha" a Sam. ¿Había sido una adivinanza educada? ¿O se conocían? Gillian tamborileó los dedos al costado de sus pantalones y aguardó a estar a varios pasos de distancia antes de decir:

–Encontrar un sitio para aparcar aquí es pura suerte, Samantha.

–Ay... por favor, no. Detesto el nombre. –Sam arrugó la nariz.

Gillian no pudo contener la pregunta:

–¿Cómo es que Thomas lo sabe?

Sam se volvió a pasar una mano por el cabello, tenía el cuerpo tan tenso como un resorte.

–Es una historia larga.

Gillian suspiró. Era dolorosamente obvio que Sam no quería hablar de ello.

–¿Quizás en otra ocasión?

El alivio se expandió en el rostro de Sam.

–Sí, por supuesto. –Se detuvo delante de un BMW negro deportivo y se sacó la llave del bolsillo.

Con la boca abierta, la mirada de Gillian fue de Sam al coche.

–¿Es tuyo?

Sam se metió las manos en los bolsillos del vaquero azul con una sonrisa en el rostro.

–No, en realidad es el coche de mi hermana. El mío no es tan bonito. Y quería impresionar a mi cita, no asustarla. –Le hizo un guiño a Gillian.

–Ciertamente tu cita está impresionada. –Gillian clavó la mirada en los asientos de cuero de color beige y luego elevó la mirada a los ojos café de Sam–. Pero iría contigo en un camión de basura si eso quiere decir que pasamos tiempo juntas.

–Los camiones de basura apestan.

Gillian se rio entre dientes.

–De todas formas, lo haría. Porque me gusta la chica que lo conduciría.

Un leve sonrojo coloreó las mejillas de Sam.

–Súbete o llegaremos tarde.

Gillian se acomodó en el asiento, un suspiro suave se escapó de sus labios. Aguardó hasta que Sam estuvo acomodada también.

–Esto es como sentarme en mi sofá en casa. –Pasó la mano por el lateral del asiento–. El cuero es tan suave.

–Sí, claramente mi hermana tiene buen gusto.

–Y dinero, obviamente.

Por un breve momento, los nudillos de Sam se pusieron en blanco contra el tono negro del volante.

–Ponte el cinturón, por favor.

Gillian decidió dejar pasar el tema que fuera que Sam estaba intentando evitar. Se puso el cinturón de seguridad.

–Y bien, ¿a dónde vamos?

–Ah, no. –Sam hizo un gesto negativo con la cabeza–. No te lo diré. Es una sorpresa. Lo único que te diré es que nos llevará media hora llegar allí.

–De acuerdo. Así que, ¿una sorpresa?

–Sí. –Sam encendió el coche.

–¿Y no me la dirás?

–No. –Sam clavó la mirada al frente y se concentró en el tráfico. Una pequeña sonrisa jugaba en sus labios–. Pon música si quieres.

–No, está bien. A menos que tú quieras. –Gillian colocó la mano sobre el muslo de Sam, disfrutando la sensación de la tela gastada bajo su mano. Los músculos debajo, sin embargo, eran de todo menos suaves...

Sam hizo un gesto negativo con la cabeza.

–Me gusta la tranquilidad. Escuché música todo el día mientras pintaba una sala de estar. La música ayuda a mantener el ritmo.

–De azul, ¿no?

–¿Qué cosa azul? –Sam frunció el entrecejo.

–Pintaste la sala de estar de color azul.

Sam volvió la cabeza hacia Gillian antes de volver la atención a la calle.

–¿Cómo lo sabes?

Gillian se rio entre dientes.

–Tienes algo de pintura. –Estiró la mano y pasó los dedos por una mancha azul en la sien de Sam.

–Bueno, al menos eso verifica mi historia. –Se inclinó hacia la caricia–. Dime qué has hecho hoy.

–Jardinería. –Gillian dejó caer la mano contra el muslo de Sam y se limitó a disfrutar de la conexión física–. Supe que tenía que enchular el jardín un poco si quiero conseguir un buen precio por la casa.

Sam elevó una ceja.

–¿Enchular el jardín?

–Fueron las palabras de mi hijo.

Sam soltó una risotada.

–Qué bien. Creo que nunca escuché "enchular" y "jardín" en la misma oración.

–Bueno, supongo que no usarían esas palabras en un programa de jardinería para la televisión.

Una risa fácil llenó el coche. Durante la siguiente media hora intercambiaron historias de lo que había pasado en sus vidas en los últimos días. De vez en cuando, Gillian intentaba adivinar a dónde iban. Sin embargo, Sam mantuvo el silencio. Gillian no tenía ni idea del destino. Lo único que sabía era que se dirigían hacia las afueras de Springfield. No recordaba haber estado antes en esa zona en particular. Las casas se veían bonitas y bien cuidadas. Una mujer caminaba sobre el pavimento, sosteniendo a un niño en cada mano. A continuación, pasaron a un hombre parado en una esquina con el celular pegado al oído. Gillian miró su reloj.

—Bueno, pasaron treinta y tres minutos y aún no tengo idea de qué has planeado para esta noche.

—Bueno, en realidad, hemos llegado a destino. —Sam presionó la luz de giro y se dirigió a un lugar libre en el aparcamiento que se encontraba frente a un gran edificio.

Unas estrellas impresionantes conducían a la entrada. Gillian estiró el cuello e intentó leer lo que decía la fachada.

—¿Un planetario?

—Sí. Te prometo una noche llena de estrellas y mundos desconocidos.

—Ah. —Gillian tomó la mano de Sam y la presionó—. Eso suena genial, pero, ¿no debería estar oscuro afuera?

—No, no utilizaremos el telescopio esta noche. Veremos una función. Tienen el proyector de última generación Zeiss Starmaster. Te vuela la cabeza.

—Nunca fui a un planetario.

Sam clavó la mirada en Gillian como si tuviera dos cabezas.

—¿De verdad? ¿Ni siquiera con los niños?

—No. Nunca.

—Ah. Está bien. Te va a encantar. —Sam la miró de reojo—. Te gustan las estrellas bellas y el universo, ¿no?

Gillian chocó contra el hombro de Sam.

–¿A quién no?

–Bueno, a mí me gustan. Vengo al menos dos veces al mes. Es muy relajante tener una perspectiva en la vida. ¿Qué son mis problemas en comparación con el misterio y la grandeza del universo?

Gillian asintió. Definitivamente se sentía identificada con eso.

–Sé de qué hablas. Es como observar el Gran Cañón y darse cuenta cuán gloriosamente insignificante son nuestras vidas.

–Realmente lo entiendes. –Había un asombro encantador escrito en su rostro.

–¿Cómo puede ser grandioso ser "insignificante"?

–Sí. La mayoría de la gente piensa que es deprimente. Pero yo me siento… –Sam se encogió de hombros–, no lo sé… ¿libre?

–Sí, así es. –Nuevamente, Gillian colocó la mano sobre el muslo de Sam y comenzó a frotarlo suavemente–. Es liberador. Y no siento que sea para nada depresivo.

La sonrisa en el rostro de Sam no pudo haber sido más amplia.

–Te va a encantar la función. Vamos.

No trascurrió mucho tiempo hasta que Sam pagó las entradas porque no había demasiadas personas en el mostrador. *Eso es raro un viernes por la noche.* Gillian le echaba una mirada a los pocos visitantes que merodeaban alrededor de las puertas enormes y realmente espantosas de color rojo que supuso sería la entrada a la sala. Examinar a la gente se había convertido en un hábito. Gillian se mordió el labio inferior. Realmente debía superar su miedo a lo que pasaría si la gente descubriera que era… lesbiana. Gillian hizo una mueca. Detestaba esa palabra. Venía de la mano con la sensación de ser encasillada e intimidada por querer a alguien. E incluso peor: ¿qué le haría a sus niños el hecho de que fuera una lesbiana fuera del clóset? ¿Y si los intimidaban por tener una madre que tenía una relación con una mujer? Gillian se frotó el puente de la nariz. La sociedad apestaba. Engañar a un compañero estaba justificado en sus círculos, si se hacía con discreción. El fraude fiscal era una especie de deporte. Pero amar a alguien del mismo sexo no estaba tan a la moda como algunos proclamaban. El miedo de estar "afuera" batallaba contra la culpa que sentía al esconderse y no estar cómoda con quien era. Se envolvió en sus propios brazos. ¿Alguna vez llegaría la época en la que se sentiría lo suficientemente segura como para sostener las manos en público? ¿Y era justo esconderse para con su compañera?

–Oye, ¿te encuentras bien? –La voz suave de Sam cosquilleó en el oído de Gillian.

Gillian se obligó a sonreír. No era ni el lugar ni el momento para hablar de sus inseguridades.

–Sí. Entonces, ¿aquí será a función de esta noche? –apuntó hacia las puertas rojas.

Sam inclinó la cabeza levemente y observó el rostro de Gillian un momento antes de decir:

–Sí, y deberían abrir las puertas en cualquier momento.

Y eso hicieron. La pequeña multitud de gente que se había reunido desapareció por las puertas.

Un aroma levemente mohoso invadió la nariz de Gillian cuando entró en la sala pequeña. Bueno, pequeña en comparación con las salas de cine a las que había ido con sus hijos. Allí, unas cinco filas de asientos de color rojo intenso se seguían en un círculo y, dentro de todo, supuso que unas cien personas se podrían sentar. La mirada de Gillian se vio atraída hacia un agujero enorme en el medio de la sala. *¿Qué es esto?*

–Vamos. Sentémonos. Empezará en cualquier minuto. –Sam sonó tan entusiasmada como una niña de cinco años en la mañana de Navidad.

–Creí que estaría más lleno.

Sam hizo un gesto negativo con la cabeza.

–No un viernes por la noche. Las personas van al cine o a un bar un viernes a la noche, se encuentran con amigos para cenar. Pero casi nunca vienen aquí.

Luego de sentarse una al lado de la otra, Gillian elevó la mirada. El cielo raso era redondeado. Escaneó la habitación. ¿Dónde se encontraba el proyector?

Sam se inclinó levemente y le susurró al oído:

—¿Está bien tomarse las manos en la oscuridad?

Gillian tosió.

—Sí, está bien. Pero solo tomarse las manos. Ni segunda ni tercera base aquí.

Sam se volvió a inclinar.

—De acuerdo. Puedo vivir con eso. Pero las apuestas se suspenden en el coche.

—No. De ninguna manera. No me convertiré en una versión adolescente de mí misma.

—Ah… entonces, dime qué pasó en los coches durante tus épocas de adolescente.

Gillian elevó una ceja.

—Ese será mi secreto.

La luz se atenuó lentamente.

—Está por comenzar. —Sam había emitido esas palabras cuando, sin previo aviso, el sistema de sonido casi detona los oídos de Gillian con el "Also sprach Zarathustra" de Richard Strauss. Pestañeó. Ese volumen definitivamente podía despertar a los muertos.

Algo se comenzó a mover desde el agujero enorme en el centro de la sala, pero estaba demasiado oscuro para descifrar algo más que los contornos. Gillian se inclinó hacia adelante.

—Ese es el proyector Zeiss Starmaster y la música es de "2001: Odisea del espacio", la apertura de la película —susurró Sam.

—Ah. —Allí estaba el proyector. Increíble.

—Damas y caballeros —dijo una profunda voz masculina a través de los altoparlantes—. Bienvenidos y gracias por haber venido esta noche a este viaje especial. "Destino: Sistema Solar" nos llevará a todos a través de la pequeña parte del universo que creemos conocer y que, sin embargo, nos sorprende, una y otra vez, con su belleza y su esplendor. Ajústense el cinturón de seguridad y disfruten del paseo.

Tras unos minutos comenzada la función, Gillian casi se había olvidado dónde estaba. Una erupción gigante explotó del sol. Apretó la espalda contra el asiento y tomó la mano de Sam.

–Esto es como estar sentada en una nave espacial.

Una risa profunda escapó de Sam.

–Sí, es bastante genial, ¿no?

Gillian estaba perdida. Completa y absolutamente perdida. Y le encantó cada segundo.

–Es increíble. –Contuvo la respiración al sentir los dedos de Sam en su muslo–. Basta. No podemos ir más allá de tomarnos las manos esta noche.

Sam soltó una risita.

–Qué lástima.

En lugar de continuar el juego verbal, Gillian envolvió el brazo de Sam con su mano y lo apretó suavemente cuando volaron a través de los anillos de Saturno.

–¿Son de piedras pequeñas?

–Bueno –susurró Sam–, la descripción oficial es "pequeñas partículas" y lo más probable es que sean de hielo.

Un cometa pasó a su lado con un zumbido alto.

–¿Te explotaría la burbuja si te digo que en el espacio no hay sonidos por el vacío?

Gillian volteó la cabeza y clavó la mirada en Sam.

–Eres una ñoña.

–No.

Gillian sonrió y le dio una palmadita en la mano de Sam.

–Ahora calla. –Volvió a elevar la mirada justo a tiempo para ver un planeta azul que se acercaba. *Vaya.*

Demasiado pronto para Gillian, la voz masculina volvió a hablar a través del sistema de sonido.

–Muchas gracias por haber viajado con nosotros. Esperamos que hayan disfrutado el viaje y que nos acompañen de nuevo en el futuro.

Unos segundos después, se encendieron lentamente las luces.

Gillian inspiró hondo.

–Eso fue increíble.

Sam se puso de pie y le ofreció la mano a Gillian.

–Entonces, ¿te gustó?

Gillian estiró la mano, tomó la de Sam y se puso de pie.

–Más que eso. Me voló la cabeza, fue hermoso e increíble y no puedo creer que nunca vine aquí antes. –Sus ojos se clavaron en los de Sam. Esos hermosos ojos dulces. Se le estaba dificultando la respiración, al igual que obligarse a no estirar las manos para tocar a Sam o no permitirse besar esos labios tentadores. Con toda la disciplina que pudo reunir, se aclaró la garganta–. Tengo que traer a los niños a una de estas funciones. –Se alejó un paso de Sam.

Sam abrió la boca y la volvió a cerrar y se guardó las manos en los bolsillos.

En busca de algo neutral, finalmente Gillian preguntó:

–¿Habías visto la función antes?

–Sí. Así es. Pero no creo que alguna vez me cansaré de verla. –La sonrisa no le llegó a los ojos.

–¿Pasa algo?

–No, nada. –Sam observó el reloj–. Vamos. Te llevaré al apartamento.

A Gillian le comenzó a doler el estómago. Hacía unos momentos habían estado a punto de besarse y ahora la distancia entre ellas era un abismo enorme. Y Gillian tenía una buena idea de qué había pasado.

–Oye. –Tomó la mano de Sam.

Sam bajó la mirada a los dedos unidos, había confusión en su rostro.

–En cuanto al apartamento –Gillian tragó saliva, tenía la boca seca–, tomé un taxi. ¿Te parece bien llevarme a casa?

Las cejas de Sam casi se le escapan de la cabeza.

–¿Al lugar en que vives?

–Sí.

–De acuerdo. No, no hay ningún problema. Pero… ¿estás segura?

Gillian se encogió de hombros.

–Ningún beso de despedida frente a la casa.

Sam esbozó una sonrisa y en esta ocasión se le encendieron los ojos.

–Les podríamos dar una función especial.

–Preferiría no hacerlo.

–Eso es una lástima.

CAPÍTULO 12

Música alta se escuchó a través de un coche que pasaba. Una mujer alta con unos zapatos de Doc Martens cruzó la calle apresuradamente, con una mochila verde al hombro.

La mirada de Gillian se vio atraída por las botas. *Son iguales a las de Sam.* El corazón se le aceleró. *Bueno, sin los cordones rosados.* Y probablemente Sam nunca usaría una falda corta. Y el trasero de Sam era mucho más caliente. Y…

–Gillian, cariño. ¿Hola? ¿Estás escuchando?

Gillian apartó la mirada de la mujer con las botas de Doc Martens y miró a Rachel, que llevaba un elegante top blanco, pantalones color caramelo y tacones negros… y aun así las Doc Martens la revolucionaban más. Mucho más.

–Sí, disculpa. Estaba soñando despierta.

Rachel elevó una ceja.

–Ciertamente no has oído ni una palabra de lo que dije.

Mierda.

–Lo siento. Estoy un poco cansada hoy. –Gillian se frotó los ojos.

–Te ves algo mal. Me podrías haber dicho que no cuando te llamé para preguntarte si querías ir de compras.

–Ya lo sé. –Gillian se frotó la parte trasera del cuello–. Ya lo sé. Pero, de todas formas, tenía que ir al centro a recoger un vestido para Angela en Murphy's.

–Eso suena excitante… –los ojos de Rachel se achicaron–. ¿Todo bien contigo?

Claro. He tenido sexo increíble con mujeres. Varias veces. Con una mujer en particular y no puedo dejar de pensar en ella. Detesto mi vida. Detesto a mi difunto marido. Soy lesbiana o bisexual o lo que sea… todo está perfecto. De mil maravillas. Gillian esbozó una sonrisa.

–Está todo bien. Gracias por preguntar. Simplemente me desperté a la noche y no pude volver a dormir. A veces sucede. –Si algo había aprendido desde la muerte de Derrick era que apelar a la pena de la gente era una buena forma de redireccionar la atención. Y no era mentira que le costaba dormir la mayoría de las noches.

–Ay, te entiendo perfectamente. A mí me cuesta mucho volver a dormir cuando me despierto. En especial si Harry no está allí. –La voz de Rachel era sorprendentemente amable. Colocó la mano sobre el hombro de Gillian–. Aún no te acostumbras a no tener a Derrick cerca, ¿no? No me puedo imaginar cómo sigues adelante sin él.

Muy bien, gracias.

–A veces no es fácil. –Gillian suspiró para darle más énfasis a su declaración. La culpa le daba cargos de conciencia. Hacer de viuda de luto no era un rol que le gustara desempeñar. Quizás encontrarse con Rachel había sido una mala idea.

–Deberías retomar tenis. O venir a las noches de chicas. –Rachel frunció los labios–. Nos podemos volver a encontrar para desayunar. No lo hemos hecho en semanas.

Claro que no. De ninguna manera volvería a desayunar o a beber cócteles con "las esposas" pronto… o alguna vez.

–Quizás. Pero… Creo que necesito más tiempo. Y los niños me necesitan.

Rachel se detuvo frente a la vidriera de una joyería.

–Mira, cariño. Esta cosita linda –apuntó a un reloj Cartier– será parte de mi regalo de cumpleaños.

–¿No deberían ser una sorpresa los regalos de cumpleaños?

–No. –Rachel hizo un gesto negativo con la cabeza–. Ciertamente no me gusta el tipo de sorpresas que Harry suele traer. No tiene imaginación ni empatía. –Una sonrisa fría apareció en su rostro–. Y como tiene que compensarme por haber hecho algo muy estúpido, este Cartier será uno de mis regalos.

—Es una belleza. —El reloj prácticamente gritaba finura cara. Gillian miró a Rachel de reojo y vio su expresión que exhibía la frialdad de un diamante y no la furia de un rubí. *Me pregunto qué habrá hecho esta vez para hacerla enfurecer tanto.*

—Deberíamos entrar y encontrar algo bonito para alegrarte. Mira esos anillos preciosos.

Ay por Dios. Un reloj por más de U$30.000 no era algo que la fuera a alegrar, y un anillo que valiera más que el coche de Sam tampoco. Pero esa era una buena ocasión para lanzar la primera bomba. Gillian ignoró el estómago revuelto y dijo:

—No. No puedo. No de momento. Eso tendrá que esperar a que nos hayamos instalado en la casa nueva.

—¿Te vas a mudar? —Los ojos de Rachel estaban abiertos como platillos—. ¿Por qué es la primera vez que lo oigo? ¿Lo sabe tu suegra?

Bingo.

—No, no lo sabe. *Pero estoy segura de que se enterará en algún momento durante el día de hoy.* Contarle a Rachel de la casa era parte del plan cobarde de Gillian. Si Rachel le decía a Margret... bueno, entonces Gillian no tendría que hacerlo. Y sería Margret quien iba a tener que acudir a Gillian para hablar de ello, y la Dragona detestaba hacer eso. Ella quería ser el centro de atención y que la gente acudiera a ella.

—¿Ya firmaste?

—No, pero este fin de semana los niños y yo visitaremos dos casas de las seleccionadas. —Gillian jugueteó con una pelusa de su chaqueta—. Con algo de suerte, no pasará mucho tiempo hasta que nos podamos mudar.

—Pero, ¿a dónde? Y, por el amor de Dios, ¿por qué? Tu casa es encantadora.

Gillian se encogió de hombros.

—Simplemente hay demasiados recuerdos vinculados a esa casa. Siento que necesitamos un nuevo comienzo. Y en cuanto a dónde... eso depende.

–Pero, ¿no se podía encargar de esto tu suegro? Estoy segura de que tiene los mejores contactos.

No poner los ojos en blanco fue un gran logro. El infierno se congelaría antes de que ella le pidiera ayuda.

–Estoy segura. Claro.

Rachel la miró fijo, obviamente a la espera de una explicación.

Habría sido tan fácil ceder, admitir que conseguiría una oferta mejor si James se hiciera cargo. Sin embargo, mudarse a una casa nueva no se trataba de eso. Se trataba de tomar el control de su vida, aunque la asustara mucho. Gillian echó los hombros hacia atrás.

–Necesito hacerlo por mi cuenta. Y necesito saber que lo puedo hacer por mi cuenta.

El suspiro de Rachel fue más dramático de la cuenta.

–Hagamos una pausa. –Hizo un gesto hacia el café al otro lado de la calle–. Un expreso o dos me vendrían bien.

–Claro. Sí. –Un expreso no sonaba nada mal.

Poco después, estaban sentadas en Marcello's, con el zumbido de una máquina de espuma que llenaba la sala. De fondo sonaba música jazz.

La mirada de Gillian recorrió la habitación. No había estado en ese sitio antes. Era similar a todos los otros cafés sofisticados que habían abierto en los últimos años. Los camareros los diferenciaban de la competencia y probablemente contribuían al gran número de clientes oficinistas.

–Regreso en un minuto, cariño. –Rachel se puso de pie–. Por favor, pídeme lo de siempre, ¿sí?

Gillian asintió con la cabeza. Esa sería una mañana larga. Detestaba lo difícil que le era hacerle frente a los otros, y lo fácil que sería ceder y regresar a su vida antigua. *Pasos de bebé.* Necesitaba dar pasos de bebé. Pero por hoy, lo dejaría estar. Se tenía que preparar para pelear con Margret. Eso consumiría toda la energía que tenía. Y más.

Un camarero apareció en la mesa.

–Bienvenida a Marcello's. ¿Qué deseas ordenar?

–Dos expresos dobles, por favor.

Sam inhaló hondo. El olor del café recién elaborado era algo a lo que se volvería adicta fácilmente. Su único rival era el olor del pan fresco. Pero no vendían pan fresco en ese café carísimo, solamente sándwiches que costaban más que un menú en su restaurante de hamburguesas preferido. Con un suspiro, tomó el paquete de café que Linda le había ordenado recoger y le entregó dos billetes al sujeto detrás del mostrador.

–Aquí tienes. –Él le entregó el vuelto.

–Gracias. –Arrojó unas monedas al frasco de las propinas.

Sam echó los hombros hacia atrás y se dirigió hacia la salida, feliz de poder escapar. Ese distaba mucho de ser su estilo de lugar.

Un sujeto que llevaba un traje caro se chocó contra ella.

–Oye, mira por dónde vas, ¿sí? –Tenía una voz ruda, un atuendo caro y un cabello tan aceitoso como una lata de sardinas.

–Te das cuenta de que tú me golpeaste, ¿no? –Detestaba a esos sujetos sabelotodo y ricos. Sujetos como su padre.

El tipo en el traje la miró con desprecio.

–Será mejor que te vayas antes de que le informe al encargado de que tú –la miró de arriba abajo, con una mueca en el rostro– estás causando problemas.

Las personas que se hallaban en las mesas cercanas la miraban fijo abiertamente.

Sam apretó los dientes. Tenía muchas ganas de enterrarle el puño en el estómago. Sin embargo, eso ciertamente llevaría a que la echaran y la humillaran por completo. Si no llamaban a la policía y las cosas se ponían realmente feas. Eso no serviría. Sabía que, con las ropas sucias del trabajo, sobresalía como un pulgar irritado. La venganza por ese viaje de compras sería mala para Linda. No se compraba más café en tiendas sofisticadas porque un tipo especial de café estuviera de oferta. El café del supermercado no tenía nada de malo.

—Creo que ahora daré un paso a la derecha y caminaré alrededor tuyo. Y luego me iré e intentaré olvidar lo que sea que acaba de pasar. ¿De acuerdo?

—Solo vete –gruñó él.

E hizo justamente eso, sin recordar cuándo había sido la última vez que se sintió tan mal. Echó una mirada por encima del hombro.

La mirada de él la perforaba.

Lentamente soltó el aliento y estaba a tan solo unos pasos de la salida cuando una mujer de cabello rubio le llamó la atención. Era extraño que siempre pensara en Gillian cuando veía a alguien con el mismo color de cabello o el mismo peinado. Sam se detuvo en seco. Esa mujer se parecía muchísimo a Gillian. Sam entornó los ojos. ¿Era…? *Gillian. Vaya.* Realmente era ella. Estaba sentada sola en una mesa. Sam se mordió el labio. Durante un momento, no estaba segura si irse no sería la mejor opción. No tenía dudas de que el hombre simio en el traje seguía mirando. Sin embargo, la oportunidad de ver a Gillian y de hablar con ella… Sam no se pudo resistir. Una sonrisa se extendió en su rostro. A lo mejor matar a Linda por ese mandado no era necesario después de todo. Sam cogió la silla vacía en la mesa de Gillian. El ruido del metal sobre el piso la hizo encogerse. Gillian elevó la mirada, tenía una expresión de sorpresa reemplazada por un breve momento de dicha. Sin embargo, el momento de dicha fue reemplazado por un ceño fruncido… que no fue reemplazado por entusiasmo o placer como Sam esperaba.

—Hola, bonita. –Sam se sentó en la silla, tenía la mirada pegada en el rostro de Gillian.

—Hola. Qué sorpresa. ¿Qué haces aquí? –Gillian echó una mirada al otro lado del café mientras se mordía los labios.

Sam estiró las piernas bajo la mesa.

–Sí, este no es mi estilo de lugar. Pero se supone que el café es bueno y, lamentablemente, Linda es una presuntuosa cuando se trata de café. Y, aunque no me gusta mucho toda esta escena del café… me agrada mucho verte aquí. –Sam bajó la voz y se inclinó hacia adelante, sus manos casi rozaron las de Gillian–. Pensé mucho en ti hoy.

Gillian retiró la mano y se frotó el cuello.

–Sí. Mira, Sam. En realidad, este no es un buen momento.

–Ah. De acuerdo. –Sam se llevó las manos temblorosas a las rodillas–. ¿Te encuentras bien?

Un momento de duda cruzó el rostro de Gillian.

–Sí. Pero, Sam, por favor, ¿podrías…?

–¿Todo bien, mi querida Gillian?

Sam elevó la mirada hacia los ojos azules de una mujer que estaba vestida como solía vestirse la madre de Sam. En realidad, muy similar a la forma en que Gillian iba vestida ese día… como la esposa de un hombre de negocios.

–Sí, gracias. Estoy bien. Ella –Gillian apuntó a Sam– no se sentía bien. Y se sentó.

Confundida, Sam pasó la mirada de Gillian hacia la otra mujer. Qué…

–Bueno, se ve bastante bien ahora.

Por la cornisa del ojo, Sam vio al sujeto de antes avanzar hacia la mesa. Tensó los dedos en puños hasta que los nudillos se pusieron blancos contra los pantalones azules. Se humedeció los labios. *Mierda.*

–En realidad no creo que…

–Bueno –dijo Gillian, apartando la mirada–, si te sientes mejor… Creo que a mi amiga le gustaría sentarse.

Sam clavó la mirada en Gillian antes de elevarla a la amiga. El recuerdo de un encuentro matutino la golpeó como una puñalada en el estómago. La había visto antes. Esa era la mujer por la que se había babeado el molesto gerente de la construcción. Y ella había salido del apartamento con Gillian la mañana en que Sam la había visto por primera vez. Juntas: salieron juntas del mismo apartamento temprano por la mañana. Sam intentó inspirar, pero no pudo. Las paredes del café se le venían encima. Eso no podía estar pasando. Debía ser alguna broma o malentendido. Desvió la mirada de la "amiga" de Gillian y se concentró en su rostro. Un rostro duro como una piedra. Esa no era la Gillian a la que le había hecho el amor. Esa no era la Gillian que se rio con ella y la hizo sentir entera. Esa era una Gillian que ella desconocía. Y no la quería conocer, porque esa Gillian la hacía sentir asqueada y barata.

Una mano dura le tocó el hombro.

—¿Estás drogada? —El sujeto de antes se les había unido.

—No. —Hizo un gesto negativo con la cabeza.

—Buscaré al encargado. Está loca. —Se alejó hacia la parte trasera del café con determinación en sus pasos.

La amiga de Gillian apuntó a la silla en la que Sam seguía sentada.

—Espero que la pintura de tus pantalones estuviera seca. No me gustaría tener que enviarte el recibo de la tintorería.

Sam pestañeó. Sintió como si le hubieran quitado todo el aire de los pulmones. Todo su ser le gritaba que se incorporara y huyera, que abandonara ese sitio. Miró el rostro pálido de Gillian. ¿Por qué Gillian estaba tan callada? ¿Por qué no decía nada? ¿Algo? *¿Por qué no me defiende?*

—Esta. —El sujeto con el traje regresó y la apuntó con el dedo.

Llevaba consigo al empleado que le había dado el café a Sam. La sonrisa que llevaba antes se vio reemplazada por una expresión severa. Pasó la mirada de Gillian a la amiga de Gillian y luego a Sam, intentando encontrarle sentido a la situación.

—¿Escuché que hay un problema?

La amiga de Gillian fue la primera en reaccionar.

—Sí. Esta mujer está en mi silla.

—Señora —observó a Sam con el ceño fruncido—. Quizás lo mejor sería que se fuera.

—Pero yo…

—Estoy de acuerdo. —La voz de Gillian sonó cruda.

Eso tenía que ser una pesadilla, similar a esas en las que Sam pensaba que podía volar y luego se estrellaba y moría. Sam se atrevió a mirar a Gillian, cuyo rostro estaba tan pálido como la porcelana. No hubo contacto visual. No recibiría ayuda de Gillian. Sam estaba por su cuenta. Reprimiendo las ganas de voltear y salir corriendo, se puso de pie lentamente. Le temblaban las rodillas.

Gillian se aclaró la garganta.

—Yo…

—Lo siento.

Con la mayor dignidad que pudo reunir —que era mucho más de lo que se creía capaz en ese momento—, Sam se volteó y abandonó el café con la cabeza en alto.

Sam cerró la puerta del apartamento lentamente a sus espaldas cuando lo único que quería hacer era cerrarla de un golpe. Sin embargo, no tenía energía para hacerlo. Apenas había encontrado la fuerza necesaria para regresar a casa y seriamente no tenía ni idea cómo no había provocado un accidente en el camino.

Paralizada. Estaba paralizada. Y eso era bueno: la parálisis no dolía tanto como el dolor que le causó que Gillian le arrancara el corazón. Sam se tambaleó hacia la cocina y se inclinó contra la mesa. ¿Por qué había confiado en Gillian tan fácil? ¿Por qué no había seguido sus instintos y su experiencia en lugar de dejarse embobar por esos ojos verdes? Esos malditos ojos verdes.

El celular de Sam empezó a sonar.

Lo cogió y observó el nombre de Gillian en la pantalla. *Mierda.* Sam cerró los ojos. Tenía ganas de vomitar. No respondería de ninguna manera. Con los dedos temblorosos apoyó el celular en la mesada y aguardó hasta que el único sonido en la cocina era el ruido del refrigerador.

Necesito llamar a Linda. Linda estaba esperando el café. Estaba esperando a que Sam regresara. *Tengo que llamar al señor Winter.* Él estaba esperando a que ella fuera esa tarde a arreglar su baño. *Mierda. Mierda. Mierda.* Sam tomó la botella de tequila que no había tocado durante semanas.

El celular volvió a sonar.

Sam clavó la mirada en el dispositivo, indecisa entre arrojar la maldita cosa contra una pared o dejar que la llamada volviera a ir al buzón de voz. Tomó uno de los vasos de chupitos. *Sobreviviré. Esto no me va a quebrar. No la necesito. No necesito a nadie.*

El celular volvió a estar silencioso.

Bien. Inspiró hondo antes de tragar el tequila. *Tengo que llamar a Linda.* Se sirvió otro chupito y lo tragó.

El celular volvió a sonar.

Bueno. Se acabó. Con dedos temblorosos, respondió el celular.

—¿Qué?

—Lo siento, Sam. De verdad lo siento. —La voz de Gillian sonaba enloquecida.

—Deja de llamarme. —Sam miró la botella de tequila.

—Me congelé…

—No me importa.

—Sam, ¿yo…?

—No me vuelvas a llamar.

Sam colocó el celular sobre la mesada de la cocina antes de deslizarse al piso. Se llevó las rodillas al pecho, envolvió los brazos alrededor de las piernas, llorando por lo que había esperado y por lo que había perdido. Estar paralizada se sentía mucho mejor.

CAPÍTULO 13

Una fuerte lluvia golpeaba el techo del taxi con un ritmo *staccato*. El aguacero no había parado desde la mañana temprano y ahora, al atardecer, las calles de Springfield se habían convertido en lagos superficiales que reflejaban las luces de los coches que pasaban como si fueran bolas de espejos.

Gillian inclinó la cabeza contra la ventana fría del taxi que la llevaba al otro lado de la ciudad. Estaba muy cansada. El sueño la había eludido durante las últimas cuatro noches… desde el incidente en el café. Observó las casas destartaladas y las formas titubeantes del exterior sin interés hasta que pasaron a una mujer con cabello corto y caminar decidido. *Sam.* A Gillian se le aceleró el corazón. Apretó las palmas de las manos contra la ventana y se volvió a hundir. Un niño pequeño colgaba de a mano de la mujer. No podía ser Sam.

Gillian cerró los ojos ante la dolorosa realidad de su vida. Le había fallado a la única persona que había comenzado a significar algo para ella. Ni siquiera ahora podía entender por qué no había dicho o hecho algo para defender a Sam en Marcello's.

Congelada. Gillian había quedado completamente congelada por el pánico. Sin una posibilidad de moverse o hablar, lo único que le ocupaba la mente era el miedo a ser expuesta en ese lugar y en ese momento. El recuerdo del momento de cobardía era como una capa de hielo sobre el corazón que se endurecía para siempre. Había traicionado la confianza de Sam y probablemente destruido lo que podrían haber tenido.

Estúpida. Estúpida. Estúpida. Puso las manos en puños.

El taxi se detuvo, y devolvió a Gillian al presente. Se obligó a abrir los ojos.

—Llegamos, señora. —El conductor se volvió en su asiento hacia ella.

Gillian intentó observar el edificio de afuera.

—¿Estamos en el 24 de Hamond Street? —preguntó, sin poder ver bien a través de la lluvia que golpeaba la ventana.

—Sí, señora.

Así que, eso era todo. Con las manos temblorosas, sacó algunos billetes de la cartera y se los entregó.

—Supongo que no es la zona más habitada de la ciudad, ¿no?

—No, señora. Ciertamente, no.

Con la suerte que tenía, la asaltarían en cuanto el taxi se hubiera ido. Gillian suspiró.

—Gracias. Conserve el cambio, por favor.

El conductor tomó el dinero y la miró con el ceño fruncido.

—¿Está segura de que no quiere que la espere, señora?

Gillian se mordió el labio y miró afuera de la ventana. No quería parecer cobarde. Por el otro lado, sería agradable tener a alguien cerca si necesitaba huir.

Se obligó a sonreír.

—¿Sabe? No es mala idea. —Le dio unos billetes más—. ¿Cuánto tiempo aguardará con eso?

—Por lo menos veinte minutos, señora. —Tomó el dinero y apagó el coche—. Digamos que esperaré media hora porque necesito una pausa y este sitio es tan bueno como cualquier otro.

La invadió una ola de alivio.

—¿Está seguro? —Gillian se volvió a guardar la cartera en el bolso.

—Sí. —Se acomodó en el asiento y se preparó para quedarse por un tiempo.

—Gracias. —Gillian no pudo evitar sonreír. *Al menos tuve suerte con el taxista.* Media hora debería ser suficiente para averiguar si Sam estaba en su discoteca favorita y, más importante aún, si quería hablar con Gillian. *¿Y si no? ¿Qué hago entonces?*

La desesperanza se aferró a ella como un perro se aferra a un hueso. Se vio muy tentada de voltear e irse. En lugar de entrar a la guarida del león, podría estar en casa en los próximos cuarenta minutos y disfrutar de un buen libro o ver algo relajante en la televisión. Siempre había un mañana. Podía intentar llamar a Sam por teléfono. A lo mejor sería más fácil hablar sin verse a la cara.

Cobarde. ¿De nuevo intentas encontrar la salida fácil? No funcionaría y lo sabía. Sam no había respondido ninguna de sus llamadas hasta el momento. Bueno, excepto la primera… cuando le dijo que no la volviera a llamar. ¿Por qué mañana sería diferente? *Tranquilízate. Viniste a hablar.* Gillian se bajó del coche y abrió el paraguas con determinación tenaz.

Una brisa de aire frío y húmedo le dio la bienvenida afuera. Tembló y maldijo la decisión de vestirse elegante. El vestido negro de Vera Wang no estaba hecho para esa clase de tiempo, pero no estaba por encima de los trucos femeninos para ganar el favor de Sam.

Gillian se aferró al paraguas como si fuera un salvavidas y elevó la mirada hacia el cartel de neón en el edificio que tenía enfrente. The Labrys. *¿No podía ser un poco más creativo el dueño?* No tenía ni idea de qué esperar adentro. Su único conocimiento de cómo se veía un bar de lesbianas provenía de *The L-Word*. Dudaba mucho de que el sitio favorito de Sam tuviera mucho en común con las discotecas elegantes que mostraban en la mayoría de las series de televisión o con las discotecas que Gillian frecuentaba en la ciudad. Hizo un gesto negativo con la cabeza. Poner pie en un bar de lesbianas de aspecto dejado no era algo que hubiera considerado en el pasado.

Dudando en la puerta del antro, casi se sintió asqueada por el estómago revuelto. Inspiró profundo el aire húmedo para ayudarla a despejar la mente y calmar los nervios.

—Estoy segura de que la puerta no se abrirá por voluntad propia. Al menos, ayer no se abrió –dijo una voz sensual a sus espaldas.

Gillian se llevó tremendo susto. *Mierda. Mierda. Mierda.* Tomó las llaves del bolsillo, preparada para luchar contra cualquier posible atacante. Contuvo el pánico glacial en su barriga y se volteó.

La lluvia torrencial y la oscuridad borrosa dificultaban ver más que una forma borrosa. Se le aflojaron las rodillas con alivio cuando se dio cuenta de que la persona de pie ante ella era una mujer alta y negra con una sonrisa amistosa y torcida en el rostro.

–Lo siento si te asuste, cariño, pero me estás bloqueando el paso. –La desconocida dio dos pasos para pararse debajo el techo del alero–. Qué tiempo de porquería.

El corazón de Gillian aún latía desaforado. Le echó otra mirada a la mujer a su lado. Incluso en la penumbra Gillian pudo ver que tenía hombros anchos. Llevaba una chaqueta de cuero negra, vaqueros azules y botas con punta de acero negras. Llevaba las rastras pegadas en el rostro.

A Gillian casi se le escapa un gruñido de agradecimiento. Se aclaró la garganta.

–Disculpa. No era mi intención pararme en el camino. –Se le puso el rostro colorado al darse cuenta de que la habían visto observar la puerta como si fuera un ratón hipnotizado por una serpiente.

–No hay problema. –La desconocida alta abrió la puerta antes de que dijera sobre el hombro–: ¿Quieres entrar y divertirte abajo o prefieres continuar seduciendo a la puerta indiferente? –Le guiñó un ojo a Gillian.

¿Está coqueteando conmigo?

–Ya… Ya sé que debo parecer una tonta. Es solo que… bueno, nunca antes estuve en este tipo de discoteca. –Gillian movió los pies y se arrepintió inmediatamente de la acción al sentir que una ola de agua fría se filtró en sus zapatos de tacón de aguja.

La otra mujer se encogió de hombros.

–Todos fuimos debutantes alguna vez, cariño. Yo aprendí que no hay mucho que temer si te atienes a una regla simple.

–¿Y cuál sería? –Gillian inclinó la cabeza.

La desconocida cerró la puerta y se reclinó contra el marco. Se tomó su tiempo para examinar a Gillian de arriba abajo lentamente.

–La regla más importante en la vida es ser muy claro y directo sobre lo que quieres. Y también sobre lo que no quieres. Esa es la mejor estrategia.

Gillian resopló.

–Suena muy fácil. Pero no lo es.

–De hecho, lo es. Pero a las mujeres se nos complica porque nos enseñan a ser amables y comprensivas en vez de ser abiertas y honestas. –La mujer se volvió a encoger de hombros–. Personalmente, me parece que esa regla me simplifica mucho la vida.

¿Abierta y honesta? No podía ser tan fácil. Por otro lado... intentar algo diferente no podía lastimar. Gillian se armó de valor y se dirigió a la puerta.

–De acuerdo. Estoy lista.

–Qué bien. –La desconocida abrió la puerta–. Por cierto, soy Skyler y me encantaría comprarte un trago.

A Gillian la tomó por sorpresa y no supo que responder. *Así que sí estaba coqueteando conmigo.*

Los ojos oscuros de Skyler tintinearon mientras aguardaba con paciencia la respuesta de Gillian.

Dijo abierta y honesta. Intentémoslo. Gillian le sonrió con amabilidad.

–Lo siento, pero vine a buscar a mi... –tragó saliva sin saber cómo referirse a Sam–. A alguien –concluyó con la mayor firmeza que pudo reunir.

–¿Ves? Eso no fue tan malo, ¿no? Ser abierta y honesta funciona muy bien conmigo. Aunque espero que la persona que estás buscando valga la pena.

–Vale la pena –Gillian se sorprendió de la determinación en su propia voz.

–Entonces espero que la encuentres aquí esta noche. –Skyler rozó la mejilla de Gillian con un dedo–. Y si no… ya sabes dónde encontrarme. –La sonrisa de Skyler estaba llena de lasciva.

Gillian no pudo evitar reírse entre dientes.

–Gracias. Pero si no la puedo encontrar aquí, me iré a casa. –Clavó la mirada en los pies empapados–. Pero espero que te diviertas esta noche.

Skyler soltó un bufido.

–Ay, no tengo ninguna duda. Ya empaqué y estoy lista para salir.

Gillian inclinó la cabeza en signo de interrogación, pero no obtuvo ninguna respuesta de Skyler, excepto otro guiño.

Gillian enderezó los hombros y se dirigió a la entrada, pasó a Skyler y bajó las escaleras. El vaho del humo de cigarrillo y cerveza le dio la bienvenida en una sala con iluminación débil donde había una barra color café que necesitaba desesperadamente una mano de pintura dominando el lado izquierdo de la sala. Una de las canciones viejas de Cher llenaba el aire.

Eso no era lo que había esperado. ¿Así era un bar lésbico? Inspiró hondo y de repente no estuvo segura de si estar allí era una buena idea en realidad.

La gente que había en el bar era una mezcla de mujeres jóvenes y viejas, la mayoría de ellas llevaba pantalones vaqueros o de cuero y chaquetas de motocicleta. Se escuchó el eco de un aullido de lobo.

Gillian hizo una mueca. *Esto es como caminar entre un grupo de adolescentes cachondos.*

–No dejes que te afecten. –Skyler apareció a su lado–. La mayoría son rudas por fuera, pero son unos malvaviscos por dentro. Y atesoran a una mujer atractiva y con clase como tú. –Skyler le dio una palmadita en el hombro antes de alejarse.

La canción de Cher terminó. Durante un momento, solo se podía oír el murmullo de muchas voces suaves e ininteligibles, y después una mujer que llevaba los pantalones de cuero más apretados que

Gillian había visto se levantó de la silla del bar y se dirigió a la rocola. Puso una moneda y comenzó a sonar otra canción de Cher.

Una de las mujeres que estaban sentadas en una mesa cercana gritó alto para que todos la oyeran:

–Oye, Sheryl, si tengo que escuchar a Cher otra vez, te haré una cirugía plástica.

Del bar se escucharon risas y gritos.

Gillian sonrió y se relajó levemente. A lo mejor ese sitio no era tan malo. Entre la esperanza y la ansiedad, comenzó a buscar a Sam y se volteó para observar a las parejas que bailaban al ritmo de *Love Can Build a Bridge* en la pista de baile. Sam no estaba entre ellas. Gillian cerró las manos en puños para rechazar las náuseas que sintió en el estómago.

Había algunas mesas escondidas en la semioscuridad detrás de la pista de baile. A lo mejor… Gillian había recorrido la mitad de la plataforma cuando finalmente vio a la persona que estaba buscando. Gillian se quedó sin aire. Sintió como si alguien le hubiera dado una puñalada en el plexo.

Sam no estaba sola.

Esa era una de las pesadillas en tecnicolor de Gillian, excepto que lo que estaba pasando entre Sam y la rubia que tenía sentada en el regazo no era ni un sueño ni una película. La zorra que llevaba una excusa barata en lugar de un vestido no se podía acercar más sin arrastrarse por el cuerpo de Sam.

Ya me reemplazó. Gillian se apoyó con fuerza contra el respaldo de la silla. Las lágrimas le nublaban la visión. Se había atormentado imaginándose a Sam sufriendo del dolor que le había causado. Y allí estaba Sam, jugueteando con otra mujer. Obviamente no había perdido el tiempo llorando por lo que había pasado. Los planes de Gillian de pedirle perdón a Sam y la esperanza de reconciliarse se hicieron añicos.

–¿Pensaste que iba a llorar por ti, Gillian?

Gillian se volteó y se encontró mirando a una mujer con cabello largo y rubio.

–¿Disculpa?

La desconocida tomó el brazo de Gillian con firmeza y la empujó hacia el bar.

–Ven aquí antes de quedar como una tonta o hacerla quedar como una tonta a Sam. Siéntate. –La mujer señaló una silla vacía y luego le hizo un gesto al barman–. Oye, T, sírvenos dos Jack Daniels. Dos dedos, puro.

–Enseguida, Linda. –El barman se alejó para servir los tragos.

–No bebo whisky, sobre todo con mujeres que no conozco. – Gillian fulminó a Linda con la mirada–. ¡Y no te atrevas a tocarme de nuevo!

Linda le devolvió la mirada.

–¿Qué? ¿El Jack Daniels es muy barato para ti?

El barman regresó y colocó los vasos frente a ellas.

–¡Bebe! –dijo Linda. Se tragó su propia bebida y golpeó el chupito vacío contra la barra.

Gillian estaba que echaba humo y no tocó el vaso. Podía ser que haber visto a Sam le hubiera aplastado la esperanza, pero eso no significaba que iba a dejar que una desconocida le diera órdenes. Se alejó de la silla.

–¿Quién te crees que eres?

–Me llamo Linda. Soy la mejor amiga de Sam. Así que diría que esto es asunto mío. Ahora bebe. –Linda señaló el vaso de Gillian.

Gillian abrió la boca y la volvió a cerrar. *¿Esta es Linda, la mejor amiga de Sam? Mierda. ¿Podían empeorar aún más las cosas?* Gillian se sentó en la silla. *Ay, al diablo.* Tomó el vaso y se tragó la bebida color ámbar. El whisky le quemó la lengua y la garganta. Hizo lo mejor que pudo para no hacer una mueca y falló tristemente.

–¿Has venido a burlarte de Sam? –Linda le dio a Gillian una mirada de advertencia–. Te vi entrar con Skyler. Parece que ya encontraste a alguien más.

–No, no… No vine con Skyler. La conocí afuera. Vine para hablar con Sam. –Gillian detestaba sentirse y sonar tan a la defensiva. *No necesito justificarme con Linda.* Se sentó derecha y jugueteó con el vaso vacío–. Pero ese no es asunto tuyo.

–¿Hablar con ella? ¿Ahora? Quizás deberías haber hablado con ella en el café en vez de pretender que no la conocías. –Linda se acercó y la fulminó con la mirada–. ¿Y qué me dices de la zorra que estaba contigo? ¿Es buena en la cama?

¿Qué? Cada palabra dolía como una cachetada en el rostro. Gillian contuvo las palabras soeces que le quemaban en la punta de la lengua. ¿Qué bien haría enfurecer a la mejor amiga de Sam? Clavó la mirada en la línea de botellas en los estantes detrás del bar y deseó desesperadamente otro whisky. Pero quizás sería más sabio emborracharse en casa. Ya no tenía ningún motivo para permanecer allí por más tiempo.

–¿Qué? ¿No tienes nada que decir para defenderte? –preguntó Linda.

–Si tuviera el poder de deshacer lo que pasó, lo haría. Pero no puedo. Y la "zorra" que estaba conmigo solo es una conocida. Nada más. –Gillian miró los ojos duros de Linda–. Me equivoqué, me arrepiento mucho, pero vine aquí esta noche para hablar con Sam, para disculparme por lo que hice… o lo que no hice. –Clavó la mirada en la mesa donde la zorra rubia aún se pegaba a Sam como si fuera una mosca en mermelada.

Linda golpeó la barra con la mano.

–Dime algo, Gillian. ¿Qué era Sam para ti? Porque de verdad que no lo entiendo.

–Es, no era. –Gillian dudó, no estaba segura de cómo explicar algo que no había nombrado antes. Amor no era la etiqueta indicada para describir horas de sexo caliente y buena conversación, pero "aventura casual" tampoco era acertado. Había llegado a preocuparse por Sam mucho más de lo que había esperado–. Tengo sentimientos por ella. Y… No la quiero perder.

Nuevamente, dirigió la mirada a la pequeña mesa en la que Sam y la zorra rubia jugaban a ser fáciles de obtener. Gillian se mordió el labio lo suficientemente fuerte como para saborear la sangre, pero el dolor leve no la ayudó a opacar la agonía que la quemaba por dentro.

—Verla con otra mujer... duele. Mucho —dijo Gillian en voz baja, con la certeza de que Linda la podía oír. Recogió el vaso vacío—. ¿Puedo beber otro? —Otro trago no podía lastimar.

Linda hizo un gesto negativo con la cabeza.

—No, primero me tienes que decir cuán importante es Sam para ti.

—Muy importante. —Gillian no tenía idea de por qué había respondido la pregunta de Linda.

Linda soltó un bufido.

—¿Por eso pretendiste que no la conocías?

Gillian maldijo por dentro. Oír esas palabras dolía casi tanto como revivir los minutos dolorosos una y otra vez en su mente.

—¿Te lo contó?

—Sí, aunque casi se lo tuve que sacar a la fuerza.

—Entré en pánico. —Los músculos del cuello de Gillian se tensaron.

—¿Perdón?

—Dije que entré en pánico. —Aumentaron las ganas de levantarse e irse. No había forma de que Linda o Sam comprendieran su historia y los problemas que le causaba.

—¿Por qué, por el amor de Dios? ¿Creíste que Sam te follaría delante de tu amiga?

La vergüenza quedó reemplazada por una furia ardiente.

—No soy estúpida —dijo Gillian.

Linda colocó un codo sobre la barra.

—Entonces, ¿qué, Gillian? ¿Creíste que venir aquí vestida de punta en blanco en ese numerito negro sería suficiente para que Sam regresara arrastrándose a ti?

—No, yo... —Gillian inspiró sobre el nudo que tenía en la garganta—. Solo quería hablar con ella. —No tenía que decirle a Linda que en realidad esperaba que Sam la perdonara, que había soñado que se volvían más cercanas que antes.

La risa hizo eco desde una mesa cercana y distrajo a Gillian de sus pensamientos. Un grupo de tres mujeres, con perforaciones en varias partes de sus rostros, se incorporó para irse. Irradiaban una sexualidad cruda que, incluso para Gillian, no dejaba lugar para malentender lo que tramaban. Gillian se sintió fuera de lugar. Ese no era su sitio. *¿Por qué vine? Esto no llevará a nada.* Una carga pesada se instaló en sus hombros.

–No te entiendo, Gillian. De verdad que no –dijo Linda haciendo un gesto negativo con la cabeza–. Pero tengo que admitir que… tienes agallas al haber venido aquí esta noche.

–Sí, pero eso ya no importa, ¿no? –Gillian clavó la mirada en el vaso vacío.

–¿Vas en serio con Sam? –preguntó Linda arqueando una ceja–. ¿Lo suficientemente en serio como para arrastrarte y suplicar y no volver a hacer la misma porquería?

–Sí, pero, ¿qué sentido tiene? –Gillian apuntó a la mesa de Sam con la cabeza–. Encontró una sustituta. Quizás eso sea lo mejor.

–Ay, vamos, Gillian. Sam está más borracha que una cuba. Y la pequeña Barbie de allí solo desea un revolcón. –Linda se rio disimuladamente–. Parece que no está al tanto de que Sam no está en forma para brindarle ese tipo de servicio esta noche.

Durante un momento, la esperanza floreció en Gillian. Miró a los ojos cafés de Linda que habían perdido parte de su frialdad.

–No vine a lastimarla. –Le costaba pronunciar las palabras, tenía miedo de volver a tener esperanzas–. ¿De verdad crees que sigue interesada en mí?

–Gillian, no importa lo que yo piense. La cuestión es qué quieres tú.

No había dudas de lo que quería.

–La quiero a ella, nos quiero a "nosotras". Y quiero… –Gillian tragó con fuerza–. Quiero ver si podemos tener más. Juntas.

Un músculo se torció en la mandíbula de Linda.

Gillian se endureció esperando la respuesta de Linda.

–¿Estás lista para pelear por ella? –Linda sostuvo una mano en alto antes de que Gillian pudiera responder–. Y no hablo solo de esta noche, Gillian. Tienes que tratarla con respeto sin importar lo que te pase.

Unos días atrás, hubiera respondido que sí. Sin ninguna duda. Pero la vida le había enseñado una lección dolorosa sobre sí. La verdad era que no tenía tantas agallas como creía.

–Solo puedo prometer que intentaré lo mejor.

La mirada de Linda se volvió fría nuevamente. Sus ojos perforaron a Gillian y la hicieron temblar.

–No puedo decir que me agrades demasiado o que entienda su enamoramiento contigo. Y déjame decirte algo más: si vuelves a lastimar a Sam de cualquier manera te patearé el lindo trasero desde aquí hasta tu sofisticada casa en los suburbios. Pero si ella significa la mitad de lo que tú significas para ella… ve allí y enséñale una lección a esa Barbie. Demuestra que estás dispuesta a pelear por Sam.

Gillian miró fijo a Linda, sin estar segura de haberla oído correctamente.

–No creí que te referías literalmente a una pelea.

–Ay, por favor. Gillian ve allí antes de que la pequeña Barbie se lleve a Sam a casa o antes de que reconsidere mi decisión de fomentarte. –Linda empujó a Gillian de la silla–. ¡Ahora!

Antes de que Gillian pudiera responder, Linda le dio la espalda y comenzó a hablar con el barman, ignorándola.

Una burbuja de ira encendió la barriga de Gillian y reemplazó la depresión que se había instalado en la boca del estómago esa tarde. Por más furiosa que se sintiera Gillian sobre el trato de Linda, la otra mujer tenía razón. Tenía que hacer algo o arriesgarse a perder a Sam para siempre. Si se iba ahora, todo se habría terminado. Si peleaba por Sam… bueno, lo peor que podía pasar era que quedara como una tonta. Valía la pena intentarlo. Ya no tenía nada que perder.

Gillian centró su atención y su ira en la mesa donde la rubia pegaba sus pechos –¿esas cosas eran reales al menos?– en el rostro claramente confuso de Sam.

Muy bien, se acabó. Sin importar lo que pasara a continuación, se negaba a quedarse allí de pie y ver a esa... esa zorra seducir a Sam. Tenía que hablar con Sam y ver si podían resolver las cosas, pero primero Gillian tenía que hacer su reclamo antes de que fuera demasiado tarde. Marchó a la mesa y le dio unos golpecitos en el hombro a la rubia.

–¿Qué? –masculló la mujer sin dar vuelta la cabeza.

–Estás sentada sobre mi regazo. –Temblando de rabia, Gillian se avecinó sobre la desconocida, que finalmente se dignó a mirarla.

El rostro de la rubia claramente mostraba un gesto de sorpresa. Observó a Gillian de arriba abajo.

–¿Estás loca o qué? Ve a buscar a otra persona para molestar. –Sostuvo la mano y sacudió los dedos en un gesto de adiós.

–No, tú ve a molestar a otra persona. Estoy segura de aquí encontrarás a una mujer que estará más que contenta de follarte toda la noche. Pero esta no. –Gillian señaló a una Sam confundida, que parecía tener dificultades para mantener los ojos enfocados–. Esta es mía, y si no te levantas te voy a perforar el trasero con mis tacones de Manolo.

La risa y los comentarios de las mujeres que se hallaban en las mesas cercanas dejaron en claro que había una audiencia atenta, pero Gillian estaba más allá de todo. Tenía que seguir si quería llevar a Sam a casa y lavar el hedor del perfume de la otra mujer.

La rubia se bajó del regazo de Sam, que no parecía feliz por haber perdido su nuevo juguete.

–No, cashiño... nos... nos divertiremos... mucho... –Intentó jalar a la rubia de regreso a su regazo.

Los celos y la furia carcomieron a Gillian hasta que tembló. Hizo a la rubia a un lado y apuntó un dedo al rostro de Sam.

—Escúchame. Nos vamos a casa y vamos a hablar. Y si quieres recuperar a la zorrita de tu amiga después de que hablemos, estoy segura de que la señorita "puedo durar toda la noche" estará contenta de darte la bienvenida en sus brazos. Pero esta noche, yo estoy a cargo, ¿de acuerdo?

Por primera vez, los ojos de Sam dieron con los de ella. El corazón de Gillian casi se rompe del dolor que vio reflejado, un dolor que ella había causado.

—Lo siento tanto, cariño —susurró.

—¿Te parece que Sam quiere ir a algún lado contigo? —Al parecer, la rubia no estaba lista para ceder y se interpuso entre Gillian y Sam en un movimiento que efectivamente interrumpió el contacto visual—. Lo que tú quieres aquí no le interesa a nadie —dijo fríamente—. Será mejor que pruebes tu suerte en otro sitio y nos dejes en paz.

Gillian apretó los dientes intentando controlar su temperamento. Nunca antes había estado tan cerca de golpear a alguien. Se llevó las manos a la cintura, lista para utilizar parte del vocabulario obsceno que había aprendido mirando HBO, cuando de repente una mano fuerte de color café pasó por el lado de Gillian para coger el hombro de la zorra.

—Roxanne —dijo Skyler—. ¿Por qué no pruebas suerte en otra parte? ¡Si es posible ahora!

Roxanne les dio miradas asesinas a las dos, cogió su cartera y se marchó.

Gillian sintió una ola de alivio que le invadía el cuerpo. Con unas pocas palabras afiladas, Skyler había logrado lo que ella no había podido.

—Vaya. —Impresionada, Gillian observó a Roxanne dirigirse hacia la barra—. Un día me gustaría saber qué clase de historia tienen ustedes dos.

Skyler sonrió.

—Una dama nunca cuenta. ¿Te puedo ayudar con algo más?

Ahora que la pelea estaba ganada, Gillian no estaba segura de que debía hacer. No podía llevar a Sam a su casa, pero definitivamente la podía llevar al apartamento de la ciudad. De esa manera, Sam no podría echar a Gillian luego de despertarse por la mañana. Tenían que hablar. El apartamento era la mejor opción de Gillian.

—¿Me puedes ayudar a llevar a Sam afuera al taxi?

—Claro. —Skyler se reclinó—. Vamos, Sam. No dejes a tu dama en la espera.

—Ella ya no esh mi dama. —Sam hizo un gesto negativo con la cabeza.

Las palabras le cortaron hondo a Gillian.

Skyler se rio entre dientes.

—Bueno, ella parece estar determinada a ser tu dama. Y ya sabes cómo son estas mujeres, ¿no? —Le susurró algo al oído de Sam.

Gillian nunca había visto a Sam reírse como una colegiala. Pero sin importar lo que Skyler le había dicho, funcionó. Unos segundos después, Sam luchaba para levantarse de la silla.

Silbidos y buenos gritos las acompañaron hasta que abandonaron el bar, Skyler le daba apoyo a Sam de un lado y Gillian luchaba por mantenerla del otro.

—Llegamos, señora.

¡No! Gillian no quería que el viaje terminara y ciertamente no quería abrir los ojos. Tenía el cuerpo de Sam presionado contra el de ella, la cabeza de Sam acomodada contra el hombro. Ese momento se sentía tan dulce y maravilloso. La realidad era una perra.

—¿Señora?

Gillian suspiró y abrió los ojos. A través de la ventana neblinosa a su derecha, vio que se habían detenido en el edificio de apartamentos. Con alivio, notó que Thomas había salido para ver si se necesitaban sus servicios. Golpeó la ventana con la esperanza de llamarle la atención.

Elevó las cejas y asintió.

Gracias. Gillian se concentró en el conductor que aguardaba con paciencia.

–Lo siento. Me debo haber quedado dormida durante el viaje.

–Sí, y no eres la única. Supongo que vas a tener que despertar a la Bella Durmiente. –Miró a Sam, que seguía roncando completamente ajena a la realidad.

–Sí, debería.

La puerta al lado de Gillian se abrió.

–Buenas noches, señora Jennings. ¿La puedo ayudar en algo?

–Buenas noches, Thomas. Sí. ¿Puedes ir del lado de Sam y ayudarme a llevarla al apartamento?

–Sí, señora.

Gillian tomó una de las manos callosas de Sam entre las suyas y la apretó con amabilidad.

–Oye, Sam. Llegamos. Es hora de despertarse.

Una sonrisa asomó en la cornisa de la boca de Sam antes de que se acurrucara más contra Gillian.

Por lo menos no está enfadada conmigo mientras duerme. Sin embargo, eso hacía que despertar a Sam fuera más difícil.

–Hola, dormilona. –Con cariño, Gillian peinó el cabello de Sam hacia atrás y le dio un beso suave en la frente. En ese momento, no le importaba lo que el taxista o Thomas pensaran de su comportamiento. Un dejo de bergamota y sándalo le cosquilleó en la nariz, una fragancia que le remitía al verano y al océano–. Esta no es tu cama, cariño. Es un taxi –dijo–. Te tienes que despertar.

Unos nublados ojos color café se abrieron. Sam se lamió los labios y volvió la cabeza hacia Gillian, claramente atrapada en sus sueños.

Aliento cálido le acarició el lado del cuello de Gillian y le provocaron temblores exquisitos en todo el cuerpo. Jadeó al sentir que el aire cálido había sido reemplazado por una humedad cálida porque Sam le estaba lamiendo el lóbulo de la oreja. Hasta el último nervio de Gillian se estremecía de excitación.

El conductor se aclaró la garganta e hizo añicos el momento.

–¿Qué? –Sam se apartó y miró alrededor, claramente desorientada. La confianza tierna que había en los ojos de Sam hacía unos segundos se vio reemplazada por una sospecha dolorosa. La realidad se había abierto paso hasta el momento. Su sueño se había acabado. Sam se retrajo del roce de Gillian y el tapizado de cuero gruñó en respuesta.

–¿Crees que te las puedes arreglar para bajarte del coche o necesitas ayuda? –La voz de Gillian sonó dura incluso para sus oídos.

–Puedo. –La punta de la lengua de Sam apareció en la cornisa de su boca, y frunció el ceño en un gesto de concentración profunda.

A pesar del dolor que se expandía en su pecho, Gillian sonrió. La expresión de Sam era una imitación perfecta de la que llevaba su hijo cuando intentaba resolver un problema que estaba más allá de él.

La puerta del lado de Sam se abrió y Thomas asomó la cabeza dentro del taxi.

–Hola, Samantha.

Soltando un gruñido, Sam se inclinó hacia la puerta y el impulso casi la hace caerse del coche.

Gillian cogió la parte trasera de la chaqueta de Sam.

–Aguarda allí.

–Le daré una mano. –Tomó los brazos de Sam y con cuidado la sacó del taxi.

Gillian le dio más billetes al conductor.

–Gracias por haberme esperado en el bar. Realmente lo aprecio.

–No hay problema. Fue un placer. –Le guiñó un ojo.

Con una sonrisa cansada, Gillian se bajó del coche y sintió la llovizna liviana que caía.

–¿La llevamos adentro?

Sam se apoyó pesadamente en el hombro de Thomas. Gillian sabía que le sería muy difícil llevar a Sam adentro sin su ayuda.

–Sí, gracias.

Luego de una batalla menor, los tres atravesaron finalmente la puerta de entrada del edificio. Cruzar el pasillo hasta el elevador no fue tan difícil como Gillian había temido. Sam estaba semidormida.

—Aún era una adolescente la última vez que la vi tan borracha. —Thomas hizo un gesto negativo con la cabeza.

—¿Hace tanto la conoces?

—Ay, sí, trabajé para su padre.

Gillian apretó el botón del elevador.

—Ya casi llegamos, cariño.

—No soy tu cariño. Tú… tú lo dijiste. —Sam se balanceó un poco en su lugar.

—Sam, aún eres mi cariño si quieres serlo. —Gillian contó hasta cinco en silencio—. Pero hablemos de esto más adelante. Primero te tenemos que llevar a la cama.

—No voy a dormir contigo. ¡Esta noche no tendrás sexo! No quiero. —Sam sacudió un dedo con énfasis.

El rostro de Gillian se puso colorado. Miró a Thomas de reojo, que afortunadamente parecía más divertido que otra cosa con la situación.

—De acuerdo, lo entiendo —le dijo a Sam.

—Nada de sexo.

—De acuerdo, esta noche no tendré sexo. —Gillian quería enterrar el rostro en llamas en sus manos.

El elevador hizo un sonido y le evitó a Gillian sentir más vergüenza de momento.

Miró a Sam, apoyada contra Thomas y con la cabeza contra la pared del elevador. Aún con las sombras oscuras que parecían moretones bajo sus ojos, estaba hermosa. *Me pregunto si le cuesta dormir.* Gillian apenas había podido cerrar los ojos, mucho menos dormir desde el incidente en el café. Cuando lo intentaba, el rostro de Sam se le aparecía en sueños. El dolor y la traición escritos en ese rostro la perseguían. *¿Me podrá perdonar? Yo no sé si podría si los roles estuvieran invertidos.*

El elevador se detuvo y se abrieron las puertas.

Contenta de poder escapar, Gillian se paró en el pasillo antes de volverse para ayudar a bajar a Sam del elevador. Unos instantes después, Gillian entró en el apartamento y dio con el interruptor de la luz sin dificultad. Se volteó justo a tiempo para ver a Sam tambalearse hacia la habitación y dejarla a solas con un Thomas risueño.

–Supongo que aquí termina mi misión, ¿verdad, señora?

–Sí, creo que ya me las puedo arreglar. Aunque no me alcanzan las palabras para agradecerte por tu ayuda esta noche.

Él sonrió.

–Ay, no me tiene que agradecer. Me alegra haber estado aquí. Llámeme si necesita algo. Estaré abajo hasta las siete de la mañana. ¿Sabe...? Me acuerdo cuando Sam tenía esta altura –se señaló las rodillas–. Siempre fue una diablilla. Su padre lo detestaba.

Asombrada, Gillian no sabía qué decir.

Thomas se encogió de hombros.

–Él quería una hija de la que alardear, no una tan tenaz como él.

–Ella... me dijo que se fue de casa de joven...

–Yo renuncié al trabajo antes de que se fuera. Así que no le puedo decir qué le pasó. Pero conociendo a su padre, me imagino que no fue agradable.

–¿Cómo...? –Gillian hizo una pausa y se aclaró la garganta que amenazaba con cerrarse–. ¿La lastimó?

La sonrisa de Thomas se desvaneció.

–Sí. Sí. No físicamente. La golpeaba con palabras. A menudo se venía a esconder en la cochera donde trabajé antes de ser portero en uno de los edificios de su padre.

Gillian no podía hablar.

–Tengo que ir abajo. Llámeme si necesita ayuda. Que tenga una buena noche.

Cerró la puerta a sus espaldas. Qué noche y todavía no se había acabado. Había dejado su casa de los suburbios con la esperanza de encontrar a Sam, de hablar con ella y hacer las paces si era posible. Luego, había planeado regresar a casa, no pasar la noche en la ciudad. *Hasta allí llegaron los planes tan bien hechos.*

¿Y ahora qué hago? De algo estaba segura: En ese momento, Sam no estaba en condiciones de hablar. Gillian se tenía que asegurar de que estuviera bien. Se masajeó la sien. En una maraña de confusión, culpa y otras emociones, se dirigió a la habitación. Sam yacía completamente vestida en la cama y unos ronquidos suaves llenaban el aire.

Gillian se sentó en el borde del colchón y observó el lento ascenso y descenso del pecho de Sam, los párpados cerrados, los rasgos fuertes y los labios llenos. Tentada, estiró la mano para tocar suavemente la mejilla de Sam antes de retirar la mano nuevamente, los sentimientos tiernos la hicieron sonreír. *¿Qué me haces...?* El poder que Sam tenía sobre su vida, sobre su corazón la hicieron sentir mareada. Lo único que deseaba era yacer al lado de Sam, abrazarla y estar allí cuando se despertara. Gillian suspiró.

Sam murmuró algo ininteligible y eso le llamó la atención a Gillian. Estando medio enredada en las sábanas y completamente vestida no podía estar cómoda. Gillian no la podía dejar así. No le costaba nadar quitarle las botas de los pies. Colocó las botas junto al ropero antes de tocar el hombro de Sam.

—Vamos, cariño –le dijo–. Tienes que ponerte de lado.

Con un poco de esfuerzo, Gillian finalmente logró darla vuelta. No serviría dejarla dormir boca arriba por si vomitaba durante la noche. Gillian tomó la otra almohada y enrolló el cobertor de la cama y colocó los dos elementos a espaldas de Sam para mantenerla en la misma posición. Recorrió la habitación con la mirada, vio un cesto de basura junto a una silla. Lo dejó en el piso al lado de la cama, fácil de acceder. Por las dudas.

Con cuidado, Gillian se sentó al borde de la cama y, sin poder refrenar el anhelo de tocar a su amante dormida, acarició la mejilla de Sam. *No quiero vivir sin ti.* Era cierto. No se podía imaginar volver al estilo de vida que había tenido antes de que muriera Derrick. Su muerte la había liberado. O al menos había comenzado a liberarla... por más mal que sonara eso. Sin embargo, ella era realista. Por más que la quisiera a Sam en su vida, Gillian no tenía idea de cómo funcionaría la vida con ella. Además, no sabía si Sam estaba interesada en llevar la relación a un nivel más serio. O si era capaz de perdonar a Gillian.

Una mano callosa se envolvió alrededor de los dedos de Gillian y casi la hace saltar del susto.

—Nada de sexo —murmuró Sam.

Gillian no pudo evitar sonreír.

—Nada de sexo por esta noche. Te lo prometo.

Claramente satisfecha con la respuesta, Sam empezó a roncar de nuevo.

Gillian se puso de pie y regresó a la sala de estar. Se quitó los tacones y se hundió en el sofá de cuero antes de sacar el móvil del bolso y marcar a casa.

Tilde contestó al tercer timbre.

—Hola, Tilde. Soy Gillian. Te tengo que pedir un favor.

CAPÍTULO 14

Risas. En algún sitio había gente riéndose. Gillian se cubrió la cabeza con la frazada. *Es demasiado temprano. Demasiado alto. No quiero.*

Una puerta se cerró de un golpe. Tintineo de llaves. Otra vez risas. *Maldición.* Gruñendo de frustración, Gillian abrió los ojos. La luz del sol se colaba a través de las cortinas. El apartamento de la ciudad... *¿Por qué...? Oh. Sam.* Claro, se encontraban en el apartamento de la ciudad y Sam estaba en la habitación. Gillian miró el reloj. Eran las ocho de la mañana. Se incorporó del sofá y se dirigió a la puerta arrimada de la habitación, que no había cerrado la noche anterior. Por si Sam la necesitaba en algún momento. Pero lo único que había oído Gillian de Sam fueron ronquidos y algún gruñido ocasional. Y, al menos Gillian había tenido unas horas de sueño, aunque se había despertado varias veces en la noche, porque no podía dejar de preocuparse por la mañana.

Sam seguía roncando en la cama, casi en la misma posición que había estado la última vez que Gillian había pispeado la habitación.

Durante un momento, Gillian se preguntó si debería despertarla. Pero... ¿para qué? Estaba segura de que Sam se sentiría fatal. Dormir no le hacía mal y Gillian no tenía que estar en ningún lado hasta la tarde. Tilde había accedido a cuidar de los niños. *Café. Necesito café.*

El primer sorbo de la bebida oscura fue el cielo en su lengua. Gillian cerró los ojos e intentó encontrar un momento Zen. Tantas cosas habían pasado en las últimas doce horas y, sin embargo, nada estaba más claro de lo que había estado cuando encontró a Sam en The Labrys. *Bueno, por lo menos estamos en el mismo apartamento. No puede huir. No la dejaré.*

Gillian estaba a punto de tomar otro sorbo de café cuando el sonido de arcadas cortó el silencio del apartamento. Se encogió. *Supongo que eso significa que Sam está despierta.* De repente el café había perdido su atractivo. Hizo la tasa a un lado y siguió los sonidos miserables al baño. La puerta estaba arrimada. Gillian dudó, desgarrada entre el deseo de ayudar y el miedo de entrometerse en un momento muy vulnerable. ¿Y si su presencia hacía que Sam se sintiera peor? La culpa y la inseguridad la mantuvieron quieta en el lugar. *Deja de vacilar.* Estiró la mano en busca del pomo de la puerta. Con cuidado, echó una mirada al interior y vio a Sam encorvada sobre el inodoro.

Otra ronda de arcadas comenzó. El cuerpo de Sam se vio sacudido por un temblor.

Lo único que Gillian quería hacer era correr al baño y ayudar a calmar a Sam. Pero, ¿aceptaría la oferta? Gillian se pasó una mano por el cabello. Esto no se trataba de su relación. Si Sam no quería ayuda, tendría que decirlo. Gillian hizo sus dudas a un lado. Llamó a la puerta para anunciar su presencia. Al no obtener una respuesta, volvió a llamar, esta vez más fuerte y con más insistencia. No quería entrar antes de que Sam supiera de su presencia.

–¿Qué? –La voz de Sam sonó ronca.

–¿Puedo entrar?

Un gemido ahogado fue la única respuesta.

De acuerdo. Se acabó. Gillian entró en el baño, el olor agrio del vómito casi la hace tener arcadas. Intentando no inspirar hondo, tomó una toalla de un estante.

–Hola. –Humedeció la toalla en el lavabo y luego se inclinó al lado de Sam en el frío piso de losa–. ¿Cómo estás? –Tiernamente hizo a un lado el cabello empapado de la frente de Sam antes de lavar el sudor frío.

Durante un instante, Sam buscó el tacto de Gillian. La conexión – simple– entibió el interior de Gillian. Sam interrumpió el contacto y se inclinó al otro lado, apoyó el cuerpo contra los azulejos.

–Odio esto.

–Regresaré en un momento. –Gillian se incorporó y corrió a la cocina. Se acordó de que durante su último embarazo lo peor de vomitar había sido el gusto a vertedero que le quedaba en la boca. Tomó un vaso, lo llenó con agua fría y regresó al baño, donde se volvió a inclinar al lado de Sam.

–Me quiero morir. –Sam tenía la voz ronca.

–No, claro que no. Y yo no tendría ni idea de cómo deshacerme de un cadáver –dijo Gillian, con suavidad para quitar cualquier escozor del comentario.

Sam soltó una risita seca.

–Solo deja mi cuerpo en el pasillo. Alguien lo recogerá. –Se aferró al estómago–. Ay, eso duele.

Gillian tocó la espalda de Sam. La camiseta estaba empapada de sudor, pero no podía hacer nada al respecto. No tenía una muda de ropa en el apartamento.

–¿Quieres enjuagarte la boca? Tengo un vaso de agua.

–Sí. –Sam tomó el vaso con la mano temblorosa–. Gracias.

Gillian le frotó la espalda y dibujó círculos calmantes.

–¿Te quieres incorporar?

Unos ojos irritados se volvieron hacia ella.

–¿Por qué?

–Te sentirás mejor si te recuestas –dijo Gillian–. A estas alturas debes tener el estómago todo contraído. Sentarte en el piso abrazando al inodoro no te hará ningún bien. Necesitas relajarte.

Sam hizo un gesto negativo con la cabeza.

–No, solo volveré a vomitar.

–Estar así sentada no te ayudará. Necesitas recostarte. –Gillian tenía mucha experiencia con niños enfermos y sabía eso–. Pondré un balde al lado de la cama. Te sentirás mucho más cómoda si te recuestas. Tienes que beber mucha agua y tomar una aspirina en cuanto sientas que la puedes retener. Te ayudará. Créeme.

Una sonrisa amarga asomó al rostro de Sam.

Gillian se encogió.

–Lo siento, yo…

–Está bien. Supongo que lo puedo intentar.

Gillian se sintió invadida por la sorpresa y el alivio.

–Muy bien. ¿Quieres usar enjuague bucal primero?

Una sonrisa forzada apareció en el rostro de Sam.

–¿Qué? ¿No te gusta el aroma a rata muerta y perro mojado?

–No. Y supongo que a ti tampoco te gusta.

–Sí, eso es cierto.

Gillian ayudó a Sam a levantarse y se quedó atenta a sus espaldas mientras se enjuagaba la boca con el enjuague bucal mentolado. Afortunadamente, eso no desencadenó otro ataque de vómito.

–¿Quieres ayuda…?

–No, gracias. –Sam se dirigió hacia la puerta–. Me las puedo arreglar.

El tono despectivo dolió por más que se lo mereciera. Gillian tragó con dificultad.

–De acuerdo.

Ver a Sam gatear débilmente a la habitación fue duro. *Por lo menos no me pidió que me marche… todavía.*

–Mierda. –Sam respiró fuerte y se aferró el estómago–. Mierda. Mierda. Mierda.

Gillian corrió a su lado.

–Vamos.

Tomó el codo de Sam y la condujo hacia la cama antes de ayudarla a sentarse con cuidado.

–Estírate. Le sentará bien a tu estómago.

Por primera vez, una Sam con el rostro pálido siguió su instrucción sin preguntas o comentarios.

–¿Puedo…? –Gillian se mordió el labio–. ¿Te sientes bien?

–Sí, esto realmente se siente mejor. –Miró a Gillian a través de los ojos irritados–. No tienes una camiseta limpia por allí, ¿no?

–No, lo siento. A lo mejor podríamos… –tragó saliva– si duermes un poco más, cuando te sientas mejor quizás te puedo llevar a casa.

–¿A casa? Sí, eso sería genial.

Gillian observó a Sam un momento hasta que su respiración y su rostro se relajaron. Ese sería un día interesante. Gillian se reclinó contra el marco de la sala de estar. Sam no la había echado y había accedido a que Gillian la llevara a casa.

Un paso a la vez. Debía dar un paso a la vez antes de atreverse a esperar que todo estuviera bien.

Gillian sintió un gran alivio cuando el taxista anunció que habían llegado a su destino. El tráfico de la tarde había sido infernal. Con cuidado, observó a Sam que estaba pálida y se veía extremadamente exhausta.

–¿Cómo estás?

–Bien. –Sam dudó un momento antes de tomar la mano de Gillian y bajarse del taxi–. Mejor que nunca.

Gillian suspiró. No estaba segura de cuánto del comportamiento de Sam se debía a que ella se encontraba allí y cuánto se debía a la resaca infernal. Sin embargo, no le había pedido a Gillian que la dejara en paz. Aunque hubo un momento, antes, en que Sam la había mirado larga y fríamente. Gillian había esperado que la enviaran a casa, pero Sam permaneció callada. Para Gillian, estar allí en el apartamento de Sam era más que un pequeño paso. Una mínima esperanza floreció en su interior. Elevó la mirada a la casa. No era enorme, probablemente tenía unos diez apartamentos.

–Y, ¿en qué piso vives?

–En planta baja. Por suerte.

–De acuerdo. –Eso realmente era un alivio. Caminar menos era bueno. Muy bueno–. ¿Quieres que te ayude a entrar?

–No. –Sam dio unos pasos antes de murmurar–: Gracias.

Gillian siguió los tacones de Sam, lista para saltar en cuanto las rodillas de Sam cedieran.

Con dedos temblorosos, Sam tomó las llaves del bolsillo y abrió la puerta principal antes de voltearse. Sam se humedeció los labios.

–Entonces… ¿Te gustaría…?

Gillian contuvo el aliento.

–Es decir… ¿te quieres ir a casa? –El rostro de Sam era una máscara indescifrable.

El primer impulso de Gillian fue responder que sí, voltearse y marcharse. Sabía que era una cobarde. Y marcharse ahora sería su salida, la salida de cobarde. Y se detestaría luego por haber huido en lugar de luchar por la oportunidad de volver a ganar la confianza de Sam. Quizás también se detestaría si decía que no, se quedaba y no encontraba redención. Pero al menos no habría sido una cobarde. Se aclaró la garganta.

–Preferiría quedarme un rato contigo. Si está bien.

Sam volteó y atravesó la puerta abierta.

–De acuerdo.

Por fuera, la casa era agradable, aunque un poco desgastada. Por dentro, era clara y se veía bien cuidada.

Sam abrió la puerta a su derecha y entró en el apartamento.

Gillian la siguió y se encontró en la sala de estar de Sam. Paredes color crema, un televisor LCD en la pared frente a un sofá de cuero color café que se veía increíblemente tentador y estanterías llenas de libros. *Así que le gusta leer.* Gillian no sabía eso. Había tanto que no sabía acerca de Sam.

Unos círculos oscuros se habían instalado bajo los ojos de Sam y su rostro se veía pálido como un fantasma.

–Necesito recostarme. –Se dirigió a otra habitación.

Sin saber qué hacer, Gillian dudó un momento antes de seguirla. La necesidad de saber que Sam se encontraba bien era más fuerte que el miedo al rechazo.

Sam estaba sentada en la cama.

–Todavía… ¿Me podrías traer una camiseta? –Señaló el ropero.

–Claro. Vaya. –Gillian no pudo esconder la sorpresa al ver las camisetas, los suéteres y los pantalones organizados en pilas en las estanterías.

–Esto es impresionante. Sí que te gusta el orden estricto en tu casa, ¿no?

–Me ahorra mucho tiempo –fue la respuesta gruñona.

El ropero de Gillian parecía una zona de guerra. Escogió una camiseta que se veía cómoda, era de tela de algodón suave y olía a bergamota y sándalo, fragancias que siempre asociaría a Sam. Gillian le pasó la camiseta.

–¿Quieres…? ¿Te puedes cambiar sola?

–No estoy discapacitada, ¿sabes? –protestó Sam.

Una tensión palpable flotó en el aire.

–No quise decir eso –respondió Gillian, un poco más abrupta de lo que había planificado.

–Me gustaría cambiarme. O te vas o te volteas. Depende de ti. – Sam se sentó lentamente y tomó la camiseta del dobladillo.

Gillian se volteó para ver la pared. Una Sam desnuda no era lo que necesitaba en ese momento. Sin embargo, sus sentidos parecían diferir. El ruido de la tela la provocaba y le recordaba de la suavidad de la piel de Sam a su mente desleal, el modo en que sus ojos se volvían prácticamente negros cuando estaba excitada, sus pupilas se expandían para absorber el color marrón. Gillian sintió calor en la barriga. *No pienses en eso. En ella.*

–Estoy lista. –Sam interrumpió sus pensamientos–. Ya te puedes voltear.

Gillian observó a Sam, sorprendida. El sudor brillaba en las mejillas y frente de Sam. Estaba tan pálida como una sábana recién blanqueada.

–Realmente necesitas recostarte –dijo Gillian sin pensarlo.

Sam hizo una mueca.

–Sí, he estado mejor, pero… Mira, Gillian, de verdad aprecio que me hayas ayudado y todo eso. –Se frotó la frente y bajó la mirada al edredón–. No… Supongo que tienes que ir a casa o algo, así que… Creo que me las puedo arreglar desde ahora.

Un miedo frío se aferró al corazón de Gillian. ¿Eso era todo? ¿Sam quería que se vaya? Tenía que estar segura antes de marcharse.

–¿Quieres que me vaya?

Unos ojos cansados dieron con ella.

–No lo sé. ¿Por qué querrías quedarte? –La voz de Sam sonó rasgada.

Quizás no quiere que me vaya, pero cree que yo no me quiero quedar, pensó Gillian y una chispa de esperanza brilló. Solamente la honestidad tenía una oportunidad de reparar el abismo entre ellas y, de todas formas, no tenía nada que perder.

–Hay más de un motivo por el que me quiero quedar, Sam –dijo señalando a la cama–. ¿Puedo?

Los músculos del cuello de Sam se tensaron. Apretó la mandíbula y se relajó. Finalmente, asintió.

Con cuidado, Gillian se sentó en el borde del colchón, lo suficientemente cerca como para estirar la mano y tocar a Sam, pero con la distancia suficiente como para no abrumarla. *Por favor, que encuentre las palabras adecuadas.*

–No tengo que estar en casa hasta más tarde. Yo… –Tragó con dificultad. Eso no era fácil–. Quiero hablar de lo que pasó en el café si estás dispuesta a escucharme. –Quería decir mucho más. La necesidad de explicarse, de disculparse, le quemaba por dentro–. Pero, por ahora, me gustaría cuidarte y asegurarme de que estás bien. Si me lo permites, claro.

Sam elevó la mirada, pestañeó rápidamente, antes de volver a mirar el edredón. Se lamió los labios.

–Siento que estoy bajo una maldición de deshidratación.

–¿Quieres más agua? –Sorprendida de que aún no la había echado, Gillian se incorporó, lista para buscar cualquier cosa que Sam le pidiera.

–Sí. Gracias. La cocina es la siguiente puerta a la derecha. Y, ¿Gillian?

–¿Sí?

–Gracias por estar aquí. No puedo hacer ninguna promesa, ¿de acuerdo? –Sam tenía la voz ronca–. Pero podemos hablar.

–Gracias. –Gillian se dirigió apresurada a la cocina y regresó con un vaso de agua.

Sam bebió la mitad del vaso antes de recostarse en la cama y darle la espalda a Gillian.

Gillian casi se sentía mareada por el alivio. Gillian se quedó en la habitación solo para asegurarse de que Sam estaba bien y que no necesitaba nada y se apoyó contra el marco de madera de la puerta. Su mirada vagó por la habitación. Un póster enmarcado de *White Rose with Larkspur* de Georgia O'Keeffe colgaba encima de la cama. Gillian había pasado mucho tiempo frente al original durante su última visita al Museo de Bellas Artes de Boston. El cuadro era una captura exquisita de la belleza infinita de las flores y era uno de los cuadros favoritos de Gillian. Nunca habría esperado ver algo tan frágil en la habitación de Sam. *Como mucho, hubiera esperado una foto en blanco y negro de una mujer desnuda.* Hizo un gesto negativo con la cabeza por las conjeturas que había hecho. *Hay tantas cosas que no sé de ella.*

Examinó el resto de la habitación. Había tres paredes pintadas color marfil, la cuarta, de azul índigo, contrastaba muy bien con el ropero cuyas puertas eran de cristal blanco y espejos. Si la sala de estar era prueba del lado más práctico de Sam, la habitación parecía reflejar el lado más suave que escondía tan bien el resto del tiempo.

Gillian solo abandonó la habitación tras oír el leve ronquido de Sam. *Café. Necesito café y algo que comer.* Regresó a la cocina.

La cafetera era un aparato simple que no había visto hacía años. La mayoría de los conocidos de Gillian tenían herramientas brillantes y de alta tecnología en la cocina, imposible de operar sin leer un tomo de un manual. Derrick había insistido en comprar una de esas máquinas de expreso digitales y súper automáticas, no porque hacía buen café –aunque lo hacía– sino porque era un símbolo de estatus, como el BMW descapotable o la piscina de natación o lo que fuera que se pudiera usar para alardear. Todas esas cosas también habían sido importantes para ella… una vez. Tanto había cambiado en los últimos meses. A veces no podía creer lo presumida que había sido, lo limitada que habían sido su vida y su visión del mundo.

Gillian abrió el refrigerador en busca de leche. No pudo evitar reírse entre dientes. *Bueno, esto es lo que yo llamo un peladero.* Tres tipos de cerveza distintos, una botella de leche, sobras de restaurante chino, que no quería investigar demasiado cerca, y también un frasco de pepinillos era lo único que contenía la nevera. Preparar una comida sería un desafío mayor de lo que había pensado. En una alacena a su derecha había una caja abierta de Froot Loops. Sus hijos se divertirían al máximo si se enteraban que ella había comido algo por el estilo. La comida con sabor artificial estaba prohibida de su casa. Compraban verduras, frutas y pan en el mercado de granjeros. *Bueno, no hace falta contarle a los niños que mamá comió químicos en el almuerzo. A lo mejor debería buscar un supermercado y llenar la nevera.*

¿Qué diablos? La boca y los labios de Sam estaban secos. Sentía los ojos pegados. Se obligó a abrirlos y vio una mancha húmeda en la almohada a su lado. *Puf.* Se frotó la mejilla para liberarse de cualquier indicio de baba.

Los sonidos de las bocinas de los coches y de las sirenas de la policía invadieron la habitación. A través de la niebla en su cerebro, se preguntó qué la había despertado. Estaba acostumbrada a los sonidos de exterior, por molestos que fueran. Movió un poco la cabeza y la dejó caer en la almohada porque la cabeza palpitante amenazaba con estallar. *¡Ay!* Sentía como si una aplanadora le hubiera pasado por encima. Dos veces. Le dolía hasta la última terminación nerviosa, incluidas las células cerebrales que habían sobrevivido. Y, como si eso no fuera suficiente, su lengua sabía como si algo peludo se hubiera hecho un ovillo y muerto allí.

Ay, Dios mío. Intentó concentrarse en su respiración cuando un sonido desconocido se filtró en su cerebro mareado. *¿Hay alguien caminando en mi sala de estar?* Sam se esforzó por escuchar con el estómago sacudido. *Ay, Gillian. Claro.* Unos recuerdos borrosos regresaron a Sam: el gran flirteo con Roxanne, cuando Gillian llegó y la arrastró desde The Labrys hacia el apartamento, el vómito, la promesa de que hablarían más tarde. *Mierda.* El dolor de cabeza se intensificó. Con un gruñido, Sam arrastró el cuerpo hacia el borde de la cama. Lentamente se incorporó y se sintió aliviada al sentir un mareo, pero no tenía ganas de vomitar. Odiaba vomitar. Sentir la impotencia que conllevaba perder una batalla contra su cuerpo, el sabor en la boca, el olor… Si recordaba bien, no solo había vomitado como una adolescente luego de beber su primer trago, sino que Gillian había presenciado todo. El rostro de Sam se puso colorado.

Gillian había dicho que quería hablar. ¿Qué quería decir eso exactamente? ¿Quería pedir perdón? Se le agitó el estómago al pensar que quizás Gillian se sentía mal por su comportamiento de porquería en el café.

Sam soltó un bufido, enfadada por permitirse tener ese tipo de esperanza. Estirar la mano hacia la mesa de luz fue muy difícil, pero persistió hasta encontrar la botella de aspirinas en el cajón. Tomó dos píldoras y se obligó a tragarlas con el vaso de agua medio vacío que había sobre la mesa de luz.

Con movimientos lentos, Sam reclinó la cabeza contra la cabecera y cerró los ojos. Necesitaba tiempo para permitir que las aspirinas hicieran su trabajo antes de poder enfrentar a Gillian. *¿Cómo me metí en este lío?* ¿Qué le había hecho creer que Gillian se interesaba por ella? ¿Que no la engañaría con una mujer más elegante? ¿O Gillian engañó a la mujer elegante con Sam? Un sabor amargo se esparció en la boca de Sam. *De todos modos, ¿a quién le importa? Ya la superé.* Sam soltó una risita amarga. *¡Mentirosa!* No había superado a Gillian. Ni de causalidad. Los puños de Sam se tensaron sobre el edredón. Incapaz de quedarse quieta, ignoró las protestas del cuerpo y sacó las piernas de la cama. Una ola de mareo la invadió. *De acuerdo, el objetivo del resto del día es tomármelo con calma. Por otro lado...* No había forma de hablar con Gillian mientras yacía de espaldas y sentía náuseas. Quedarse recostada y sentir pena por sí misma era una opción en cuanto Gillian se marchara. Y se marcharía. Pronto. No había dudas de ello.

De alguna manera, Sam se las ingenió para llegar a la ducha. Al principio, el agua le dolía sobre la piel sensible, pero se obligó a quedarse quieta y después de un rato el correr del agua por la espalda tuvo el mismo efecto que un masaje diestro en un buen día. Sam soltó un gemido. Eso era muy bueno. Salió de la ducha y se secó con una toalla. Por primera vez desde que se despertó se sintió como un ser humano y estaba casi lista para volver a ver a Gillian. Sam limpió la neblina del espejo e hizo una mueca. *Bueno, ese rostro ha visto mejores días.* Tenía bolsas negras bajo los ojos y la palidez de su piel era el testamento de demasiado alcohol y poco descanso. Suspiró. El alcohol realmente no era su amigo.

Luego de cepillarse los dientes, Sam se puso los vaqueros más cómodos que tenía y un suéter. Determinada a acabar con ello, abrió la puerta de la sala de estar y se quedó quieta.

Gillian estaba sentada sobre el sofá, tenía una vieja revista de *National Geographic* en una mano y una taza de café en la otra. Tenía los pies descalzos bajo el cuerpo y llevaba un vestido tan corto y al cuerpo como podía.

Una mezcla de ira, deseo y dolor vibró a través de Sam. El vestido corto y negro de Gillian acentuaba su piel de porcelana y su cabello rubio. *Maldición. Nadie debería poder verse tan hermosa.*

La mirada de Gillian encontró la suya.

—Sí que te ves acogedora —las palabras salieron tan duras como Sam había querido.

Un dejo de dolor asomó al rostro de Gillian. Lentamente apoyó la revista sobre la mesa ratona y se sentó derecha.

—¿Cómo te sientes?

—Estoy bien. —Sam necesitaba tomar control de la situación y poner distancia entre ellas. ¿Cómo podía doler tanto el solo ver a Gillian y volver todo lo que había sido claro, blanco y negro, tan difícil y gris? Sam irguió los hombros y entró en la cocina. Miró boquiabierta la mesada. Había todo un despliegue de botellas de agua al lado de un paquete de té de hierbas, dos frascos de mermelada y pan blanco.

—No sabía qué te gustaría comer o beber. El té de hierbas suele ser una buena opción. —La voz suave de Gillian provenía de su espalda.

Una burbuja de ira quemó en el interior de Sam. Gillian actuaba como si le importara mucho. Cambió de opinión.

—¿Qué quieres, Gillian? ¿Por qué estás aquí?

Gillian se puso pálida y dio un paso hacia atrás.

—Yo… Quería hablar. Tú dijiste que podríamos hablar.

El palpitar en el cerebro de Sam aumentó, una presión tan alta que deseó haber permanecido en la cama.

—¿De qué?

—Yo… Me arrepiento de mi comportamiento. De verdad. Te quiero explicar qué sucedió. En el café.

Sam soltó un bufido.

—¿Por qué te debería escuchar?

–Porque te quiero pedir perdón por lo que hice y por lo que debería haber dicho y… Lo siento mucho, Sam. –Gillian se frotó una zona sobre el corazón, su voz era tan solo un susurro.

Para Sam, el sonido del reloj era como una bomba en cuenta regresiva. Abrió una de las botellas de agua y bebió de ella. El líquido frío fue un bálsamo para su garganta rasposa.

–Lamento mucho haberte lastimado. –Gillian inspiró hondo–. Daría lo que fuera para deshacer lo que hice. Le debería haber dicho a Rachel quién eras. Te debería haber defendido. Me debería haber comportado de otra manera. Pero no puedo regresar y deshacer mi comportamiento de porquería.

Los dedos de Sam se tensaron alrededor de la botella hasta que el plástico hizo ruidos crujientes.

–Negaste que nos conocíamos y luego dejaste que me humillaran. Tú me humillaste. Me lastimaste.

–Lo sé. –Los ojos de Gillian no dieron con los de Sam.

–Confié en ti. Y tú me lastimaste.

–Lo sé. –Los hombros de Gillian se hundieron.

–Yo… Yo… –Sam no sabía qué decir. Lo único que quería era arrojar la botella de plástico contra la pared de la cocina.

–¿Me puedes perdonar? –Las palabras eran un mero susurro.

Sam contuvo el aliento. Había esperado oír a Gillian justificando sus acciones, quizás rogándole que no revelara su secreto… no pidiéndole perdón. Eso no lo había anticipado. Sam soltó un suspiro de frustración y se pasó la mano por el cabello.

–¿Perdonarte?

–Tienes todo el derecho a estar enfadada, Sam. Me comporté como una estúpida total. –Gillian tenía lágrimas en los ojos.

Sam se frotó la sien.

–No es tan fácil, Gillian. No puedes venir aquí, decir que lo sientes y esperar que todo vuelva a estar bien.

–Lo sé, Sam. No te puedo decir cuánto…

–Basta. –Sam sostuvo una mano en alto–. ¿Por qué lo hiciste? –Esa pregunta la había mantenido despierta una noche tras otra. La escena en el café se había reproducido una y otra vez ante sus ojos, una pesadilla que no se desvanecía–. ¿Por qué pretendiste que no me conocías? ¿Y quién era…? –casi se atraganta con las palabras– ¿…la otra mujer?

Gillian llevó la mirada a sus pies.

–Entré en pánico. Y la otra mujer era Rachel. Es una vieja conocida.

–¿Conocida? Las vi saliendo de un apartamento por la mañana temprano una vez. Antes de conocerte en la discoteca. Antes de que me pidieras que te follara. –Sam hizo un gesto negativo con la cabeza–. Ella no es una conocida. Es un polvo, ¿no?

Gillian hizo un gesto negativo con la cabeza.

–No. No es mi amiga. No lo es. Su esposo y el mío trabajaban juntos. Eran abogados en la misma compañía. Por eso la conozco. Bueno y de jugar tenis. Y encontrarnos para tomar café y hacer lo que sea que hacen las esposas. La mañana que nos viste juntas… La recogí para asistir a un desayuno al que nos habían invitado. –Gillian dio un paso hacia Sam–. No dormí con ella. –Gillian tragó saliva–. Y nunca te engañaría. Nunca.

–Se me hace difícil de creer eso.

La sangre abandonó el rostro pálido de Gillian.

–Sé que mi comportamiento es imperdonable. Entré en pánico. Yo… Estoy intentando de dar vuelta mi vida y aprender quién soy y eso es bueno… pero es tan difícil. Están los padres de Derrick, mis viejos amigos… aunque en realidad no son amigos, pero… –el labio inferior de Gillian tembló–. Tengo que pensar en mis hijos. Ellos no tienen ni idea de esto. –La voz de Gillian era cruda y su rostro estaba pálido–. Sam, me equivoqué. No puedo explicar cuánto me arrepiento. La verdad es… que estoy asustada. –Gillian clavó la mirada en sus manos–. Porque me importas. Mucho. Y tengo mucho miedo de que no me des una segunda oportunidad y de haber arruinado lo que podríamos haber tenido juntas.

A Sam le costó absorber las palabras de Gillian. La ira y la esperanza luchaban en su interior mientras ella consideraba cómo responder. Tenía dos opciones. Podía eliminar a Gillian de su vida. Allí y en ese momento. Podía ser cruel, dura e inflexible con Gillian antes de que ella la abandonara: unas pocas palabras bien dichas era lo único que necesitaba para hacer que Gillian se sintiera tan mal como se había sentido Sam en el café y los días posteriores. La otra opción era perdonarla. *Perdonarla. ¿Y después?* Los pensamientos de Sam se agitaron.

—Gillian, no sé qué decir. —Bebió otro sorbo de agua de la botella. Inspiró hondo—. Y me cuesta creer que Rachel es solo una conocida. Pero incluso si te perdono... no sé si alguna vez podré volver a confiar en ti.

—Quizás es mejor si yo... —La voz de Gillian se rasgó—. Puedo llamar un taxi y salir de tu camino.

A Sam se le hizo un nudo en la garganta. ¿Era eso lo que quería? Clavó la mirada en la botella medio vacía que tenía en la mano. ¿De verdad quería que Gillian se marchara? No sabía qué sentir, qué pensar, pero la idea de perder a Gillian para siempre punzaba más que el dolor que había sentido por la traición y era más fuerte que la ira. ¿Qué significaba eso? Lo cierto era que Gillian había ido a The Labrys para buscarla. Se había disculpado y le había pedido perdón. Eso debía valer para algo, ¿no? Sam arrojó la botella contra la mesada y siguió a Gillian a la sala de estar. Justo a tiempo para ver a Gillian limpiarse las lágrimas del rostro. *Le duele.* A las dos le dolía.

—Aguarda.

Gillian se volteó y miró a Sam, las lágrimas le caían por el rostro.

—Me lastimaste. Un montón —dijo Sam, escogiendo las palabras con cuidado mientras estudiaba el rostro de Gillian en busca de algo que no sabía cómo preguntar.

Las lágrimas brillaban en las mejillas de Gillian.

Sam se aclaró la garganta.

–Pero no quiero que te vayas.

Se miraron fijo.

Sam abrió los brazos.

–Maldición. Ven aquí.

Gillian dudó solo un momento antes de volar hacia los brazos de Sam.

Una oleada del perfume exclusivo de Gillian vagó hacia la nariz de Sam y le remitió a una pradera floreada en pleno verano. Una de las manos de Sam recorrió el camino hacia la base del cuello de Gillian y comenzó a masajear la piel suave. *Esto se siente tan bien. ¿Por qué se tiene que sentir tan bien?* Cerró los ojos y dejó que la cercanía y a calidez la invadieran. Una parte de ella sabía que tenían que hablar más, pero en ese momento estaba cansada, se sentía fatal y realmente necesitaba dormir más.

–Lo siento mucho. –Gillian gimió contra el pecho de Sam–. Lo siento.

Sam apoyó el mentón sobre la cabeza de Gillian.

–Yo también lo siento.

Gillian elevó la mirada, tenía los ojos humedecidos.

–¿Por qué? Tú no tienes nada que sentir.

–Debería haber respondido tus llamadas, debería haber hablado contigo en vez de hacer oídos sordos. –Acarició los labios de Gillian con dos dedos para que no respondiera–. Sigo creyendo que lo que hiciste estuvo mal. Muy mal. Tenemos que hablar de eso. –Exhaló lentamente–. Pero te eché de menos. –Decir esas palabras se sintió increíblemente bien… por más alarmantes que fueran.

Gillian dejó caer la cabeza contra el pecho de Sam. Permanecieron así un tiempo, meciéndose de un lado al otro.

–¿Gillian? –Sam finalmente pudo preguntar.

–¿Sí? –fue la respuesta amortiguada.

–No sé tú, pero yo estoy muerta. –Le dolía la espalda, la cabeza y necesitaba desesperadamente una aspirina.

–Yo también.

–¿Qué dices si dormimos un poco antes de hablar?

Gillian elevó la mirada.

–Claro, déjame llamar un taxi. ¿Podemos hablar más tarde hoy? ¿Por teléfono? –Le tembló la voz.

Sam tragó. La oferta no sonaba mal. Más tarde seguramente se sentiría más sólida que ahora. Pero lo cierto era que no estaba lista para dejar que Gillian se marchara, no cuando apenas volvían a hablar. *Vamos, cobarde. Solo pregúntale.*

–Te ves muy cansada. ¿Por qué no tomas una siesta conmigo? Mi cama es lo suficientemente grande.

La sorpresa y el placer reemplazaron las sombras en los ojos de Gillian.

–¿De verdad? Bueno, sí.

Animada, Sam se inclinó para rozar la boca de Gillian. No fue tanto un beso… fue muy veloz, muy vacilante, muy nervioso, pero al mismo tiempo fue suave y dolorosamente familiar. Había tanto entre ellas que Sam no quería perder. Pero no sabía si podrían reparar lo que una vez había habido entre ellas.

Un momento después, Gillian trazó las letras de la camiseta prestada con el dedo.

Sam se rio entre dientes. La expresión de Gillian dejaba claro que tenía problemas con el emblema en la parte delantera.

–¿No te gusta?

–No estoy segura de que una camiseta con una leyenda en letras rosadas que dice "Úntame en miel y arrójame a las lesbianas" ayude en el primer intento de dormir juntas. –Gillian le dedicó una sonrisa desvanecida, se veía pálida y cansada mientras se escondía debajo del edredón.

–Bueno, es la que llevas puesta o la que dice "Puede que ella lleve los pantalones, pero yo llevo el consolador" o "Como del tazón tupido".

Gillian hizo una mueca.

–Qué asco.

–Creí que esa te gustaría más.

Por un breve momento incómodo, Sam dudó frente a la cama. De repente, se sintió tímida en presencia de Gillian. Ignoró el sentimiento desconocido y se metió debajo del edredón lentamente.

–Puse la alarma para las cinco de la tarde. ¿Está bien?

–Sí, gracias. –Gillian intentó ocultar un bostezo con la mano–. Estoy muy cansada. Lo siento.

–Yo también. –El algodón frío se sintió bien contra la piel sensible de Sam–. ¿Te gustaría…?

–Sí. –Gillian se acercó, eliminó la distancia que las separaba y colocó la cabeza sobre el hombro de Sam–. ¿Puedo? –Con la mano acarició el estómago de Sam.

–Claro. –El tacto suave sobre su piel casi la derrite por dentro. Sintió un cosquilleo placentero que se expandía por su columna vertebral. No estaba en condiciones mentales o físicas de hacer nada más que disfrutar en presencia de Gillian, por lo que mantuvo el deseo a distancia. Pero se permitió disfrutar la presencia cálida de Gillian en la cama, el cuerpo suave y dulce acurrucado a su lado. *Diablos, sostener su mano se siente tan bien*, fue el último pensamiento coherente antes de quedarse dormida.

CAPÍTULO 15

Sam colocó la llave en la cerradura, la giró y salió del apartamento. La oscuridad le dio la bienvenida. Contuvo el aliento. Solo podía oír el leve sonido del refrigerador que provenía de la cocina. Durante un momento se preguntó si se debería marchar. Casi era medianoche. Chloe tenía que ir a la escuela al día siguiente y Victoria obviamente estaba en la cama. Un vistazo a la habitación no haría daño. A lo mejor Victoria seguía despierta. Sam se quitó los zapatos y caminó en puntas de pie hacia la habitación de su hermana. El parqué estaba frío bajo sus pies. La puerta estaba arrimada. La abrió un poco más y asimiló lo que tenía enfrente.

Victoria yacía dormida en la cama. De lado. Aún después de todo ese tiempo, el lado de Martin permanecía intacto. Un suave ronquido cortó el silencio de la habitación.

Sam sonrió. *Qué bien.* Dio unos pasos hacia a cama. A lo mejor había baba en la boca de su hermana. Entornó los ojos. No. No hubo suerte. Qué pena. Bueno, aún podía burlarse de los ronquidos que venían en intervalos regulares.

Indecisa entre despertar a la dormilona de su hermana que se veía tan pacífica o irse, Sam se quedó donde estaba. La invadió un bostezo. Solo había dormido unas horas las últimas dos noches desde que Gillian se había ido. Sus pensamientos se aceleraban frenéticos en cuanto cerraba los ojos. La llamada larga con Gillian esa tarde no había ayudado a calmar la mente. Sam necesitaba poner sus sentimientos en orden. Linda no era la mejor opción para eso porque su actitud hacia Gillian rozaba lo hostil. Y eso solo la dejaba a Victoria. Lentamente se acercó a la cama y pasó por una tabla crujiente.

–Mierda.

–¿Qué…? –Victoria se sentó de golpe en la cama y se llevó una mano al corazón–. ¿Sam? ¿Qué haces aquí? –Encendió la luz antes de ver el reloj en la mesada–. ¿Tienes idea de la hora que es?

Sam se encogió de hombros.

–Claro. Por eso no te llamé. No quería despertar a Chloe.

–¿Pero me tenías que dar un ataque cardíaco a mí? –Se cubrió la cabeza con la manta y se volvió a recostar sobre la almohada con un gruñido–. Largo.

–Lo siento. –Sam se sentó al otro lado de la cama–. Pero de verdad necesito hablar.

–¿Ahora? –La voz de Victoria sonó ahogada a través de la manta.

–Sí, ahora.

–Estoy muy grande para este tipo de cosas. –Se quejó, pero apartó la manta. Se hizo un ovillo y miró a Sam–. ¿De qué vamos a hablar?

–De Gillian.

Victoria hizo un sonido de arcada.

–Amor joven. Lo detesto. Y no te quiero oír hablando de forma obscena.

–Sí, bueno. De momento, yo también detesto el amor joven.

Arqueó una ceja.

–¿Pasó algo?

–No me digas, Sherlock. –Sam suspiró y pasó la mano por el edredón. La tela era suave y fría bajo sus dedos.

–Ay, de acuerdo. Pero me debes. Mucho. –Salió de la cama y se puso la salida de cama de coloro celeste sobre los hombros. Con un suspiro, arrojó las manos en el aire–. Bien podríamos beber una copa de vino y comer algunos bocadillos para hacer de esto una fiesta a medianoche.

Sam la siguió hasta la cocina y cerró la puerta a sus espaldas. Chloe solía tener sueño profundo, pero no se quedaría en la cama si oía a su tía. Mientras Victoria abría una botella de vino tinto, Sam se sirvió un vaso de agua.

–¿Agua? Tengo cerveza fría.

Sam hizo un gesto negativo con la cabeza. El solo pensar en alcohol le revolvía el estómago.

–No, gracias, el agua está bien.

–Te ves fatal. –Victoria tomó un paquete de pretzeles de la alacena y lo abrió–. ¿Quieres algunos?

–Gracias. –Sam se sentó–. Sí.

–De acuerdo. –Victoria se desplomó enfrente de Sam y abrió la bolsa entre ellas–. Escúpelo.

Ahora que Sam estaba allí sentada hablar ya no parecía una buena idea. Recogió el vaso de agua y lo sostuvo en sus manos. ¿Cómo iba a formar oraciones coherentes sobre algo que se revolvía en su interior? Volvió a bajar el vaso.

–Gillian... me lastimó.

–¿Cómo? ¿Qué pasó?

Sam elevó la mirada. Ese era un sitio seguro. Esa era Victoria. Sam inspiró hondo y le dijo a su hermana toda la historia sórdida del encuentro en el café hasta lo que pasó en The Labrys y el día siguiente.

–Santo cielo. –Victoria se reclinó, con los codos sobre la mesa, las manos entrelazadas–. ¿Por qué no me llamaste después de lo que pasó en el café?

–No quería hablar con nadie. –Sam tomó un pretzel y lo desmenuzó entre los dedos–. Aún no sé bien cómo llegué a casa ese día sin causar ningún accidente. Me sentía como una sonámbula... o más bien como si estuviera viviendo una pesadilla. –Pestañeó para deshacerse de las lágrimas que amenazaban con caer. No hacía falta mucho para que llorara últimamente.

–Eres como un animal herido.

Sam resopló.

–Es cierto. Cada vez que te lastiman, te escondes. –Victoria estiró la mano sobre la mesa y tomó la mano de Sam–. Pero no hace falta que te escondas, Sam. Yo siempre estoy aquí para ti. Como tú has estado allí para nosotras tras la muerte de Martin. Somos hermanas.

–Bueno, estoy aquí ahora.

–Sí. Aunque no hace falta que salgas de tu escondite en la mitad de la noche. –Victoria apretó la mano de Sam–. Entonces, ¿volvieron a hablar?

–Sí. Por teléfono.

–Y eso es bueno, ¿no? –Una pequeña arruga apareció entre las cejas de Victoria.

–Sí, es bueno. –Lo era. Aunque era extraño hablar de cosas profundas sin ver a la otra persona, pero también era más fácil en ocasiones. Habían cubierto muchos temas esas dos últimas noches.

–Y, ¿cuál es el problema?

Sam clavó la mirada en el vaso medio vacío frente a ella.

–No estoy segura si el amor alcanza.

–¿Para qué?

–Para un futuro. Juntas.

Victoria soltó un silbido bajo.

–Entones, ¿están enamoradas?

–No lo sé. Yo estoy muy cerca. Pero no estoy segura si puedo confiar en ella.

Victoria asintió y se mantuvo callada.

–Es tan extraño. Porque uno siempre cree que cuando estás enamorada todo lo demás se amolda. Pero eso… no es cierto. –Sam luchó para mantener la voz firme–. En los últimos días me di cuenta de que desde el incidente del café ese amor y esa confianza se tienen que ganar. Y se dan libremente. –Decir esas palabras en voz alta dolió tanto como contenerlas en su cabeza–. Y no es con el amor con lo que tengo un problema.

Victoria bebió un sorbo de vino antes de decir:

–Lo que hizo estuvo mal.

–Sí.

–Entonces, supongo que la cuestión es si estás dispuesta a perdonarla. Y si quieres arriesgarte de nuevo.

Sam suspiró, tamborileando los dedos sobre la mesa de madera.

–No es tan fácil. Ya le dije que la perdonaba y de verdad quiero hacerlo. Pero mi corazón sigue lastimado, y yo sigo enfadada.

–Lo sé. Pero, Sam... Uno nunca sabe cómo se desarrollará una relación o cómo resultará. E incluso con la mejor relación, a veces el universo te toma por sorpresa cuando menos te lo esperas. Pero no puedes dejar que el miedo dictamine tu vida.

Sam sintió la tentación de romper otro pretzel entre los dedos. O de golpearse la cabeza contra la mesa. Lo que sea que la ayudara a liberarse de la energía nerviosa que le recorría el cuerpo.

–Tengo miedo.

–Sí. La vida es aterradora. El amor es aterrador. Pero el amor también es lo único que hace que levantarse por la mañana y enfrentar la vida sea mucho más fácil. –Victoria se encogió de hombros–. El amor no es la respuesta a todo. Pero definitivamente vuelve la vida mucho más interesante y colorida. Y yo de verdad extraño estar enamorada.

Ahora fue el turno de Sam de estirar a mano sobre la mesa y tomar la mano de Victoria entre las suyas.

–Lo volverás a encontrar, Vic. Ya verás.

–Quizás. Sí. Pero Martin puso el listón muy alto. –Su sonrisa era triste–. Sin embargo, estoy abierta a algo nuevo. Bueno, he comenzado a pensar en eso. Y eso definitivamente es nuevo.

Sam hizo un gesto negativo con la cabeza y sonrió.

–Y tienes a Chloe. Eso es algo.

–Eso lo es todo. Me remite mucho a su padre. A veces, me deja sin aliento.

Sam sonrió.

–Definitivamente tiene algunos de sus gestos.

–Y su terquedad.

—Pero la podría haber heredado de ti también.

—Mira quién habla. —Victoria le sacó la lengua.

Sam le arrojó un pretzel y le dio a Victoria en la cabeza.

—Por lo menos, mi puntería siempre ha sido mejor que la tuya.

—No comenzaré una pelea infantil contigo a esta hora de la noche. —Victoria se inclinó sobre la mesa—. Pero cúbrete la espalda. Me vengaré cuando menos te lo esperes.

—Sigue soñando.

Se miraron fijo. Sam intentaba reprimir la risa que emanaba de alguna parte profunda de su ser. Victoria siempre sabía cómo hacerla sentir mejor.

La boca de su hermana se torció.

—Eres una tonta. Pero, en serio. ¿Qué quieres hacer con Gillian?

Sam resopló.

—Quiero regresar en el tiempo. Quiero recuperar la relación que teníamos antes.

—Bueno, si con desear bastara…

—¿Y si confío en ella y me vuelve a hacer una de esas jugadas?

—Ay, Sam. Ojalá te pudiera decir que todo va a estar bien. Pero esto es la vida real. Por lo que me has dicho, ella tiene su pasado. Ser madre soltera de dos niños… tener este tipo de historia y, sobre todo, no haber salido del placar… Eso no puede ser fácil para ella. —Victoria recorrió el borde de la copa con el dedo—. Admiro su coraje. Ignorar la sombra que la acecha para buscarte y pelear por ti. Eso tiene que valer para algo, ¿no?

—Lo sé. —Sam suspiró—. Hemos hablado de eso un montón. Y entiendo su punto. De verdad. Pero… tengo miedo. Mucho, mucho miedo. ¿Y si me rompe el maldito corazón?

—Sam, decidas lo que decidas, yo te apoyaré. Y si te vuelve a lastimar, le daré una paliza porque soy tu hermana mayor.

—Eres mi hermana menor.

—Sí, bueno. Llegado el caso, me comportaré como la mayor.

–De acuerdo. –Sam sonrió. No tenía dudas de que Victoria cumpliría con su amenaza–. Gillian me dijo que quiere regresar a la escuela.

–¿Escuela?

–Bueno, a la universidad. Para retomar algo que había comenzado antes de conocer a su marido.

–Creo que es bueno que hablen tanto por teléfono. Llegar a conocerse crea confianza.

–Comparte muchos datos de su vida diaria conmigo. Y habla de las cosas que teme.

–Eso es bueno, ¿no?

–Sí, es bueno. –Sam reprimió un bostezo. Casi.

Victoria se puso de pie.

–Vamos, tigre. Puedes dormir aquí esta noche, desayunar con nosotras y decidir cómo quieres seguir por la mañana.

–¿Habrá panqueques?

–Sí, incluso haré panqueques.

–De acuerdo. Pero solo si prometes no roncar.

Victoria clavó la mirada en Sam.

–Yo no ronco.

–Claro que roncas. –Sam se rio–. Es curioso. Me siento mucho mejor ahora.

Se dirigieron a la habitación. Victoria se quitó la salida de cama.

Sam se quitó los pantalones, los plegó y los puso sobre una silla. Al meterse en la cama, se dio cuenta de que se sentía mucho mejor, mucho más liviana que cuando había llegado. Aunque no se había resuelto ningún problema… el solo hablar de ello había ayudado a aliviar la carga. Un poco. Con un suspiro, puso la cabeza sobre la almohada.

–Buenas noches, Vic.

–Buenas noches, Sam.

CAPÍTULO 16

–Buenas noches, mamá. –Angela se escondió debajo del edredón con un libro en la mano.

Gillian se sentó al borde de la cama de su hija.

–Buenas noches, cariño. Y no te olvides de la regla de los quince minutos, ¿sí?

–Pero, mamá…

–Pero nada. –La interrumpió Gillian con una sonrisa–. Ya es tarde. Quince minutos de lectura y luego apagas la luz. ¿De acuerdo?

–Pero mi amiga Anne se puede quedar despierta hasta mucho más tarde. Ya no soy una niña, mamá. –Se quejó Angela.

Gillian se inclinó, hizo a un lado un mechón de cabello castaño y depositó un beso en la frente de su hija. *No tiene idea de lo tierna que cuando hace esa escena de adulta.*

–Siempre serás mi niña y no te olvides que los quince minutos para leer son un regalo generoso. Michael ya está durmiendo.

–Pero mamá, él *sí* es un niño. –Angela puso los ojos en blanco–. Solo tiene seis años.

–Hija querida, quince minutos. ¿De acuerdo? –Gillian permaneció firme.

Angela inspiró hondo y finalmente cedió.

–De acuerdo, pero tenemos que hablar de esto. Pronto será mi cumpleaños.

–Hablaremos, cariño. Te lo prometo. Buenas noches. –Una ola de ternura hacia su hija mayor invadió el corazón de Gillian al tiempo que Angela recogía su libro y comenzaba a leer. Era un ratón de biblioteca, como lo había sido Gillian y como todavía lo era. Su niñez había sido una batalla constante con una madre que no podía entender por qué su hija llevaba un libro en todo momento. Gillian estaba contenta de que a su hija le encantara leer y no pasara la mitad de su vida enfrente a una computadora como algunos de sus amigos. Gillian salió de la habitación y bajó las escaleras, agradecida de que otro día por fin había llegado a su fin. Con un suspiro de alivio, entró en la cocina.

—Hola, ¿quieres un café —Tilde estaba sentada en la mesa de la cocina con una taza de café en la mano y un periódico abierto en la otra.

Gillian hizo un gesto negativo con la cabeza.

—No, gracias. Me gustaría dormir esta noche. ¿Qué les pasa a los escandinavos que beben café durante todo el día y toda la noche?

—Somos una raza ruda, atrapada en un país congelado donde los osos polares vagan por las calles las veinticuatro horas del día. Seguramente entiendes la necesidad de beber algo caliente para calentar nuestros huesos helados.

—¿Estás segura de que solo hay café en tu taza? Déjame ver. —Dio un paso hacia Tilde.

Tilde se puso de pie y buscó refugio debajo de la mesa.

—Vete, estadounidense loca. Este es mi café. Sírvete el tuyo.

Gillian se rio.

—Muchas gracias. Prefiero una copa de vino.

—Tú te lo pierdes. —Se volvió a sentar—. No hay nada mejor que un whisky de veinte años mezclado con un poco de café.

Con los ojos como platillos, Gillian no podía creer lo que acababa de oír.

—¡Pagana! No. Dime que no lo has hecho.

Tilde hizo un gesto negativo con la cabeza.

—No, solo bromeaba. Pero hoy encontré un café con sabor a whisky. Es muy bueno.

Gillian se dirigió a la alacena de vinos.

—En realidad no me gustas las cosas saborizadas. Un café tiene que saber a café. —Escogió una botella de su Shiraz favorito y la abrió. El aroma con un dejo de pimienta le llenó la nariz–. Y, Tilde, tendré que matarte si le dices a mi suegro que no dejé que el vino respirara.

La risa persiguió a Gillian cuando salió de la cocina para ir al jardín de invierno. Con cuidado colocó la copa en la mesita ratona y se sentó en su silla favorita, mirando al jardín. Había llegado el crepúsculo. Solo algunas aves permanecían en el césped en busca de un bocadillo nocturno. Todo estaba tranquilo. *Las ventajas de la vida en los suburbios.*

Ese era el momento que había esperado todo el día. Tilde ya no era la única adulta en su vida con la que podía hablar de los sucesos del día, lo que había que hacer al día siguiente o lo que sea que tuviera en mente. Desde que se había reconciliado con Sam hacía una semana, tenían una cita pendiente en las noches.

Gillian se colocó el cabello detrás del oído, tomó el teléfono inalámbrico y marcó el número que ya le era familiar.

Sam arrastró su cuerpo cansado hacia el apartamento lentamente y se dirigió directo a la cocina. Deseaba una ducha caliente, una cerveza fría y cierto llamado telefónico. *Me tiene bajo la bota y lo más raro es que se siente muy bien.* Hablar con Gillian era la mejor parte del día.

No se habían podido ver desde que Gillian se había ido del apartamento. Sin embargo, hablar por teléfono era una cita establecida todas las noches. A veces, tan solo por unos minutos, pero otras noches hablaban hasta que Sam casi se había quedado dormida en el sofá. Pero esa noche tendría que ser un llamado corto. Sam sentía cada hueso del cuerpo y tenía que despertarse temprano al día siguiente para realizar un trabajo para un cliente nuevo.

Un estremecimiento frío recorrió el cuerpo de Sam cuando abrió el refrigerador. En lugar de beber una cerveza de malta, escogió una rubia. El sabor suave y refrescante de la infusión le invadió la lengua.

Estaba a punto de desvestirse y meterse en la ducha cuando el sonido del teléfono sonó en el apartamento. Se le aceleró el corazón. Se apresuró hacia el teléfono y respondió:

–Habla Sam. Vivo para servir –dijo y sintió vergüenza al pensar que quizás no era la persona que esperaba.

–Es bueno saberlo. –La risa de Gillian burbujeó a través de teléfono como si fuera champán–. Hola, cariño, ¿cómo estuvo tu día? ¿Y cómo está tu espalda?

Sam cerró los ojos y de solo dejar que la voz de Gillian la rodeara, se sintió mejor.

–Hola, Gillian. Me alegra mucho que seas tú. Temía que fuera otro cliente pidiéndome que levantara objetos pesados. Aguarda un momento, ¿sí? –Se dirigió al sofá y se sentó con un gemido. La espalda la iba a matar un día de esos.

–Eso no suena bien.

–No, no. Estoy bien. El día de hoy estuvo bien, de verdad. Solo tuve que instalar un ventilador de techo y algunos detectores de humo. Ayer fue complicado. Mover muebles y cajas durante todo el día no es nada divertido, pero es un buen trabajo. Hoy hasta me dieron una pizza caliente antes de que me fuera.

–Qué bueno. Temía que tuvieras otra noche de sobras de comida china. –Gillian se rio entre dientes–. ¿Eso significa que no levantarás nada pesado en el futuro?

–En el futuro cercano, no, y eso me sienta bien. –Sam jugueteó con el control remoto–. Y, ¿cómo estuvo tu día?

–Ay, hoy me encontré con alguien. Una vieja amiga que es la decana de la universidad de la que te hablé y dijo que podía acudir a algunas clases.

Sam sabía lo nerviosa que había estado Gillian con todo el asunto. Oír que había dado otro paso era genial. Un sentimiento de orgullo la invadió.

–Qué bueno. Estás dando grandes pasos.

–Sí. Tu ánimo y tu apoyo significan mucho para mí. No sé si podría dar estos pasos sin ti. –La emoción en la voz de Gillian fue clara.

Durante unos pocos segundos, Sam solo oyó la respiración desde el otro lado del teléfono. No sabía qué decir. Lo único que había hecho fue pasar la última semana oyendo los sueños de Gillian y apoyándola a que hiciera lo que quería hacer. Eso realmente no era heroico. Pero saber que Gillian pensaba eso la hizo sentir cálida y a gusto por dentro.

Justo cuando estaba por romper el silencio, Gillian dijo:

–Te extraño.

–Yo también te extraño. –Sam tragó con dificultad. Hablar de sus sentimientos, aunque solo fuera decir cosas mundanas como "te extraño", le retorcía el estómago. Las experiencias del pasado le habían enseñado que ser vulnerable era como una invitación intrigante a dar rienda suelta y causar dolor para algunas personas. El primer instinto de Sam siempre era construir paredes y protegerse. Pero habían decidido ser abiertas y honestas entre ellas. Gillian cumplió con su parte del trato y ella también lo haría.

–Lamento que mi trabajo ocupe tanto tiempo en este momento.

–No, no, por favor. No hay nada que lamentar. Pero te extraño mucho, de verdad. –Gillian se aclaró la garganta–. Y me pregunto si quizás quieres venir con nosotros el sábado. Vamos a ir al zoológico.

–¿El zoológico?

–Sí, Michael quiere ir y Angela, por primera vez, no intentó matarlo por haber escogido algo tan infantil.

–Claro. –Sam se llevó la botella de cerveza fría a la frente–. ¿Quieres que vaya contigo y los niños al zoológico? Es decir, ¿quieres que conozca a tus hijos en el zoológico?

–No planeo presentarte como mi amante lesbiana. Quiero que conozcas a mis hijos y creí que era una buena oportunidad. Pero supongo que es tonto. Lo siento.

–No. No. –Sam se sentó erguida e ignoró el dolor en su espalda por un momento–. No, yo solo… Me tomaste por sorpresa. Eso es todo. Gillian, esto es importante.

–Lo sé.

Vaya vaya. ¿Dónde estaba la mujer que casi se había hecho encima cuando Sam se sentó en su mesa en el café?

–De acuerdo. Tengo que admitir que esto me pone un poco nerviosa, pero cuenta conmigo.

–No es necesario si…

–Diablos. Sí. Es necesario y quiero hacerlo. –De ninguna manera Sam diría que no cuando Gillian finalmente había decidido seguir adelante y hacer algo valiente–. Terminaré el trabajo el viernes y el sábado soy toda tuya.

–¿Estás segura?

–Absolutamente. *–No dormiré en toda la noche. Pero eso es otra cosa.* Sam bostezó. –Lo siento. Los días largos y las noches cortas le están cobrando peaje a mi viejo cuerpo.

–Tu cuerpo está lejos de ser viejo. Pero deberías tomar una ducha caliente e ir a la cama temprano. Puedo oír lo cansada que estás.

–Sí, mamá. –Sam se rio entre dientes–. Eso es justo lo que voy a hacer. Aunque preferiría ducharme contigo.

Gillian soltó un suspiro exagerado.

–No puedes decir cosas como esa.

–¿Por qué? –Una sonrisa se extendió por el rostro de Sam. Provocar a Gillian siempre era muy divertido.

–¿Cómo se supone que me vaya a dormir con la imagen de nosotras juntas en la ducha?

–¿Qué crees que haré con la misma imagen cuando esté en la ducha? ¿Has oído hablar de los cabezales ajustables? –Se podía imaginar el rubor invadiendo el rostro de Gillian. Adoraba su inocencia y, al mismo tiempo, había sido genial ver a Gillian volverse más audaz.

–Prefiero tener lo real en lugar de un aparato. –De alguna forma, Gillian se las ingenió para sonar remilgada.

–Ay, Gillian. Yo también, créeme. –Otro momento de silencio colgó entre ellas. Sam cerró los ojos y se imaginó a Gillian sentada a su lado en el sofá y no a tantos kilómetros de distancia.

–¿Hay alguna chance de pasar tiempo a solas, simplemente tú y yo? ¿Pronto? Bueno, sé que dijimos que nos lo tomaríamos con calma. Y quiero hacerlo. Pero… te extraño.

–Cielos, señorita Freedman… ¿me está pidiendo una cita?

–Así es, señora Jennings. Sí.

–Perfecto, porque estoy libre el lunes por la noche. ¿Cómo suena eso?

–Maravilloso. –No se habían podido ver por lo que se sentía una eternidad. Los llamados telefónicos eran geniales. Las habían ayudado a conocerse mejor, pero aun así nada era mejor que la interacción cara a cara.

–¿Y qué dirías si te dijera que estoy libre el próximo sábado? Y no solo libre, sino que también sin toque de queda.

Sam tragó con dificultad.

–¿Qué quieres decir?

–Los niños se quedarán con los abuelos desde el sábado hasta el domingo por la tarde.

Toda una noche juntas, no solo viendo, pero también tocando a Gillian. Tocando, saboreando y sintiendo. El cerebro de Sam casi entra en cortocircuito cuando pensó en las posibilidades. Se lamió los labios repentinamente secos. *Abajo, chica. Abajo.* A lo mejor la podía llevar a una cena romántica. Claro, era el turno de Gillian de proponer un plan para una cita… pero cenar juntas podría ser el gran inicio de una noche. Algún plato delicioso, pero no pesado, un buen vino, mucho coqueteo y después toda una noche juntas. Eso sonaba como un plan perfecto. Pero, ¿estaría lista Gillian para tener una verdadera cita? ¿En público?

–¿Sigues allí? –Gillian perdió el tono juguetón–. Entiendo si no te avisé con mucho tiempo. Podríamos encontrarnos simplemente y luego regresaría a casa. Eso estaría bien.

Hizo una mueca al oír la inseguridad en la voz calma.

–Sí... no. Me quedé sin habla por un momento. Me encantaría pasar la noche contigo. De verdad. Solamente me preguntaba si quieres salir o si prefieres comer en casa. Contuvo la respiración mientras aguardaba a respuesta. Por más que le encantaría tener una cena romántica en algún sitio, no le molestaría quedarse en casa y pedir a domicilio.

–¿Salir como una cita?

–Sí. –Sam contuvo el aliento.

–¿Nuestra segunda cita?

–Bueno, en realidad, la tercera.

–Es cierto. Bueno, una tercera cita... me encantaría.

A Sam se le hizo difícil contener el júbilo.

–De acuerdo. Genial. –Ya tenía un sitio en mente–. ¿Por qué no nos encontramos alrededor de las siete? Me habré duchado y cambiado para entonces.

–Una verdadera lástima. –La voz de Gillian adoptó un tono bajo e íntimo–. Pero quizás nos podemos duchar juntas a la mañana siguiente.

Las imágenes de Gillian desnuda y mojada inundaron la mente de Sam.

–Eres maligna.

Gillian se rio entre dientes.

Una sonrisa radiante iluminó el rostro de Sam.

–Genial. Haré las reservas.

–Sí, por favor. Ah, y espero que te gusten los perritos calientes.

–Perritos calientes. –Sam se rascó la cabeza–. Sí. Pero había planeado algo más elaborado.

Gillian se rio.

–No, lo siento. Mis hijos insisten en comer perritos calientes en el zoológico.

–Ah, eso está bien. De hecho, me encantan los perritos calientes.

–Qué bueno. A mí no, pero los niños pueden escoger la comida en ocasiones especiales, así que el sábado será perritos calientes.

La mandíbula de Sam se estiró al bostezar.

–Disculpa. Ha sido un largo día.

–Debes estar muerta del cansancio. Ve a ducharte. Sola –agregó Gillian.

Sam se incorporó del sofá.

–No puedo. Voy a estar acompañada de mis fantasías. –Se rio al oír el farfullo de Gillian soplando una frambuesa–. ¿Nos veremos el sábado para ir al zoológico y luego te veré el lunes por la noche y el próximo sábado y domingo? Soy la chica más afortunada de Springfield.

Toda una noche con Gillian. Sam estaba en el séptimo cielo. Sin restricciones de tiempo, ningún apuro para tener tanto sexo como fuera posible en dos o tres horas. En esta ocasión, la podía agasajar, tomarse su tiempo para coquetear, hablar de todo y de nada y luego… bueno, también se podía tomar su tiempo para seducirla. Tenían toda una noche juntas. Vaya. Eso iba a ser más que increíble.

CAPÍTULO 17

El olor de pescado frito invadió la nariz de Gillian. Incluso con los ojos cerrados, podría identificar la parte del zoológico de Springfield en la que estaban. Esa combinación única de olor y roznidos similares a los de los burros solo se podía encontrar en el recinto de los pingüinos.

–Ag. Apesta. –Angela hizo una mueca.

–Bueno, yo no diría que apesta. Pero sí, ciertamente es un olor fuerte.

–No, apesta. –Angela se sentó en un banco–. Y los pingüinos son aburridos.

Gillian resistió la necesidad de poner los ojos en blanco y se sentó al lado de su hija.

–A Michael le gustan. Le parecen tiernos.

–Él es un bebé.

–Es tu hermano.

–Hermano bebé. –Angela tenía los brazos cruzados frente a ella.

Ay, por Dios. Mátame antes de que llegue a la pubertad.

–Mira, mamá. –Angela señaló el folleto que sostenía–. Pronto les darán de comer.

–Ya lo sé, Angela –respondió Gillian–. Dale un momento a Michael, ¿de acuerdo?

A diferencia de Angela, a su hermano le gustaban los pingüinos: eran muy torpes fuera del agua, pero se movían como un disparo cuando se encontraban en su elemento. Eran lo suyo, a Angela le interesaban las suricatas.

Gillian miró a su hijo, que estaba parado al lado de Sam en el recinto de los pingüinos. Durante un momento, Gillian contuvo el aliento. Estar allí con Sam y sus hijos se sentía como un sueño. Un sueño raro, pero bueno. Sin embargo, Gillian aún sentía algunas dudas. ¿Era ese el momento indicado para que sus hijos conocieran a Sam, aunque solo fuera como una amiga suya? A Sam no se le dificultó relacionarse con los niños. Michael ya estaba enamorado de ella. A Angela, con cinco años más que su hermano, le costó más hacerse la idea de que su mamá de repente tenía una amiga que se vestía y hablaba de forma tan diferente a sus conocidos habituales.

–Mamá, por favor. –La súplica de Angela la devolvió a la realidad–. Llegaremos tarde.

–De acuerdo. Hablaré con ellos. –Su hija tenía razón. Se tenían que apresurar si querían llegar a tiempo a la alimentación. Gillian se puso de pie y se dirigió hacia el lugar donde se hallaban su hijo y su amante. Absorbió la imagen de Sam, que se veía fantástica en los vaqueros azules, los mocasines de cuero color café y una camiseta de cuello marinero que no hacía nada para esconder sus hombros fuertes. Una ola de deseo recorrió el cuerpo de Gillian. No se habían visto, besado o tocado en más de una semana. Una semana muy larga. Tragó saliva en la boca reseca.

–Oigan, ustedes dos. Por más que los pingüinos sean maravillosos, unas tiernas suricatas nos están esperando.

La reacción de Michael a sus palabras fue un puchero y una protesta.

–Mamá.

–Regresaremos más tarde –le agitó el cabello–. Y te podrás tomar tu tiempo para observarlos.

–Pero, mira. –Señaló al pingüino que se movía como una bala en el agua–. Son muy guay.

–Sí, estoy de acuerdo. Pero seguirán siéndolo más tarde. ¿De acuerdo?

–Está bien. –El puchero había regresado.

–Vamos, Michael. Vamos a ver cómo unos tiernos animalitos carnívoros convierten al guardián del zoológico en carne picada. –

Sam le guiñó un ojo–. Las niñas solo ven los enternecedores rostros grises y nunca se preguntan por qué tienen parches como los Beagle Boys.

Michael frunció el ceño.

–¿Los qué?

–Los Beagle Boys.

El ceño permaneció fruncido.

Sam suspiró.

–De acuerdo. Creo que esa referencia denota mi edad. Los Beagle Boys eran personajes de las caricaturas Tío Rico, una banda de criminales como estos animales y también tienen parches en los ojos.

–¿Eh? ¿Qué hacen las suricatas? ¿Muerden? ¿Son peligrosas? –La desilusión previa quedó reemplazada por la alegría infantil que Gillian no veía a menudo en el rostro de su hijo, sobre todo desde la muerte de su papá. Siempre había sido un niño tranquilo y tímido, en especial comparado con Angela.

–¿Qué? ¿Nunca las viste comer? –preguntó Sam y elevó las cejas.

Él hizo un gesto negativo con la cabeza.

–Hace casi tres años que no venimos al zoológico. –Gillian se alisó la chaqueta.

–Vaya. Bueno, amigo, ya es hora. Te va a sorprender.

Michael corrió hacia su hermana lo más rápido que pudo, probablemente para contarle lo que le había dicho Sam. Pero con palabras algo distintas.

–Por favor, no exageres ese tipo de cosas con él.

–¿Exagerar?

–Estoy segura de que las suricatas se acaban de convertir en monstruos en su cabeza y le está contando eso mismo a su hermana ahora mismo.

Sam se encogió de hombros.

–Cariño, ¿alguna vez las has visto comer?

La forma en que la mirada de Sam recorrió el cuerpo de Gillian de arriba abajo le hizo un cosquilleo en la piel y floreció el deseo casi extinto que permanecía en su interior. Elevó una mano.

–Y no me puedes mirar así.

–Ah, ¿no?

Gillian gruñó y dio un paso hacia atrás.

–Basta.

–Supongo que te espera una sorpresa –un brillo travieso apareció en los ojos de Sam.

–¿Qué? –Gillian contuvo el aliento.

Sam lentamente redujo la distancia que las separaba.

La sonrisa arrogante en su rostro, la hizo temblar por dentro.

Sam se detuvo frente a ella.

–La alimentación de las suricatas.

–¿Qué?

–Te espera una sorpresa con la "ternura" de las pequeñas bastardas. ¿Qué pensaste que quise decir? –Con un guiño, Sam hizo un círculo a su alrededor.

Un dejo de su perfume provocó la nariz de Gillian, y le trajo recuerdos poco apropiados para una visita familiar al zoológico. Por lo menos, casi la hizo olvidar el olor a pescado que provenía de los pingüinos.

Sam se apresuró hacia Angela y Michael.

El pulso de Gillian se aceleró con el movimiento de los pasos de Sam. Se sentía desgarrada por muchos sentimientos conflictivos y no sabía dónde y cómo comenzar a solucionarlos. La culpa por los pensamientos eróticos que Sam desencadenaba en ella era el más dominante en ese momento. Suponía que tenía que ver con que los niños estuvieran alrededor. Sin embargo, sin importar cuán a menudo se dijera que lo que tenía con Sam era especial, siempre estaba esa voz perturbadora que decía lo contrario: una voz que, reflejada, sonaba muy similar a la de la mamá de Derrick. Gillian formó puños con las manos. Lo que sentía por Sam era muy profundo, iba más allá de lo que sea que había tenido con Derrick. Y solo había conocido a Sam hacía unas semanas. Irguió los hombros y acalló a la voz perturbadora en su interior mientras se dirigía hacia las tres personas más importantes de su vida.

Poco después, se encontraban frente al recinto de las suricatas, donde ya se había reunido una gran multitud de visitantes. Con algo de suerte y la determinación de Sam, encontraron un lugar en la primera fila.

Gillian se inclinó contra el cuerpo robusto de Sam y reveló su cercanía. Se sentía lo suficientemente a salvo, todo el mundo a su alrededor estaba cerca de alguien, y nadie notaría la intimidad de su posición. Con una sonrisa en el rostro, se reclinó contra el cuerpo de Sam hasta oír un suave jadeo.

—Estás jugando con fuego —la voz de Sam sonó ronca, casi un susurro.

Tarareó en respuesta.

—No, solo estoy provocando tu autocontrol.

—Zorra.

Gillian se rio entre dientes. Saber que Sam no era inmune a sus acciones la hizo sentir cálida por dentro. Cada simple roce, cada sonrisa de Sam la hacían sentir mucho mejor, mucho más viva. Y la hacían olvidar lo complicada que era la vida… aunque solo fuera por un momento.

—Mira, mamá. —Michael señaló el ajetreo de cuerpos pequeños dentro del recinto. Algunas suricatas se lamían, mientras que, a unos pocos metros, tres se peleaban. Otras yacían bajo lamparas solares y utilizaban los estómagos como paneles solares. Verlas interactuar era muy divertido. Gillian no tenía ni idea de qué esperar cuando comenzaran a alimentarlas, pero estaba segura de que Sam exageraba. Esos animales no podían ser otra cosa que no fuera tiernos.

—Mira, allí está el centinela —dijo Sam y apuntó a una suricata solitaria parada en una de las piedras más grandes. Tenía el cuerpo tenso y se mantenía alerta a los alrededores.

–¿Michael, Angela? –susurró.

Los niños elevaron la mirada hacia ella.

–¿Ven el grupo que corretea frente a esa pequeña puerta? –Sam señaló un puñado de animales que merodeaban al otro lado del recinto–. La guardiana entrará por esa puerta. Ellos ya saben que se acerca la hora. Pero el centinela es quien la ve primero y le manda la señal de la llegada al grupo. No lo pierdan de vista.

Gillian frunció el ceño.

–¿Cómo sabes que es una mujer?

–¿Qué?

–El guardián. Dijiste que "la guardiana" entrará por esa puerta.

Sam se encogió de hombros.

–Podría ser un hombre, pero ha sido una mujer todas las veces que vine con mi sobrina.

Su sobrina. Claro. Por eso es tan buena con los niños.

Sam le dio un codazo.

–Mira, está a punto de empezar.

Una mujer que llevaba un mono verde oscuro ingresó en el pequeño edificio desde el otro extremo del recinto con cuatro platos cargados en las manos.

–Ahora, observen al centinela –dijo Sam.

El centinela se paró más erguido e hizo un sonido curioso. Como si hubieran recibido una orden, el resto de los animales detuvo lo que estaba haciendo y se agitó como peces hasta que merodearon la puerta pequeña que Sam había señalado antes.

Del grupo de espectadores provino un murmullo entusiasmado. Toda la escena le hizo acordar al antiguo Coliseo a Gillian, los visitantes del zoológico eran espectadores y las suricatas, pequeños gladiadores.

El aliento de Sam fue cálido en su oreja.

–No son los únicos mamíferos pequeños que están muy alerta.

Gillian bajó la mirada hacia Angela, que aferró la cámara digital con fuerza, lista para tomar fotografías. Las manos de Michael estaban en constante movimiento sobre la baranda.

—Son tiernos, pero no tanto como su madre.

Gillian sintió el calor en las mejillas. Distraída, regresó la mirada hacia el espectáculo de las suricatas.

La guardiana cerró la puerta del recinto a sus espaldas e inmediatamente quedó rodeada por todo el grupo de pequeñas criaturas.

Gillian no podía creer lo que veía. Los animales que habían sido tiernos se convirtieron en una masa de gruñidos y chillidos. Las colas en alto, las mismas suricatas que se habían lamido hacía unos segundos, ahora se peleaban y se mordían por doquier.

La guardiana ignoró el grupo furioso a sus pies y se paró a un lado. Dio unos pasos más, giró a la izquierda y se inclinó para colocar los platos en el piso. Una ola de animales pequeños la siguió y se ajetrearon en los lugares donde esperaban que aterrizaran los platos.

Gillian contuvo el aliento y se aferró con fuerza a la baranda. Estaba segura de que las pequeñas bestias no dudarían entre la comida y los dedos al final del día.

A último momento, la guardiana se giró hacia la derecha y colocó uno de los platos en el suelo libre de suricatas mientras un murmullo se agitaba desde la multitud. En cuanto los platos estuvieron en el suelo, la guardiana retiró las manos justo a tiempo. La masa se arrojó sobre la comida como si no hubiera mañana.

Gillian no quería pensar en cómo sabían los gusanos o cómo se sentiría un gusano vivo en la boca. Se concentró en la guardiana que, para el alivio de Gillian, no desperdició tiempo y colocó dos platos a unos metros de distancia y el último a varios metros de los otros.

—Es como mirar la película de los Gremlins —dijo Sam—. Un instante son muy tiernos y uno los quiere acurrucar, pero luego crees que necesitas un arma para defenderte.

–Vaya. –Michael elevó la mirada a Gillian–. Son peligrosos. –La sorpresa invadió su voz.

–Mamá, ¿podemos tener algunas suricatas? –preguntó Angela con una mirada soñadora en el rostro–. No son grandes y tenemos mucho espacio en el jardín.

Sam se rio entre dientes, pero se mantuvo callada.

–No, no podemos construir un recinto para suricatas en el jardín. Nos tendríamos que mudar a… –miró a Sam con un gesto de interrogación–… ¿África?

–Sí, a África. Viven allí. –Confirmó Sam con una sonrisa–. ¿A alguien le interesa ver comer a los mapaches? Están justo a la vuelta.

Gillian gruñó.

–No me quiero ni imaginar qué van a hacer para conseguir la comida.

–Te sorprendería.

Sam tamborileó los dedos sobre sus piernas. Un enjambre de niños llorando, riendo y gritando ponían a prueba sus tímpanos y su paciencia. Controlar a Michael mientras se volvía loco en el patio de juegos había sonado como una buena idea. En ese entonces. *Maldición. Esos niños son ruidosos.*

Sam acercó la bolsa a su lado y echó una mirada alrededor. Los bancos desparramados por la zona de juegos estaban ocupados en su mayoría por mujeres y solo había un puñado de hombres. Se preguntó cuántas de esas mujeres tenían un esposo trabajando un sábado. ¿Cuántos esposos no tenían que trabajar ese día, pero tenían otras cosas que hacer antes de pasar tiempo con sus familias? ¿Y cuántas mujeres eran madres solteras como Gillian o parte de una familia ensamblada? Las familias "normales" definitivamente eran cada vez menos frecuentes en la actualidad y ella sabía por experiencia que lo "normal" a veces solo era una fea pesadilla.

Un disco volador rojo sangre pasó zumbando por su cabeza y se estrelló contra algo a sus espaldas.

–Mierda. –Se dio vuelta. Afortunadamente, solo había golpeado un árbol. Sentarse allí no era para personas con los nervios sensibles.

Se volvió a voltear justo a tiempo para ver a Michael trepar el travesaño mientras hacía lo mejor que podía para mantenerse fuera del camino de tres niños que intentaban romper un límite de velocidad hacia la cima. Era un gran niño, era muy divertido y hacía muchas preguntas. A Chloe le agradaría. Sam volvió a descansar contra el banco. A lo mejor podían incluir a Chloe la próxima vez que hicieran algo juntos. Eso la podría ayudar a hacerse amiga de Angela, que parecía más distante.

Michael caminó hacia ella. Con un suspiro, se sentó en el banco.

–Tengo sed.

–No es de sorprender. Has conquistado ese travesaño. –Abrió la bolsa de Gillian–. Veamos qué encuentro para ti.

Encontró dos botellas de agua, un refresco y un trago deportivo. ¿Ahora qué? Gillian no le había dado instrucciones sobre lo que Michael tenía permitido beber. *Mejor prevenir que lamentar.* La experiencia dolorosa con su hermana le había enseñado que las madres pueden ser muy peculiares. Escogió una botella de agua y la abrió para Michael.

–Toma, amigo.

–Gracias. –Michael bebió varios tragos antes de devolverle la botella.

–¿Quieres regresar? –Señaló al patio de juegos.

–No. –Miró hacia los baños–. ¿Por qué siempre se demoran tanto?

–Bueno, las mujeres son así.

Él elevó la mirada.

–Tú no te demoraste tanto cuando fuiste.

Una mujer que pasó delante del banco con un niño llorando colgado de la mano la salvó de responder. Tenía la edad de Michael.

La mujer guio al niño hacia los baños. Solo se podían oír fragmentos de la conversación, pero era obvio que el niño no quería ir con la madre.

Un tirón del brazo hizo que Sam bajara la mirada a los ojos que tenían el mismo color que los de Gillian.

—¿Sí, Michael?

—¿Por qué la señora está tan enfadada con el niño?

—Bueno, no estoy segura, pero a lo mejor ella quería que él fuera al baño de mujeres y él no quería.

Él asintió.

—Es un niño. Tiene que ir al baño de hombres.

Ella se mordió la lengua para no reírse. Tenía que asegurarse de no estar de turno cuando él necesitara ir al baño.

—Sí, así es, amigo. Y mira quiénes están de regreso —dijo y señaló a su madre y a su hermana que acababan de salir.

Le echó una mirada al reloj. *Es el momento justo.* Tenía un as bajo la manga para ganarse a los niños. Esperaba que los dos lo disfrutaran.

Transcurridos unos minutos, dejaron el patio de juegos atrás. Sam escuchó con media oreja la anécdota de Angela sobre la práctica de fútbol de la semana anterior, tenía la mente ocupada con otros asuntos mientras lentamente se dirigían a su propio destino.

—… y luego la señora Sand regañó a Patty —dijo Angela e hizo énfasis en la anécdota con distintos gestos.

Gillian tocó el hombro de Sam.

—¿Te encuentras bien? Estás muy callada de repente.

—Sí, lo siento. Supongo que la semana pasada me está pasando factura. Estoy un poco cansada. —Le dedicó una sonrisa de confortación. No era mentira; *estaba* cansada, aunque había otro motivo para su abstracción. No estaba segura si la sorpresa que había planificado para los niños en realidad les volaría la cabeza. *Quizás piensan que es aburrido. O estúpido. Pero, sin embargo, a los niños les encantan los animales tiernos, ¿no?* Se limpió las manos resbaladizas en los vaqueros. *No, les encantará. A Chloe le encantaría.*

Adelante vio la Casa nocturna, un edificio completamente gris que no daba ningún indicio sobre lo que alojaba en su interior. Era su sitio favorito en el zoológico, un lugar donde el día daba paso a la noche y se podían ver los animales nocturnos de todo el mundo. Suspiró. Si el patio de juegos servía de indicio, el zoológico estaba demasiado lleno ese día como para disfrutar una Casa nocturna tranquila. Se volvería loca si se tenía que parar entre una multitud de visitantes que chillaban y empujaban delante de los lémures o del recinto de los galágidos. Pero… ese día no tendrían que hacerlo.

Una mujer rubia que llevaba puestos los típicos pantalones y suéter de color caqui que usaban los empleados del zoológico, salió del edificio. *Maisie. Justo a tiempo. Bueno, aquí vamos.* Sam saludó a su amiga con la mano y ella le devolvió el saludo. Ignoró la mirada interrogadora de Gillian. Con pasos determinados, se dirigió a Maisie.

–Hola, qué bueno verte. –Se abrazaron–. Me alegra que pudieras venir.

–Tienes una bonita familia allí –murmuró Maisie.

–Sí. –Sam la soltó y se frotó el cuello–. Te presentaré. Ella es Gillian, una buena amiga, y ellos son sus hijos, Angela y Michael.

–Es un placer conocerlos. –Apretó la mano de Gillian y le sonrió a los niños–. ¿Han disfrutado la visita al zoológico hasta ahora?

Los niños asintieron, uno más entusiasmado que el otro.

–Qué bueno. Me gusta oír eso. Verán, yo soy una de las veterinarias del zoológico –dijo–. Sam me dijo que a ustedes les podría gustar ver lo que pasa entre bastidores.

–Ay, ¿podemos, mamá? –los ojos de Angela brillaban con un entusiasmo que Sam no había visto ese día.

Bueno, quizás mi idea no era tan mala después de todo. Se quitó un peso de encima.

Michael se unió.

–Sí, mamá. Por favor.

Sam sonrió.

–Ay, por favor, mamá. De verdad queremos verlo.

–Me pregunto quién es el niño más grande. –Se rio entre dientes–. Muy bien, mientras no tenga que tocar a una serpiente o besar a un cocodrilo.

Maisie hizo un gesto negativo con la cabeza.

–No, estás a salvo. Hoy tenemos que llevar a un lémur de regreso a su recinto. Pensé que sería algo que les gustaría ver de cerca. – Extrajo un manojo de llaves del bolsillo y abrió la puerta a su derecha–. Síganme, por favor.

Gillian abandonó la tiniebla de la Casa nocturna y entornó los ojos ante la luminosidad del día. Una brisa ligera le revolvió el cabello mientras el bambú a su derecha susurraba como la cortina de su habitación. Por más fascinante que había sido el lémur y las explicaciones de Maisie, estaba contenta de que ese evento se hubiera acabado. No podía dejar de sentir que había una conexión entre Maisie y Sam… de que tenían un pasado en común. Desde que se le cruzó el pensamiento, Gillian sintió envidia y celos en su interior.

Dos niños pasaron corriendo a su lado. Los reconoció de antes porque los habían regañado por golpear constantemente el cristal de uno de los recintos. Afortunadamente, sus hijos se comportaban de otra manera. *Bueno, por lo menos cuando yo estoy cerca.* No se podía engañar y creer que Angela y Michael no eran niños normales que de vez en cuando se portaban mal. Sin embargo, se sentía orgullosa por la forma en que se comportaron con el lémur y la atención que le prestaron a las instrucciones de Maisie.

–Mamá, eso fue muy bueno. –Angela apareció a su lado reluciente–. Creo que quiero ser veterinaria. El lémur era muy tierno.

—Eso fue alucinante, Sam. ¿Podemos regresar? —suplicó Michael.

—Sí, Sam, por favor. ¿Podemos regresar? —Angela le hizo eco a su hermano.

—No les puedo prometer nada, pero le preguntaré a Maisie y quizás haya otra oportunidad pronto. ¿Por qué no? —Le sonrió a los niños antes de llevar su mirada interrogadora a Gillian—. ¿Hay algún animal en especial que te interese?

—Bueno, me fascinan los mamíferos. —Contuvo el aliento, no tenía ni idea de dónde había venido eso.

Sam la miró con los ojos abiertos antes de soltar una carcajada.

Gillian no pudo evitar unirse, muy consciente de la confusión de los niños.

—De acuerdo, de acuerdo. Lo siento. —Se llevó una mano al estómago e intentó calmarse—. No sé ustedes, pero yo tengo mucha hambre. ¿Por qué no seguimos esta discusión mientras comemos?

—Hay un puesto de perritos calientes justo a la vuelta —dijo Sam con una amplia sonrisa en el rostro.

—Genial. Michael, Angela, ¿por qué no van a ver si está abierto?

—¡Sí! —Gritaron al unísono y se alejaron corriendo.

—¿Te encuentras bien? —preguntó Sam con la sonrisa disminuyendo—. ¿Hay algo que te moleste?

Cielos, ¿era tan transparente? Intentó sonreír, pero estaba tensa. Quizás era mejor decirlo antes de que explotara en su interior. No logró mirar a Sam cuando dijo:

—No sé si es el lugar indicado para hablar de esto. Pero yo... —Se le cerró el estómago—. Tú y Maisie... ¿hubo algo entre ustedes dos?

—No, nunca. ¿Por qué...? Oh, lo siento. Ya veo. —Tomó el brazo de Gillian y la arrastró hacia la entrada lateral que estaba parcialmente escondida con bambú—. Mírame, Gillian, por favor.

Hizo una mueca.

—Disculpa, ya sé que eso fue patético y...

—No. Mírame.

Se obligó a encontrar la mirada de Sam.

–¿Sí?

–Nunca hubo nada entre Maisie y yo. –Sam tomó su mano y entrelazó los dedos.

–Es apuesta –señaló Gillian.

–Tienes buen gusto en mujeres. –Sonrió–. No te diré que nunca nos encontraremos con alguien con quien tuve sexo y, sí, tuve algunas relaciones cortas con mujeres que viven en Springfield, pero, no, Maisie y yo nunca tuvimos nada. Y, honestamente, solo hay una mujer que me interesa. Una mujer que hace que se me acelere el corazón. Una mujer que me hace sonreír. Y esa eres tú.

El rostro de Gillian se puso colorado. Los celos realmente eran monstruosos.

–Lo siento. Yo solo…

–No. –Las puntas de sus dedos acariciaron las muñecas de Gillian–. Gracias por preguntar. Acordamos que seríamos abiertas y honestas, ¿no? Y yo estoy siendo muy abierta y honesta ahora. Tú eres la única mujer que me interesa. Y soy consciente de que vienes con un pasado. Al igual que yo. Es simplemente uno distinto. Y me agradan tus hijos. De verdad. –Su sonrisa fue amable y brillante.

Gillian no pudo formular ni una palabra. Luchó contra el aleteo que sentía en el pecho, se gritó que estaban expuestas, pero siguió la necesidad de mostrarle a Sam todo lo que sentía. Dio un paso hacia ella, apretó su boca contra la de ella en un beso suave y vacilante.

Los brazos de Sam se deslizaron por su cintura.

Gillian liberó un suspiro antes de apartarse lentamente.

–Gracias por arreglar el encuentro con Maisie.

Sam dio un paso hacia atrás.

–Fue un placer.

El calor la invadió.

–A ellos también les agradas. A los niños. –Sin poder resistir la necesidad de volver a tocarla, acarició la mejilla de Sam con los dedos–. Quizás debería estar asustada de lo fácil que ha sido conquistarlos para ti. –Dudó un momento–. Lo cierto es que no me asusta. Convertiste el día de hoy en algo muy especial… para nosotros tres.

Lo que dijo era cierto, pero lo que no dijo era aún más profundo. Si desconociera que sus sentimientos por Sam habían dejado de ser lujuriosos para convertirse en algo más grande, mejor y más aterrador… ese día le habría revelado la verdad. Se estaba enamorando de la mujer que le hacía hervir la sangre, la hacía sentir segura y trataba a sus niños con mucho respeto. Sin embargo, ese no era ni el momento ni el lugar para semejante declaración. *Se lo diré en nuestra próxima cita. Encontraremos la forma de hacerlo funcionar.* Apretó la mano de Sam antes de soltarla.

–Vamos. Estoy segura de que los niños ya nos están esperando.

Unos instantes después, casi chocan con los dos niños que se apresuraron por la esquina como dos chitas antes de detenerse en seco.

–¿En dónde estaban? –preguntó Angela con el ceño fruncido.

–Lo siento, hija –respondió Gillian–. Somos mujeres grandes. Nuestros pies ya no se mueven tan rápido como los tuyos.

–Mamá, no eres tan grande. –Michael puso los ojos en blanco.

–Gracias. –Se volvió hacia Sam–. Este es el tipo de cumplidos que una espera a esta edad.

Sam se rio entre dientes.

–Tiene razón. No eres tan grande.

Gillian la golpeó jugando.

–Gracias… por nada.

Una fila se había formado delante del pabellón de la comida. Los pájaros piaban y picoteaban los cestos de residuos en busca de los bocados deliciosos que se habían caído en el suelo.

Bromeando y riendo, los cuatro se pararon en la fila hasta que fue su turno de pedir. Recibieron cuatro perritos calientes rápido.

—Sam, ¿puedes ayudar a Angela y a Michael a llevar la comida allí? —Señaló la mesa donde una familia de cinco personas se estaba yendo—. Voy a pagar y voy.

—Sí, claro. —Sam tomó los dos perritos calientes y los niños solo tuvieron que lidiar con uno—. Pero será mejor que te apresures o me comeré el tuyo. —Le guiñó un ojo.

—Ni se le ocurra, Freedman. —Le dirigió la mirada más maligna que pudo. Le entregó el dinero al vendedor y tomó más servilletas. Los aderezos eran un camino seguro al desastre en las manos de sus hijos… y en su ropa.

—Gillian. Gillian Jennings. ¿Eres tú?

Se congeló. Aunque no había oído esa voz en mucho tiempo, la reconoció. *Mierda.* ¿Cuáles eran las posibilidades de encontrarse a alguien del bufete de Derrick el sábado en el zoológico? *Y a Ben Shacker, de todas las personas.* Se volvió, se aclaró la garganta y esbozó una sonrisa falsa.

—Ben. Hola. Qué bueno verte.

Ben se acomodó las gafas de carey en la nariz.

—Sí, qué sorpresa. —Se pasó una mano por el cabello grisáceo—. Aguarda un momento. —Se volvió—. ¿Tamara, cariño?

Una pelirroja alta que tenía por lo menos la mitad de su edad reaccionó.

—¿Sí, cariño?

—Estaré contigo enseguida. Dame un minuto.

La respuesta de la pelirroja fue una sonrisa. Bueno, intentó sonreír lo más que pudo con el Botox.

A Gillian se le encogió el estómago. Conocía a la esposa de Ben, Winnie, de varias fiestas de verano y otros eventos asociados al bufete. Winnie había sido muy agradable con ella y la había ayudado a encajar en el grupo de "medias naranjas", que era como se referían a las esposas en el bufete. La corrección política era muy demandada en la actualidad. Recientemente, había oído el rumor de que Ben había reemplazado a su esposa con una mujer más joven. Y, bueno, allí estaban.

—Hace mucho que no te veo —dijo mientras su mirada le recorría lentamente el cuerpo—, pero debo decir que... te ves muy bien.

Quería estrangular a ese sujeto ruin o hundirle los ojos con los dedos. En cambio, reunió toda la amabilidad que pudo.

—Gracias, Ben. ¿Cómo estás tú?

—Ay, muy bien. Me retiré parcialmente el mes pasado, lo que significa que tengo más tiempo para los nietos y para Tamara. —Saludó a la mujer con Botox, que los fulminaba con la mirada—. ¿Viniste con los niños?

Conscientemente, Gillian miró sobre su hombro a la pequeña mesa donde estaban sentados Sam con Angela y Michael. Los tres se reían de algo y se veían despreocupados de que ella tuviera que luchar contra la necesidad de dejar a Ben y unirse a ellos.

Sam la miró, frunció el ceño e inclinó la cabeza en dirección a Ben.

Gillian irguió los hombros y volvió su atención a Ben.

—Sí, vine con los niños y con una muy buena amiga.

Ben siguió su mirada.

—Qué bien.

—Lo siento. Me tengo que ir. Me están esperando.

—Claro, claro. Fue bueno verte. —Le sonrió—. Oye, nos podríamos encontrar para tomar algo algún día. Y hablar de los viejos tiempos. ¿Por qué no me llamas? Me gustaría que nos pongamos al día. Quizás podemos pasar tiempo juntos. Te debes sentir sola sin Derrick.

No lo podía creer. El gran hipócrita estaba flirteando con ella mientras la mujer con la que había traicionado a su esposa se encontraba a unos metros de distancia. Sintió náuseas.

—En realidad, no quiero salir contigo ni encontrarme contigo ni nada. —Echó los hombros hacia atrás—. Te lo dejaré bien en claro. Ya hay alguien en mi vida y estoy muy agradecida por ello y feliz. No me siento sola.

La mirada de él se volvió dura.

—¿De verdad? Me alegro por ti. ¿Lo conozco?

—No. —Se volvió y regresó a la mesa de su familia, echando humo por la insolencia de Ben. ¿Cuándo fue la última vez que ese sujeto se había mirado en el espejo? La pelirroja seguramente no estaba interesada en su personalidad ni en su cuerpo. Y ese bastardo había botado a Winnie, a la dulce Winnie. Se desplomó en el banco de madera y clavó la mirada en el perrito caliente.

—¿Te encuentras bien? —preguntó Sam.

—En realidad, no. —Tomó el vaso de plástico que se encontraba al lado de su comida. Bebió un sorbo y lo volvió a apoyar.

La expresión de Sam se volvió precavida.

—De acuerdo.

—Lo siento, hablemos de esto más tarde. ¿Sí? —Esperaba que Sam entendiera que no quería hablar de lo que había pasado delante de los niños.

—¿Quién era ese, mamá? —preguntó Michael.

—Él trabajaba con tu papá. —Le agitó el cabello—. ¿Y sabes qué? Le acabo de decir lo feliz que estoy de estar aquí con ustedes tres.

Una pequeña sonrisa jugueteó en los labios de Sam.

—Ah, ¿sí?

Gillian la miró fijo.

—Sí.

La sonrisa de Sam se agrandó.

—Qué bueno. Porque hay una exhibición de serpientes y los visitantes pueden tocarlas y acabamos de decidir que *queremos* ir allí a continuación.

CAPÍTULO 18

El sonido de música clásica flotó por la sala acompañado del murmullo de otros huéspedes. Solamente el repiqueteo ocasional de los cubiertos sobre la porcelana interrumpía la atmósfera tranquila. *L'Aubergine* era un restaurante para amantes que se tenían profundo cariño y apreciaban la comida excepcional. Y a pesar de ello, esa noche se encontraba entre las citas más incómodas que Sam había tenido.

Un camarero pasó apresurado a su lado, con un plato en cada mano. Los depositó en una mesa cercana donde se sentaba una pareja que charlaba tranquilamente y disfrutaba de la compañía mutua.

Sam cerró la mano en un puño sobre su rodilla y clavó la mirada en el pequeño trozo de salmón que quedaba en su plato. ¿Cómo habían terminado así? ¿Dónde estaba la camaradería fácil que tenían ella y Gillian en las llamadas telefónicas o la compañía maravillosa que habían compartido en el zoológico? Esa noche se sentía como una película mala y no como la cita que Sam había esperado con ansias. Gruñó por dentro, miró a Gillian a furtivas, que estaba tan concentrada en su *filet mignon* que Sam se sorprendió de que no ardiera ante su mirada. Gillian se veía muy linda en el vestido verde oscuro. La dejaba sin aliento. Y estaba callada. Tan callada como Sam, que maldecía su incapacidad de formar oraciones profundas y significativas.

Los críticos habían alabado *L'Aubergine*. Y era genial. La comida era genial. Pero a Sam no le había llevado más de cinco pasos darse cuenta de que no debería haber escogido ese sitio. Ir a un restaurante exclusivo como ese le había cerrado el estómago y el cerebro. Había estado tan determinada a encontrar un sitio que Gillian disfrutara que había reprimido su desagrado por todo lo que era rico y famoso. El silencio entre ellas parecía más alto que el sonido de fondo. *Esto es ridículo.* Sam movió el salmón al borde del plato porque había perdido el apetito. Se aclaró la garganta.

–La comida es buena, ¿no?

Gillian elevó la mirada con una sonrisa que no le iluminó los ojos.

–Sí. Muy buena. –Ojeó el salmón de Sam antes de volver a concentrarse en su propia comida.

La tentación de dejar caer la cabeza contra la mesa crecía segundo a segundo. Tenía que hacer algo, ser más elocuente o lo que fuera. Pero, ¿cómo? Tamborileó los dedos sobre los pantalones. Se le ocurrió una idea. Le podía salir el tiro por la culata. O le podía salvar la velada.

–Oye, ¿Gillian?

Unos ojos verdes cansados le devolvieron la mirada.

–¿Sí?

–¿Qué te parece si jugamos a algo?

Gillian inclinó la cabeza en el gesto típico de confusión.

–¿Un juego?

–Bueno, en realidad no es un juego. ¿Qué te parece si nos hacemos dos preguntas y vale todo?

Gillian frunció el ceño.

–Eso no es un juego. A menos que haya una botella de por medio. Y si mal no recuerdo, alguien siempre termina borracha y desnuda.

Sam tomó la botella y de vino y la sostuvo en alto.

–Tenemos una botella. Pero no hace falta emborracharse.

Por un momento, Gillian la estudió y luego soltó el tenedor.

–De acuerdo. ¿Todas las preguntas están permitidas?

Sam dudó un momento y finalmente respondió:

–Sí. –*Por favor, no me hagas arrepentirme.* Se limpió las palmas repentinamente sudorosas en los pantalones.

–¿Puedo empezar yo?

–Claro. Adelante. –Sam contuvo el aliento.

Gillian apretó los labios y elevó una ceja.

–De acuerdo. ¿Quién es tu autor y tu género favorito?

La sorpresa y el alivio invadieron el pecho de Sam. No se había esperado eso.

–¿De verdad? ¿Me puedes preguntar lo que quieras y te decides por el material de lectura?

–Sí. Considérala una entrada en calor para la siguiente. –Había un brillo en los ojos de Gillian.

–Bueno. Autor favorito… ¿puedo escoger dos?

–Claro. Valen dos.

El primero fue fácil. La segunda fue una carrera difícil entre dos autoras. Al final escogió a la que iría con uno de sus géneros preferidos.

–Neil Gaiman y Tracy Chevalier.

–Conozco a Neil Gaiman, pero, ¿quién es Tracy Chevalier?

–Escribe novelas históricas maravillosas.

–¿Supongo que las novelas históricas son tu género favorito?

–Sí. La fantasía, sobre todo fantasía urbana y las novelas históricas. Y las que están bien investigada. Hay libros tan mal investigados que me da un salpullido al leerlos. Pero si están bien investigados y bien escritos… –Sam sonrió–, los compro.

Gillian bebió un sorbo de vino antes de decir:

–Me sorprendió que tuvieras tantos libros. Las estanterías de tu sala de estar están más abastecidas que la biblioteca de nuestro pueblo.

Sam tenía un comentario ácido en la punta de la lengua, pero se lo tragó. ¿Con cuánta frecuencia la gente tenía el prejuicio de que como trabajaba con las manos sus pasatiempos favoritos eran mirar televisión, beber cerveza y eructar?

–Sí, me gusta leer.

Gillian se recostó en la silla y las arrugas provocadas por la risa alrededor de sus ojos se profundizaron.

—Angela es la ratona de biblioteca de la familia. Termina libros como otros niños terminan videojuegos. Y a mí me encantan las autobiografías.

El camarero escogió ese momento para acercarse a recoger los platos.

—¿Les gustaría comer postre? Esta noche tenemos un pastel de queso maravilloso. ¿O quizás les gustaría un helado casero?

Sam miró a Gillian.

—¿Te gustaría compartir algo?

—Estoy muy llena. —Se llevó la mano al estómago—. ¿Quizás un expreso?

Sam le sonrió al camarero.

—Dos expresos, por favor.

Él asintió y se marchó.

—Entonces, ¿es mi turno de hacer una pregunta? —Sam pasó los dedos por el mantel.

—Sí.

No tuvo que pensar mucho.

—De acuerdo, cuéntame el momento más vergonzoso de tu vida.

—Eso no es una pregunta.

Sam se encogió de hombros.

—De acuerdo. Lo voy a reformular. ¿Cuál fue el momento más vergonzoso de tu vida?

—Es difícil escoger uno. He tenido varios. Y la sensación de cuál fue exactamente el más vergonzoso cambia de vez en cuando. —Tenía el ceño tan fruncido que sus cejas prácticamente se tocaban. Luego sonrió. —Creo que uno de los momentos más vergonzosos de mi vida fue cuando Michael hizo que la madre de Derrick se arrepintiera de tener nietos.

Sam amortiguó el sonido de la risa con la servilleta. Esa anécdota sonaba de lo más prometedora.

—¿Qué hizo?

—Michael tenía tres años y nos invitaron a uno de los horrorosos eventos de té de Margret. Lo hace algunas veces al año y sospecho que tiene una lista de las personas más aburridas. El objetivo principal del evento es alardear de su casa y su familia, por lo que nos invitó... con los niños.

El camarero apareció con los expresos.

—Gracias. —Sam inhaló el aroma maravilloso que surgía de la taza. Le agregó dos cucharaditas de azúcar.

Gillian hizo un gesto negativo con la cabeza, pero no emitió comentario.

—¿Qué?

—Creo que esa taza tiene la misma cantidad de azúcar que de café.

—Así es como me gusta. Caliente y dulce. —Le guiñó un ojo a Gillian y no se sorprendió al ver que se ponía colorada—. Entonces, ¿qué pasó para que a abuela se volviera loca?

Gillian bebió el expreso de un sorbo, sin agregarle azúcar.

—Muy bien, Michael estaba muy aburrido esa tarde y yo estaba distraída con algo. De repente, se apareció con los pies pequeños metidos en tacones de aguja que encontró en algún sitio, corrió, se chocó contra un jarrón chino muy caro y lo rompió.

—Qué mal. —Sam se rio entre dientes.

—Sí. Pero esa no es la mejor parte de la historia.

Sam se inclinó hacia adelante.

—¿No?

—Estaba sentado en el suelo, llorando. Yo no lo podía levantar porque me había quebrado el brazo en un accidente estúpido. Entonces le pedí a mi suegra, que estaba sentada a mi lado, que se fijara si se encontraba bien.

—¿Sí?

—Bueno, solo se lo tuve que pedir dos veces hasta que accedió. — La sonrisa de Gillian se podía describir como diabólica.

—Continúa.

—Michael le vomitó encima.

—Ay, Dios. —Sam se rio tanto que tenía lágrimas en los ojos.

—Dos veces.

—Increíble. —Eso habrá sido toda una vista—. ¿Y ella lo convirtió en carne picada?

Ahora le tocó reírse a Gillian.

—No. No le puso ni un dedo encima. Pero no le pareció divertido. Y yo solo quería desaparecer, hacerme humo o lo que fuera. Ahora me puedo reír de eso, pero en el momento estaba devastada y avergonzada.

Algunos comensales clavaron la mirada en la mesa de ellas. A Sam no le importó. Se estaba divirtiendo y por fin estaban hablando. Era genial.

Gillian inclinó su taza de expreso hacia Sam.

—Entonces, ¿es mi turno otra vez?

Sam se puso rígida ante la siguiente pregunta; estaba segura de que lo que viniera no sería tan fácil como la primera pregunta.

—Sí. Adelante.

—Ya que estamos hablando de la familia… —la voz de Gillian era amable—. Cuéntame un poco más sobre la tuya.

El estómago de Sam se encogió. Cruzó los brazos a la altura del pecho.

—No hay mucho que decir.

—No quiero pasarme de la raya. Lo siento.

Mierda. Sam no quería hablar de su niñez, sus años de adolescente o de su familia. Sin embargo, lo que menos quería era regresar a la forma en que transcurría la velada antes de comenzar ese juego. Quería avanzar… con Gillian.

—Está bien. Es solo que es un tema del que no me gusta hablar. ¿Hay algo en especial que quieras saber?

—Thomas me ha dicho que tienes una… relación tensa con ellos.

Sam resopló.

—Estoy segura de que no la describió de esa forma.

—No.

—Entonces, ¿qué dijo?

—No mucho. Mencionó que nunca te llevaste bien con tu papá. Que pasabas tiempo escondiéndote en el garaje de él. Con Thomas. Y que... tu papá te lastimó.

Sam asintió y comenzó a pelar la etiqueta de la botella de vino.

—Sí. Así es. —De verdad no quería hablar de eso. Pero no podía condenar a Gillian por querer saber. Sam inspiró hondo para centrarse—. Mi papá y yo no hemos hablado desde que me fui de casa.

Gillian se estiró sobre la mesa y puso su mano sobre la de Sam.

—¿A los diecisiete años?

Sam entrecerró los ojos y clavó la mirada en la mano suave y cálida que cubría la de ella antes de volver a elevar la mirada.

Un relámpago de dolor cruzó la mirada de Gillian. Comenzó a retirar la mano.

Idiota.

—No. —Sam le tomó la mano—. No. Disculpa, me encanta tocarte y que me toques. Yo solo... —Miró alrededor e intentó evaluar si los otros comensales les estaban prestando atención a ellas. Bajó la cabeza y finalmente dijo—: No estaba segura de que recordaras de que estamos en un sitio público.

—Sí. No lo olvidé. Simplemente decidí que ya no quiero que ese tipo de cosas me importen.

Sam parpadeó. Dos veces. Gillian realmente estaba saliendo de su zona de confort: una cita en un restaurante, tocaba a Sam en público. A lo mejor era hora de hacer lo mismo. No entraría en detalles. No allí. No esa noche.

—¿Thomas te dijo que me marché a los diecisiete? —Pasó el pulgar sobre la piel suave de la mano de Gillian.

—No, tú me lo dijiste.

—Ah, cierto. —Sam asintió lentamente. *¿Cómo me olvidé de eso?* Sacudió los hombros para deshacerse de la tensión y dijo—: Yo ya no existo para mi padre. Y eso me parece bien. Seré feliz si no tengo que verlo nunca más. Él abandonó a mi madre hace unos diez años. Tampoco estoy en contacto con ella. Es una persona muy religiosa. Y tengo un hermano que es un exitoso agente de inversiones y un completo patán. Tampoco me mantengo en contacto con él. –Sam odió la amargura de su voz–. Y tengo una hermana menor. Victoria. Y su hija, Chloe.

–Te mantienes en contacto con ellas, ¿no?

Sam sonrió.

–Sí, y mi padre no puede asimilar que sea la madrina de Chloe.

–¿Te mantuviste en contacto con tu hermana cuando te marchaste de casa?

Sam hizo un gesto negativo con la cabeza.

–No. Victoria tiene cinco años menos que yo. Pero me buscó cuando nació Chloe. Prometo que un día te contaré toda la historia sórdida. Victoria puede ser muy determinada. Y tenemos una relación muy cercana. No es solo mi hermana, sino también mi amiga. Y Chloe… es genial. Creo que a Michael y a Angela les agradaría.

–Deberíamos juntarlos algún día.

Sam sonrió.

–Sí. Quizás en otra visita al zoológico.

–Es una idea genial.

Se sonrieron con las manos unidas en la mesa.

–Entonces, ¿es mi turno de hacer otra pregunta embarazosa? –la instigó Sam.

–Sí, pero es la última de la noche.

–Veamos. –Sam dudó un momento. Pero necesitaba saber, aunque fuera totalmente estúpido–. ¿Cómo conociste a Derrick?

Gillian mantuvo el silencio un rato antes de decir:

–Era mi jefe. En el bufete. –Una pequeña sonrisa se le formó en los labios–. Yo era su secretaria. Y eso es un cliché, ¿no? Y te aseguro que mi trabajo no me convertía en la nuera más atractiva para sus padres.

–¿Eras secretaria?

–Sí. Soy una de esas secretarias que se casan con su jefe.

–Ah. –Gillian había sido secretaria. *Se casó con su jefe.*

–Es como si te acabara de decir que estoy embarazada.

La boca de Sam se abrió.

–¿Qué?

–Es una broma. No estoy embarazada. –Gillian se rio entre dientes–. Deberías haber visto tu cara.

Miles de sentimientos y pensamientos recorrieron a Sam. Una secretaria. No era una abogada o… lo que sea que estudiaran las niñas ricas. *De verdad soy una idiota.* Se dio cuenta de que había pensado de la misma manera que detestaba de otras personas, asumir cosas sobre alguien sin tener ningún conocimiento de su historia. *Eso es lo que hacen las idiotas.* Reunió los restos de su dignidad.

–Qué bueno, prefiero que seas una secretaria a que estés embarazada.

–Comparto el sentimiento. Los dos niños son maravillosos, pero son más que suficiente. –Gillian se incorporó de la silla y le guiñó un ojo a Sam–. Regresaré en un minuto.

Qué noche. Sam se pasó una mano por el cabello. Aún estaba procesando el hecho de que Gillian había sido la empleada de su esposo. Qué raro. En la experiencia de Sam, la gente rica se casaba con gente rica: en especial, los que venían de generaciones de ricos. Entonces, ¿qué había llevado a Derrick a casarse con Gillian? ¿Qué tipo de sujeto había sido? *Supongo que es una pregunta para otra ocasión.*

–De acuerdo. –Gillian se paró a su lado–. Vamos.

–Eh… ¿no deberíamos pagar primero?

–Ya me encargué de eso. –Gillian se inclinó y le susurró–: Tengo que estar en casa en treinta minutos y necesito unos besos calientes antes de irme. Muy, muy calientes.

–Ah. –Como una adolescente, las mejillas de Sam se pusieron coloradas–. Claro, sí. Vamos. –Se incorporó de la silla y siguió a Gillian al exterior.

Unos momentos más tarde, estaban paradas frente al coche de Gillian. Al igual que en la primera cita.

–Eres increíble. –Sam susurró.

La sonrisa de Gillian era amable cuando se paró más cerca y apretó su cuerpo contra el de Sam.

–Quizás. Pero a mis ojos… tú eres la hermosa. Por dentro y por fuera.

Sam deslizó ambos brazos por la cintura.

–Hola.

–¿Cómo estás? –Los ojos verdes tintinearon.

Sam enterró el rostro en el cuello de ella, inhaló profundo para sentir el aroma que era tan típico de Gillian. Sam presionó los labios contra la piel suave y permaneció allí un momento antes de apartarse, recorriendo con la mano la mandíbula de Gillian, con las puntas de los dedos cosquilleándole.

–Disfruté mucho esta noche.

–Me alegra que te gustara la comida.

–Sí, la comida no estuvo mal. –Sam se rio entre dientes.

–Y el vino.

–Nada mal tampoco.

–La música –la provocó Gillian con una sonrisa juguetona.

–Eres una tonta.

–Quizás. Pero soy tu tonta.

–Sí, lo eres. –Sam apretó los labios contra los de Gillian en un beso suave, vacilante y los ojos se cerraron. Se podría perder en ese beso y quedarse allí para siempre.

Gillian se sometió con caricias lentas y vacilantes de sus labios y lengua y se apretó más de lo que parecía posible contra Sam.

Sam soltó un susurro contenido. Se lamió los labios y apoyó la frente contra la de Gillian.

–Vete. Ahora. O no seré responsable de mis actos.

Gillian gimoteó.

–Pero quiero más besos calientes.

–Me estás matando. –Inspiró hondo–. Este no es el lugar para besarse.

Gillian hizo un puchero.

–Ay, mira eso. Un puchero. –Sam le dio otro beso a esos labios tentadores–. Y ahora… vete antes de que pierda la autodisciplina.

Con un suspiro, Gillian se subió al coche.

–Te odio.

–No, no me odias. –Se inclinó hasta poder ver esos ojos verdes–. Y te prometo que tú serás la que me suplique que la deje de besar el sábado.

–¿Eso crees? –Gillian agitó las pestañas.

–No. Lo sé.

CAPÍTULO 19

—¿Cuál de ustedes usaré esta noche? —Los dedos de Gillian recorrieron el algodón verde oscuro del camisón que acentuaba sus ojos y le quedaba como una segunda piel antes de tocar la fría tela color azul oscuro del pijama corto de seda que casi se podía describir como lencería. Le encantaba la forma en que la seda suave le acariciaba la piel de noche. Un roce, suave como la mano de una amante experimentada. *Sam.* Cerró los ojos ante la imagen de Sam desnuda, de su cuerpo firme y atractivo, de la forma en que se veía cuando acababa. Hermosa. Deseable. Increíblemente atractiva. Las rodillas de Gillian cedieron. Se sentó en la cama. El deseo por Sam, por su tacto, era tan poderoso y abrasador que en ocasiones amenazaba con abrumarla. Había lujuria, mucha lujuria en realidad. A ella le encantaba el tacto de Sam, su actitud para hacerse cargo durante el sexo, y su consideración. Ella había liberado a Gillian para que expresara sus necesidades… necesidades que ni siquiera sabía que tenía. Pero ya no se trataba solamente de sexo. No desde hacía un tiempo. Quería estar al lado de Sam y hacerle masajes cuando le doliera la espalda. Quería asegurarse de que comiera adecuadamente, nadie podía vivir de pizza fría varias veces a la semana. Y quería acostarse y despertarse a su lado.

Gillian se acarició los labios y recordó los besos que habían intercambiado tras la tercera cita. No se podía negar el crudo poder sexual de Sam. Tembló por dentro. Nunca se habría imaginado que el deseo sexual se podía mezclar tan bien con… amor.

El sonido de pies corriendo la trajo de regreso a la realidad.

Unos segundos después su hija entró corriendo en la habitación.

—Llegó la abuela.

Gillian gimió. Margret era la última persona en la faz de la tierra con la que quería hablar en ese momento... en realidad, en cualquier momento. ¿Por qué no había ido Charles, el chofer, a recoger a los niños como de costumbre? Hablar con Margret cuando lo único que tenía en la mente era a Sam, en la cantidad de veces y formas en las que quería acabar esa noche... *Mierda*. Inspiró hondo para calmar los nervios.

–De acuerdo, gracias –dijo y se serenó–. Bajo en un minuto, cariño. –Puso el pijama de seda en la bolsa de viaje. Los dos niños sabían que iba a pasar la noche en casa de Sam. Hablar de su amistad cercana con Sam era un primer paso. Los niños no necesitaban saber que ese tipo de pijamada sería muy diferente de las que ellos frecuentaban.

Gillian se volvió hacia su hija y notó que por primera vez sostenía un libro en cada mano.

–Te quedarás una noche en casa de tus abuelos. No necesitas llevarte toda la biblioteca.

Angela puso los ojos en blanco.

–No tendría que escoger qué libro leer si me compraras un lector de libros electrónicos. Y si no bebes un café con la abuela antes de que nos vayamos, nosotros seremos los que terminen asados como en una serie policial mala. La abuela siempre quiere saber todo... lo que está pasando en nuestras vidas... –bajó la voz– y en la tuya. Y uno nunca sabe lo que dicen los niños en ausencia de sus padres.

A Gillian se le aceleró el pulso.

–¿Disculpa?

–Por favor, mamá. Solo bromeaba. –Frunció el ceño–. De todas formas, no hay mucho que contar. Tu vida es bastante aburrida.

–¿Aburrida? Muchas gracias. –No pudo evitar reírse. *No tienes ni idea.*

–Sí. –Angela sostuvo las manos en el aire–. Bueno, te quedas en casa y... eres una madre y todo eso. Y bien, ¿beberás un café con ella antes de que nos vayamos o no?

No quería pasar tiempo con la Dragona, pero Angela estaba en lo cierto. Si no bebía una taza de café con ella, interrogaría a los niños. *Y probablemente lo haga de todas formas.* Aun así, no hablar con ella no sería justo para los niños. Y, por más que no fuera nada oportuna, ella quería que Margret viniera y la enfrentara en su propio terreno.

–Como ya te dije, Angela, bajo en un minuto y sí, beberé una taza de café con tu abuela –dijo y le rezó a Dios en busca de fuerza.

El estómago de Gillian dio un giro radical cuando miró hacia abajo de la escalera de madera que la llevaría a la sala de estar, a Margret y una discusión que Gillian no quería tener ese día. Se llevó una mano al estómago traicionero. Las discusiones con su suegra eran como un enfrentamiento en una de esas películas del lejano oeste que Derrick disfrutaba mirar. El resultado en esas películas era casi siempre el mismo: el héroe ganaba... herido, a lo mejor al borde de la muerte, pero ganaba. Esa era la gran diferencia en las discusiones con Margret. El héroe ganaba. Margret ganaba y dejaba atrás enemigos malheridos y Gillian había resultado herida demasiadas veces como para llevar la cuenta hasta que se había dado por vencida y siguió el juego: no estar en desacuerdo, no forzar tu opinión o, mejor aún, no tener una opinión. Cambiar esa costumbre no solo era difícil sino también doloroso.

Inspira. Espira. Eres una mujer adulta. Es tu vida. Gillian se mordió el labio. *De acuerdo.* Enderezó los hombros y respiró otra bocanada de aire antes de cerrar los ojos. *Soy fuerte. Gané contra la rubia tarada en el bar. Recuperé a Sam. Sam.* Los movimientos en la zona estomacal de Gillian disminuyeron un poco. *Puedo hacerlo. Más tarde me encontraré con Sam. Y me mudaré de esta casa y comenzaré una nueva vida. Sam regresó a mi vida.* Gillian colocó una mano en la baranda y sintió la madera fría al tacto. *Soy fuerte. No estoy sola.* Abrió los ojos. *No estoy sola.* Sintió una calidez que la invadía. Eso era lo que tenía que comprender: no estaba sola. Tenía a Sam a su lado. *Puedo hacerlo. Lo haré. Margret no tiene ningún poder sobre mi vida. Ya no más.* Lentamente, Gillian bajó la escalera.

Cuando estaba a punto de pisar el último escalón, Tilde salió de la sala de estar con los ojos en blanco.

—Le llevé una taza de café —susurró—. Lamentablemente, nos quedamos sin cianuro.

Gillian no pudo evitar sonreír. Por lo menos había un frente unido contra Margret entre los adultos de esa casa.

—Deséame suerte.

Tilde solo elevó las cejas.

—Me aseguraré de que los niños están listos para irse.

—Gracias. —Gillian se pasó una mano por el cabello y se dirigió hacia la puerta que llevaba a la sala de estar.

Margret estaba de pie ante la ventana, observando el jardín y el césped recién cortado.

Gillian flexionó los dedos. Ya sentía el primer dolor de pasar dos horas llevando a cabo una actividad a la que no estaba acostumbrada. Cortar el césped era trabajo duro. Entró en la sala de estar y se aclaró la garganta.

—Margret. Buenas tardes.

—De hecho. —Margret se volteó, tenía los ojos azules y fríos como una montaña congelada. Atravesó la distancia que las separaba y tomó a Gillian por los codos antes de darle un beso en la mejilla derecha.

—Qué maravilloso que te unas a mí.

El aroma de *L'Aimant* y dinero viejo cosquilleó en la nariz de Gillian.

—Desafortunadamente, no tengo mucho tiempo porque me tengo que ir.

Margret se burló.

–Estoy segura de que puedes hacer unos minutos para tu suegra. –Se sentó en una silla, cruzó las piernas y clavó los ojos en los de Gillian. Había una taza de café en la mesa al lado de la silla que había escogido.

–Veo que Tilde ya te trajo un poco de café. ¿Te puedo ofrecer algo más?

–No, gracias, querida. Pero quizás me puedas decir quién te cortó el césped. ¿Tienes un nuevo jardinero?

Aquí vamos. El corazón de Gillian se aceleró, pero sonrió.

–No, no tengo un nuevo jardinero. Lo corté yo.

Margret frunció el ceño.

–¿Que hiciste qué?

–Corté el césped.

Margret abrió la boca y la volvió a cerrar antes de decir:

–¿Por qué? Te podríamos haber enviado a Ricardo. Hay gente que recibe un sueldo para ese tipo de trabajo. No había ningún motivo para que lo hicieras.

Gillian se encogió de hombros.

–El tiempo estaba bien. Tenía tiempo. Y es una buena forma de hacer ejercicio.

Margret clavó la mirada en Gillian como si acabara de confesar un asesinato.

–Realmente no sé… –el suspiro subsiguiente fue dramático. Margret interrumpió el contacto visual y recogió la taza de café–. ¿Es una nueva marca?

Sin saber por qué ahora hablaban de café en lugar de que Margret la taladrara más acerca del jardín, Gillian hizo un gesto negativo con la cabeza.

–Creo que no.

–Bueno, sí que deja mal sabor en la boca. –Apoyó la taza.

Gillian se mordió las mejillas y recordó las palabras de Tilde acerca de la falta de cianuro en la casa.

–Ay, quizás es el nuevo café de Tilde. Quería algo con sabor a whisky.

–¿Me quiere matar o solo dejarme sin papilas gustativas?

Gillian se frotó la sien.

–Necesito un poco de café. ¿Quieres que te traiga otra taza? ¿Con otro sabor esta vez?

–No, gracias. –Margret se reclinó contra la silla.

–Regreso en un minuto. –Gillian huyó a la cocina. Lo último que necesitaba era cafeína. Su corazón ya estaba lo suficientemente acelerado. Pero buscar una taza de café era una buena excusa para una pausa breve. Miró el reloj. Las cinco y cuarto. Se tenía que ir en quince minutos. Con un suspiro, abrió la alacena y clavó la mirada en las tazas, su mirada analizó las pocas tazas que se habían colado en su casa desde que Tilde vivía allí. Gillian sonrió y escogió una taza rosada que era tan fea que había considerado botarla en varias ocasiones. Margret la detestaría.

Luego de llenarla con café caliente, Gillian regresó a la sala de estar, tan lista para la segunda ronda como podía estarlo.

Margret seguía sentada en su silla como si estuviera presidiendo la corte, cada centímetro de su ser se veía tan formidable e inflexible como una reina.

Gillian se sentó frente a su suegra y colocó la taza rosada cerca de la de Margret, una taza que pertenecía al juego de porcelana más fino que se pudiera comprar.

Las cejas de Margret casi se le salieron de la frente, tenía la mirada fija en la fealdad rosada que se encontraba sobre la mesa.

Durante un momento, Gillian espero que Margret recogiera la taza y la arrojara al suelo o hiciera algo tan dramático.

–¿Acaso recogiste desperdicios de la caridad, querida? –se burló Margret.

Gillian se mordió la mejilla y se reclinó contra la silla. Ganarse la antipatía de su suegra era tan inteligente como ondear una bandera roja frente a un toro.

–¿Por qué? –Miró la taza–. Ah… ¿hablas de la taza?

–Sí.

–Ah, no. Fue un regalo.

Los labios de Margret se encorvaron.

–¿De un méndigo ciego?

–No, de Tilde. –Gillian recogió la taza y disfrutó el sabor de la bebida caliente y suave–. ¿Cómo está James?

La mandíbula de Margret funcionaba y Gillian esperaba otro comentario ácido, estaba completamente preparada para contrarrestarlo con una observación igualmente mordaz.

–Está… Está bien. Gracias. –Margret cruzó las piernas–. Michael Sherman, el nuevo socio gerente, le pidió que capacite a dos asociados nuevos. James disfruta trabajar con abogados jóvenes. Dice que lo hace sentir joven de nuevo.

Gillian no estaba segura de si estaba más sorprendida de que Margret dejara ir el tema de la taza o de que James seguía trabajando a tiempo completo.

–Pensé que quería reducir su carga de trabajo.

–La redujo, pero no está hecho para quedarse en casa. –Margret evitó la mirada de Gillian.

–¿Y qué hay de sus planes de viajar por Europa?

–Es un placer pospuesto. Siempre queda el año que viene. –Margret recogió algo que tenía en la blusa antes de volver a enfocar la vista en Gillian–. Ya basta de nosotros. Dime qué has estado haciendo tú. No hemos hablado en mucho tiempo.

Gillian jugueteó con la esquina de la mesa.

–No hay mucho que contar. Los niños me mantienen ocupada.

–Me encontré con Ben Shacker en la iglesia –dijo Margret en el mismo tono que usaba para hablar del tiempo–. Mencionó que te vio en el zoológico.

Y allí estaba… hasta ese punto, todo había sido un juego previo, pero ahora había arrojado el primer golpe. Gillian alisó el trapo con dedos temblorosos. ¿Qué había visto Ben y, más importante aún, qué le había contado a Margret? Gillian tragó con fuerza. *No te defiendas. Mantén la cabeza fría.*

–Sí, los niños y yo nos divertimos mucho.

–Mencionó que no estabas sola. –La sonrisa de Sam no le llegó a los ojos.

–Así es. Estábamos con una amistad.

–Ah, ¿lo conozco?

Eso era como un juego de ajedrez. Gillian hizo un gesto negativo con la cabeza.

–Es una mujer y no, no la conoces.

–Ben no mencionó que era una mujer. Solo dijo que no tenía ni idea de quién era tu amistad.

–Ben no conoce a mis amigas. ¿Por qué debería? Él ciertamente no es mi amigo.

–¿Y yo tampoco la conozco?

–No, no la conoces. Y, honestamente, encontrarme con Ben fue bastante horrible. Todavía no puedo creer que haya dejado a Winnie por esa pelirroja descerebrada. ¿La has visto últimamente? A Winnie…

Margret frunció el ceño y se sentó más erguida.

–Salimos a cenar con ella la semana pasada. Es una mujer fuerte.

–Supongo que es más fuerte de lo que habría sido yo en su lugar. –A menudo, Gillian se preguntaba si Derrick la habría dejado en algún momento. Si hubiera decidido que quería librarse de ella y de los niños. *Supongo que nunca lo sabré.* Se inclinó hacia adelante y apoyó los codos en la mesa–. ¿Cuántas amigas tuyas fueron abandonadas o engañadas por sus maridos?

Margret se quedó de piedra.

–No lo sé. ¿Por qué?

–¿Tantas? –Gillian se rio secamente–. Las esposas nos quedamos en casa y cuidamos de los niños; intentamos vernos bien si tenemos que acudir a un evento con nuestros maridos, y apoyamos sus carreras de toda manera posible. A cambio, obtenemos casas bonitas, vestidos bonitos y regalos bonitos. Sinceramente dudo que obtengamos la mejor parte del trato. No hay lugar ni aliento a que mejoremos, a que mejoremos como personas. Ser atractiva, callada y tolerante ya no es algo que me satisfaga.

El silencio entre ellas pendió en el aire. El corazón de Gillian latía desbocado. No se atrevía a mirar a Margret, estaba segura de que recibiría una mueca. Si había una regla que iba más allá de todo en esa sociedad que tanto despreciaba era que nadie hablaba abiertamente sobre la hipocresía y la deshonestidad que controlaba sus vidas. Las aventuras no se mencionaban. Uno simplemente las ignoraba. Gillian pasó un dedo por la mesa. Si mal no recordaba, había sido un regalo de Margret. Al igual que las sillas en las que estaban sentadas y algunos de los muebles de la casa. Gillian colocó las manos sobre el regazo. Iba a vender todo. No solo la casa, sino también los muebles. Dejaría que los niños se llevaran lo que quisieran. Pero el resto…

Margret se aclaró la garganta.

—También me encontré con Rachel y me dijo que te estás por mudar a otra casa.

De acuerdo. El cambio de tema era como conducir por un eslalon: uno se quedaba en la misma cuesta, pero tenía que tener cuidado de no chocarse con nada. Era hora de cambiar el juego. Dejar de andar en puntitas de pie. Gillian elevó la mirada.

—Sí. De hecho, ayer firmé los papeles. Nos mudaremos en tres meses aproximadamente.

Margret se llevó la mano al pecho con los ojos como platos.

—Entonces no fue una broma de mal gusto.

—No. Encontré una casa que es justamente lo que necesitamos. Verifiqué el barrio, tengo los medios y a los niños también les gusta.

—Gillian. —Margret elevó la voz—. No puedes limitarte a hacer las maletas e irte. Tienes que pensar en los niños. Esta es tu casa.

–Estoy pensando en los niños. Quiero que disfruten la vida y encuentren su propio camino. Quiero que sean felices y responsables. Y no, esta ya no es mi casa o nuestra casa. Y hace mucho tiempo que no lo es.

El rostro de Margret se puso colorado.

–¿Felices? ¿Por qué no pueden ser felices aquí? –Se incorporó de la silla y se quedó de pie con los brazos en jarras–. Tienen todo lo que podrían desear. Van a una buena escuela, tienen amigos aquí, lo tienen todo. Bueno, excepto a su padre.

–Su padre. –La mandíbula de Gillian se puso tensa. Había tenido suficiente y también se puso de pie. De ninguna forma se veía obligada a mirar a Margret desde abajo–. Su padre nunca estuvo aquí para ellos porque pasaba cada minuto de su tiempo libre con alguna de sus "amigas".

Las fosas nasales de Margret se expandieron mientras dio otro paso hacia adelante.

–No hay necesidad de hablar de este asunto poco placentero. Preferiría hablar de lo que está sucediendo en tu vida en este momento.

–Bueno, ¿qué te gustaría saber?

–No entiendo…

–Mamá, Angela dice que no me puedo llevar el bumerán.

Gillian se volteó.

Michael había entrado en la habitación con el bumerán coloreado en a mano.

Angela se detuvo detrás de él.

–Ya se está llevando el estúpido camioncito a control remoto.

–El camioncito no es estúpido. Tú lo eres. –Respondió dando un paso hacia su hermana.

–Deténganse los dos. Ya mismo. –Gillian aguardó hasta que se calmaron. Esa era su oportunidad de sacar a Margret de la casa–. Cada uno se puede llevar una cosa. Ya tienen muchos libros y juguetes en la casa de sus abuelos. Ahora vayan a buscar sus bolsos. Se marchan en dos minutos.

–Pero…

–No, Michael. –Gillian se obligó a permanecer en calma, a pesar del estómago removido y de que los ojos de Margret le perforaban la espalda–. Sin discutir. Ve a buscar tus cosas. La abuela está lista.

Con los hombros desplomados, los niños abandonaron la habitación. Increíble. Era una pena que eso no funcionara siempre.

–¿Intentas deshacerte de mí?

Gillian se volteó para mirar a Margret.

–¿Qué?

–Estábamos en el medio de una conversación si mal no recuerdo.

–Margret, cuanto más dejamos que esperen los niños, más inquietos se pondrán. Y estoy segura de que no los querrás correteando alrededor de tu casa como conejitos de Energizer con esas antigüedades que tienes.

–Podrías venir con nosotros. Podríamos continuar la charla mientras los niños duermen.

Sobre mi cadáver.

–Lo siento, pero me encontraré con una amiga en el centro.

–¿Y si vienes a desayunar mañana? James podría unirse.

Gillian se reprimió el comentario que intentaba escapar de su boca. Seguro, Margret y James en contra de ella. Eso sonaba como un tipo de desayuno al que le encantaría acudir.

–No puedo. Me quedaré a dormir en el centro.

–Ah. –Por un momento, Margret pareció haber perdido el habla–. Esto no se ha terminado.

–Bueno, por hoy, sí. –Y con eso, Gillian se volteó y dejó a Margret en la sala de estar.

CAPÍTULO 20

Gillian cerró los ojos y disfrutó de la maravillosa presión de los dedos fuertes sobre su cráneo. Tenía la cabeza apoyada sobre un regazo suave, yacía sobre un sofá cómodo, de fondo sonaba una música tranquila y aún sentía en la boca el sabor de la pizza que habían disfrutado más temprano. No podía estar más cómoda... o satisfecha.

La ira por la conversación que había tenido antes con Margret todavía la carcomía, pero se había prometido disfrutar el momento y lo que sea que la noche tuviera para ofrecer. Con Sam. Mañana... bueno, mañana llegaría pronto y entonces se podría volver a preocupar. Esa noche simplemente quería deleitarse con la felicidad y el amor inesperados que había encontrado. Con un gemido, Gillian se acurrucó más contra Sam.

—Al parecer, lo estás disfrutando. —Susurró Sam.

—Si sigues así, pronto me quedaré dormida. —Se movió hasta que pudo ver a Sam a los ojos.

—Ah, entonces será mejor que me detenga.

—No. Que ni se te ocurra detenerte. Tendría que lastimarte.

—¿En el buen sentido o en el malo? —ronroneó Sam.

Gillian pasó la mano por la pierna de Sam.

—¿Lo quieres descubrir?

—A lo mejor. —Los dedos de Sam bajaron y comenzaron a acariciar suavemente el lóbulo de Gillian.

El roce le hizo sentir escalofríos.

—¿Me quieres mostrar?

Una mezcla de deseo con una especie de determinación calma invadió a Gillian. Se incorporó rápido y miró a Sam. La sonrisa arrogante que vio le hizo sentir un aleteo en el estómago.

—Hola. Qué raro encontrarte aquí.

Sam se rio entre dientes.

—Sí, no he venido en mucho tiempo, pero pensé que, a lo mejor, esta noche tendría suerte.

—¿Qué? ¿Esperabas encontrar una cita caliente? —La charla juguetona dispersó las nubes grises que permanecían en el alma de Gillian. Todas las complicaciones, los problemas y dudas se desvanecieron cuando miró a Sam a los ojos. Esos ojos estaban llenos de amor y comprensión… y travesura.

—Sí. Y mucho más. —Tomó las manos de Gillian y dejó besos de mariposa en cada palma—. Estoy aquí con la mujer más hermosa, maravillosa, intrigante y atractiva que he conocido. Soy muy, muy afortunada. —La sonrisa en el rostro de Sam hizo que Gillian sintiera un cosquilleo—. Saber que esto es correspondido me hace desvariadamente feliz.

—Ay, Sam. —Algo muy cálido y agradable se extendió en el interior de Gillian. Sabía que Sam no era una aduladora y eso hacía que las palabras tuvieran más significado aún. Gillian besó sus labios suavemente antes de retirarse.

—Mmm… eso fue agradable. —Sam se lamió los labios.

—¿Te gustó?

—Me encantó. Y creo que necesito más de eso.

—Ah, ¿sí? —Sus labios volvieron a buscar los de Sam. Pero en esta ocasión, no se retiró. Profundizó el beso, exploró sin hastío la dulzura atractiva, alentada por los gemidos sensuales que emitía su amante. Sus lenguas se masajeaban, se encontraban y jugaban entre ellas. Unos dedos habilidosos encontraron la piel sensible detrás de sus orejas. Un calor líquido la abrasó por dentro. Respirando agitadamente, interrumpió el beso—. Vaya.

Una sonrisa suave jugó en los labios de Sam.

—Vaya, vaya. ¿Alguien te dijo alguna vez que eres excelente besando?

Gillian se rio.

–No. Nunca. –Se puso seria–. Las cosas que recuerdo iban más en la línea de que yo era un "pez frío".

La ira nubló los ojos de Sam.

–¿Quién dijo eso?

–Derrick. –Inspiró hondo, no estaba segura de cuánto debía compartir–. Dijo que… bueno, dijo que una muñeca inflable tenía más pasión. –Esas palabras le había dolido. Mucho. Tragó con dificultad–. Y una de las mujeres con las que tuve una relación de una noche antes de que nos conociéramos dijo que no le sorprendía que no pudiera tener un orgasmo con una amante tan mala. –Sin poder mirar a Sam a los ojos, Gillian jugueteó con una pelusa en el sofá.

–Idiotas. Los dos. –Unos dedos suaves le tomaron la mandíbula y le elevaron el rostro–. Gillian, he tenido muchas amantes. No es algo de lo que esté orgullosa. Ya no. Estoy orgullosa de que tú me ames. Y nadie me hizo hervir la sangre tanto como tú. Podría explotar con un simple roce. Eres una amante fantástica.

Las lágrimas rodaron por los ojos de Gillian.

–Ay, Dios. –Dejó caer la cabeza contra el hombro de Sam y se escondió en su contacto.

Pronto, una mano trazó círculos cálidos en su espalda. Por mucho que hubiera disfrutado el sexo con Sam desde el principio, una parte de ella aún creía que era una amante inadecuada. Sam siempre había sido la que tomaba la iniciativa, la que sugería cosas o indagaba sobre los deseos de Gillian. Quizás era hora de dejar ir otra parte de su pasado. Elevando la mirada de su sitio seguro, preguntó:

–¿Un roce mío y explotas?

Sam se rio entre dientes.

–Sí. A veces simplemente mirándote caminar frente a mí me hace sentir una comezón. Tienes un trasero precioso.

Gillian sintió que se ponía colorada.

–Muéstreme.

–¿Qué? –Sam la miró confundida.

–Muéstrame esa caricia que te hace explotar. –Se apresuró a hablar para no poder arrepentirse.

Sam la observó con una combinación de diversión y gentileza.

–¿Eso quiere decir que te gustaría ver mis esbozos?

–¿Qué?

–Los dibujos de mi habitación. –Una sonrisa provocadora jugueteó en la boca de Sam.

Gillian no pudo evitar soltar una risita.

–Ay, por favor. ¿Alguna vez te funcionó esa línea?

–De hecho, sí. Pero esta me gusta más. –Se llevó las manos al corazón–. Nena, tu atuendo se vería muy bien en una pila arrugada al lado de mi cama.

Gillian tomó las manos de Sam sin poder resistir las ganas de tocarlas, y frotó los pulgares por los callos que eran prueba de su profesión.

–Ay, eso es muy malo.

–No, es cierto. –Sam le besó la nariz antes de rozarle los labios levemente–. Y tengo muchas ganas de hacerte el amor esta noche. Te necesito Gillian. A ti entera. Tu corazón, tu mente y tu cuerpo.

Un escalofrío de excitación recorrió el cuerpo de Gillian como una cortina de fuego. Elevó la cabeza hasta encontrar los labios de Sam. En esta ocasión, el beso estuvo lejos de ser suave y pronto se tornó amable. Una dulzura deliciosa explotó entre sus piernas. A lo mejor ser osada no era algo malo.

Sam interrumpió el beso.

–Ven. –Le tendió la mano–. Los esbozos están en mi habitación. Y estoy demasiado vieja como para tener sexo en el sofá. No le hace bien a mi espalda.

La boca de Gillian se curvó en una sonrisa. A voluntad, tomó la mano que le ofrecía y la siguió.

Cuando entraron en la habitación, su mirada vagó por el póster enmarcado *White Rose with Larkspur* de Georgia O'Keefe. Hacía poco tiempo, había creído que el póster no sentaba con alguien como Sam: alguien tan ruda y masculina. Ahora sabía que la flor frágil y delicada simplemente reflejaban una parte de la personalidad de su amante que raramente le mostraba a alguien. *Pero yo tengo permitido verla.* Y eso la hizo sentirse orgullosa y humilde al mismo tiempo.

–Hace unos años, vi el original en Boston. –Gillian señaló el póster–. Creo que estuve parada frente al cuadro durante casi media hora y estaba asombrada con la habilidad de Georgia O'Keeffe de capturar la esencia de la rosa. Es una artista maravillosa.

Sam asintió.

–No tenía ni idea de quién era la artista cuando compré el póster, pero los colores vibrantes me llegaron. Es algo hermoso. Me gusta mirarlo cuando estoy en la cama. Toca algo en mi interior. –Llevó las manos a las caderas de Gillian y la atrajo más cerca. Una sonrisa se extendió por su rostro; sus ojos brillaban con un resplandor de ternura–. Al igual que tú, Gillian.

Sam cubrió la boca de ella con la suya.

Gillian envolvió los brazos alrededor de Sam y pronto se perdió en la sensación de los labios suaves. Se le escapó un gemido entusiasmado cuando sintió un mordisco en el labio inferior. Separó los labios y le dio acceso a la lengua de Sam. La sangre le latía en los oídos, su excitación crecía con cada roce de sus lenguas. No pensaba que fuera posible cansarse de besar a Sam. Eso era lo que ella quería, la persona que ella quería.

El cuerpo de Gillian comenzó a repiquetear como un cable de alta tensión cuando Sam tomó sus pechos y suavemente comenzó a masajearlos, lo que le hizo sentir una descarga en todo el cuerpo.

–No… No te detengas.

–Nunca.

Las manos de Gillian vagaron por los muslos de Sam y subieron lentamente a la entrepierna. Comenzó a masajear la piel suave contra la tela rígida de los vaqueros, y Sam emitió sonidos irresistibles.

Sonidos que le afirmaron las palabras dichas anteriormente sobre el poder que Gillian tenía sobre Sam.

Se le formó una idea en la cabeza. Decidió seguir un impulso espontáneo por una vez en su vida, interrumpió el beso y se apartó de Sam.

–¿Qué…? ¿Todo bien?

El pecho de Gillian tembló al inspirar. Ella podía hacerlo, podía tomar la iniciativa.

–Nunca olvidaré la primera vez que te vi en la discoteca –dijo–, te veías ruda y muy, muy atractiva. –Lentamente, abrió el vestido, se lo deslizó por los hombros y dejó que la prenda cayera al suelo.

Los ojos de Sam se ensancharon. Tuvo problemas para respirar.

Sabiendo muy bien lo mucho que la excitaba a Sam verla desvestirse, no pudo evitar sonreír.

–También recuerdo que me dijiste que me quitara el sostén. –Se desabrochó el sostén y lo arrojó al lado del vestido.

La mirada hambrienta de Sam se clavó en sus pechos.

A Gillian se le endurecieron los pezones. Embriagada por la respuesta de Sam, sintió que se humedecía más.

–Y las bragas. –Agregó la ropa interior a la pila en el suelo y se pasó los dedos por la barriga, disfrutando las pequeñas sacudidas que le producía el tacto–. Luego me preguntaste cómo quería acabar. –Gillian se rio entre dientes–. Nadie me había preguntado eso antes. Estaba muy perpleja y no tenía idea de qué decir. –Se llevó las manos a los pechos y, con movimientos lentos, se pellizcó los pezones. El calor se intensificó en su piel, en su interior. Su voz le sonaba ronca–. Esta noche sé lo que quiero. –Y era cierto. Lo sabía.

–Entonces, dime. –Sam se lamió los labios.

Dio un paso hacia ella y abrió los dos botones superiores de a camiseta de Sam con dedos temblorosos. Depositó un beso delicado en la piel suave frente a ella antes de elevar la mirada a los ojos de color chocolate.

–Quiero que me digas qué quieres, qué te gusta. Siempre pones mis necesidades primero. Esta noche, quiero que me digas qué quieres.

Sam se puso rígida.

El estómago de Gillian se cerró en un nudo. ¿Acaso se había pasado de la raya? Abrió la boca para deshacer sus palabras.

Pero Sam le ganó.

–Yo... –Se aclaró la garganta–. Vaya, es la primera vez. –Una mano cálida acarició la mejilla de Gillian–. Nadie me preguntó eso nunca.

–¿De verdad?

Sam asintió.

–De verdad.

Gillian reunió coraje.

–¿Por qué no....?

Sam frunció el ceño.

–La mayoría de las personas tienen una imagen de las mujeres con aspecto masculino y cómo actuar en su presencia.

–Ah. –Gillian frunció el ceño–. Pero yo quiero saber de verdad. Por favor, dime.

Dudando, Sam se inclinó y le susurró al oído:

–En realidad, hay algo que he querido hacer desde que nos conocimos.

Las rodillas de Gillian casi cedieron cuando Sam comenzó a lamerle el lóbulo de la oreja.

Unas manos fuertes la sujetaron. El jugueteo se detuvo.

–Me encantaría estar dentro tuyo... tan cerca de ti como sea posible. Y, si de verdad quieres saber qué quiero... –Dudó un momento y luego bajó la voz aún más–. Me gustaría usar un juguete, un consolador. Quiero estar dentro tuyo, quiero mirarte a los ojos. Me encanta mirarte cuando acabas... pero está bien si tú no quieres.

Sorprendida ante la inseguridad de las últimas palabras, Gillian no tuvo que pensarlo dos veces.

–Me gustaría probarlo. –Lo cierto era que ya había pensado en la posibilidad de usar juguetes. Y la idea de Sam con un consolador… a Gillian le dio un vuelco en el estómago. Le encantaría probarlo.

–¿Sí?

La inseguridad que Gillian vio en los ojos de Sam le caló el corazón. Asintió.

–Sí. Me encanta hacer el amor contigo. Y esto… bueno, suena a que podría ser divertido.

–Claro. Absolutamente. Vaya. –Sam no desperdició más tiempo y se quitó la camiseta. Estaba desnuda debajo de ella, no llevaba sostén.

Gillian absorbió la vista de los hombros anchos, los brazos fuertes y los pechos orgullosos. Un tatuaje tribal cubría la mayor parte de la parte superior del brazo derecho de Sam. La necesidad de tocar el tatuaje, de sentir esos pechos turgentes la quemó por dentro, pero se obligó a permanecer quieta.

Sam se quitó los vaqueros y las bragas a la velocidad de la luz. Parada parecía un guerrero orgulloso de épocas doradas.

Sin poder contenerse más, Gillian estiró la mano y cubrió los senos de Sam. La carne caliente y suave le llevó las manos.

–Me encantan tus pechos.

Sam inspiró cuando Gillian comenzó a trazar círculos alrededor de las cimas de los pechos de su amante. Ver que las puntas se endurecían y lo afectada que estaba Sam con sus caricias… era el cielo y la llenó de pasión.

–Ay, Gillian. –El rostro de Sam estaba colorado y tenía los ojos entrecerrados. Sin poder quedarse quieta mucho tiempo más, una de sus manos comenzó a juguetear a través de los rizos suaves antes de cosquillear un punto sensible al lado del clítoris de Gillian.

Gillian soltó un jadeo.

–Recuéstate, cariño.

Luchando contra el mareo que la recorría, Gillian llegó a la cama y se recostó sobre el edredón. Sintió la tela dura bajo su piel sensible.

Sam se dirigió al pequeño arcón de madera que se encontraba semi-escondido al lado del armario y abrió la tapa. Tomó un arnés, una botella de lubricante y un consolador celeste y los colocó sobre la mesita antes de volverse hacia Gillian. Una sonrisa suave asomó a los labios de Sam.

–Me dejas sin aliento. Lo sabes, ¿no? –Su mirada se intensificó cuando se subió a la cama con movimientos lentos y airosos–. Hola. –Se inclinó y depositó un beso en la rodilla de Gillian.

A Gillian se le puso la piel de gallina en todo el cuerpo. Se le cortó la respiración cuando sintió un lametón seguido de un beso en la cara interna de la rodilla.

Pronto, Sam ascendía por el cuerpo de Gillian con caricias, sin detenerse demasiado tiempo en ningún punto, pero besando y lamiendo cada centímetro de piel.

Gillian estaba a punto de explotar. Nunca antes se había sentido tan amada, tan deseada. Se le escapó un gemido que se transformó en un gruñido.

Sam se rio entre dientes y se colocó entre los muslos de Gillian, apoyándose sobre los codos. Le dirigió una sonrisa radiante.

–Eres adorable. –Depositó un beso en la nariz de Gillian–. Estoy tan agradecida de tenerte en mi vida. –Luego de esa declaración, le dio un beso suave y lento en los labios.

Gillian necesitaba eso. La necesitaba a Sam. Tragó saliva contra el nudo de la garganta.

–Te amo. –Le tembló la mano cuando la estiró para acariciar la mejilla de Sam. La piel debajo de sus dedos era suave y cálida. Suavemente, atrajo el rostro de Sam hacia ella–. Por completo.

El beso que siguió fue bienvenido y abrasador. El cuerpo sobre el de ella temblaba y reflejaba sus propias emociones abrumadoras.

Pronto, todo el cuerpo de Gillian ardía de caricias suaves y besos abrasadores. Unos pechos llenos y desnudos se apretaban contra los suyos. Al recorrer la espalda de Sam con las manos, los músculos se tensionaron y se retorcieron bajo sus dedos. Le encantaba el gusto a sal y tierra que era tan típico de Sam. La piel suave sobre los músculos, dura como el acero.

Hambrienta por Sam, por todo lo que tenía para ofrecer, Gillian no se podía saciar de tocarla. Pero pronto, demasiado pronto, Sam depositó besos ligeros como una pluma en los pechos de Gillian, en su barriga, sus caderas, sus muslos. Luego, los dedos se sumergieron en su humedad, revoloteando entre sus pliegues y el nudo del clítoris.

Gillian gimió y alzó los labios en busca de contacto, pero los dedos se retiraron.

–Estás muy húmeda. ¿Es por mí? –Preguntó.

–Solo por ti –respondió Gillian con la boca demasiado seca como para hablar.

–Buena respuesta. –Los dedos de Sam regresaron al punto necesitado, juguetearon con el clítoris y la volvieron loca. En el buen sentido, pero loca de todas formas.

Sus manos se aferraron a las sábanas cuando el dedo de Sam se deslizó en su vagina. Eso se sentía tan bien. Pronto Sam introdujo un segundo dedo y dio con puntos sensibles en una provocación intencionada. Cuando Gillian se acostumbró a la sensación y quiso perderse en los sentimientos salvajes, Sam retiró los dos dedos.

A Gillian se le escapó un gemido de desilusión.

–No.

–Ay, cielo, recién estamos empezando. –Sam le depositó un beso suave en el clítoris, seguido de un lametón que la hizo saltar–. Esta noche me quiero tomar mi tiempo. Pero no estoy segura de poder. –Sam tomó el arnés y le agregó el consolador celeste. Con movimientos experimentados, se lo puso.

La vista era… rara. Gillian tragó saliva, de repente no estaba segura de si usar un pene celeste artificial era algo que disfrutaría.

–Oye, ¿te encuentras bien?

–Yo… Sí. –Pero no pudo apartar la mirada de la "cosa" celeste que colgaba de Sam–. Bueno, a lo mejor…

–No tenemos que hacerlo. De verdad. –Sam colocó la mano sobre el consolador.

–No. Aguarda. –Gillian se mordió el labio. Por más que eso la comenzaba a asustar, saber que eso era lo que Sam quería le impedía actuar tímidamente ante una nueva experiencia–. Es solo… Necesito tiempo para acostumbrarme. –Clavó la mirada en el consolador–. A eso.

–De acuerdo. –Frunció el ceño–. ¿Estás segura? No me importa si no lo llevamos a cabo.

–Sí. Solo dame unos minutos. Por favor.

La mano de Sam acarició suavemente la mejilla de Gillian.

–Tómate todo el tiempo que necesites, cariño. –Su tono era tan suave como la sonrisa en su rostro. Dio un paso hacia atrás y abrió el cajón en la mesita de luz–. ¿A lo mejor me quieres ayudar? –Tomó un condón del cajón y lo sostuvo en la mano.

Gillian asintió y tomó el condón con las manos temblorosas. Eso lo había hecho antes.

–Nunca había tocado uno.

–¿Un consolador?

–Sí.

Una sonrisa curvó los labios de Sam.

–Así que, ¿eres virgen?

–Solo con los consoladores. –Gillian tomó el condón y se lo colocó lentamente al consolador. Hizo algo de presión en el juguete.

Sam siseó.

Gillian soltó el consolador.

–Lo siento. ¿Te lastimé?

–No. Eso fue… vaya. Agradable.

–Ah. –Animada por esas palabras, Gillian volvió a tomar el consolador con las manos y empujó la base con un poco más de firmeza antes de volver a soltarlo.

Una mano suave atrapó la de ella.

—Tienes que tener cuidado —jadeó Sam—. Te quiero hacer acabar a ti primero. Recuéstate.

Y con esas palabras todos los miedos se desvanecieron en el aire. Se recostó.

Pronto unos dedos suaves atravesaron su vello púbico y llegaron a su clítoris. Las puntas de los dedos estaban cálidas, eran una marea cálida. Durante un segundo, Gillian se tensó y contuvo el aliento.

—Relájate. Confía en mí. —Sam comenzó a frotar lentamente el clítoris de Gillian.

Gillian gimió. Cerró los ojos. Disfrutaba profundamente esa estimulación. En su interior se comenzaron a acumular olas de placer.

—Estás muy húmeda.

—Sí. —El roce... el roce de Sam... la volvía loca.

—Abre los ojos, cariño.

Le hizo caso y se vio capturada de inmediato por unos ojos que estaban casi negros de la excitación. La conexión entre ellas era algo que Gillian nunca antes había experimentado. Ese momento, entre ellas, era mucho más que sexo. Era una conexión que la hacía sentir amada, deseada y... húmeda.

—¿Podrías...? —Sam tomó la botella de lubricante.

Con dedos temblorosos, Gillian tomó la botella. Mientras que momentos atrás se había sentido nerviosa e insegura... ahora su cabeza y su corazón solo tenían una cosa: anticipación. Con un temblor de placer, aplicó mucho lubricante en la cabeza del consolador. Tragó con dificultad.

—Ya no tengo miedo.

—¿No?

—No.

—Qué bien. —Los dedos de Sam regresaron a lo que habían estado haciendo antes, y cualquier pensamiento coherente abandonó la cabeza de Gillian.

Dejó caer la botella al lado de la cama.

La cabeza suave del consolador se deslizó a través de su humedad y la hizo jadear. A través de ojos con los párpados pesados, observó a Sam utilizar las manos para guiar el consolador lentamente a su interior.

Eso era muy bueno. Se le escapó un gemido.

Sam se tomó su tiempo y lo volvió a extraer.

Gillian casi gritó por la sensación de pérdida.

–Por favor.

–Estoy aquí. Estoy aquí contigo –le prometió Sam en un susurro, en esta ocasión empujándolo hacia adelante hasta que el consolador estuvo enterrado en el interior de Gillian. La llenó, la estiró, y luego Sam comenzó a embestirla lentamente. Con cada movimiento, Gillian sentía una nueva ola de placer que la recorría.

–Te sientes tan ardiente. –La voz de Sam casi era un gruñido y penetró la niebla de éxtasis de Gillian.

Siseó cuando Sam tocó un punto sensible, un placer que solo aumentó cuando Sam rotó lentamente sus caderas durante las embestidas. Gillian tembló. Eso no llevaría mucho tiempo. Ya comenzaba a llegar al borde.

A través de todo eso, la mirada de Sam nunca abandonó la suya. Con cada nueva embestida, Gillian debía lugar contra la urgencia de cerrar los ojos. Los músculos de la espalda y los hombros de Sam se estremecían bajo sus manos. Pronto encontró un ritmo, anticipó cada embestida, la anhelaba y se oprimía contra el consolador al tiempo que Sam la embestía. Pronto comenzó el familiar ajetreo en su barriga. Un océano de sensaciones emergió en su interior y la abrumó.

Aferrándose a los hombros de Sam, no lo pudo retrasar más. Surgió el fuego, que atravesó su cuerpo como un rayo, una ola tras otra hasta que sus huesos y músculos parecieron completamente licuados. Por fin, vagamente consciente de que Sam detenía las embestidas y se retiraba, soltó el aliento con un suspiro profundo.

—Ay, por Dios.

La risa de Sam era amable.

—No, exactamente, no.

Con la visión nublada, Gillian observó a Sam librarse del juguete y del arnés antes de unirse a ella en la cama.

—Eres tan hermosa y tan vulnerable cuando acabas. Me encanta observarte. —Sam hizo a un lado el cabello de Gillian y la besó lentamente—. ¿Te encuentras bien?

—Sí. Más que bien. —Gillian pasó el pulgar por los labios de Sam, tenía todo el cuerpo aletargado y relajado. Sonrió cuando Sam tomó el dedo en la boca y comenzó a succionarlo.

—Ven aquí. —No se lo tuvo que pedir dos veces, pronto estuvo apretada contra Sam, que estaba estirada a su lado—. Necesito un minuto. Eso fue… fenomenal. Gracias.

—Mmm… fenomenal, ya lo creo. Eso fue increíble. Me sentí tan cerca de ti.

Por un momento, no se dijeron más nada. Gillian acarició suavemente la piel de Sam, trazando los tendones de su brazo, las pequeñas cicatrices alrededor de sus muñecas y los cayos de sus manos.

—Me encanta estar contigo. —Se volteó y miró a Sam a los ojos con un pensamiento en la cabeza—. Dime, ¿este arnés es el tipo de tamaño que se ajusta a todo?

Gillian se despertó lentamente. Deleitarse con la calidez y la comodidad del cuerpo de Sam acurrucado a su lado era como flotar en aire cálido. La noche anterior había sido perfecta. Y, cielos, sí que había puesto el mundo de Sam patas para arriba con el cambio de roles. Gillian sintió que su rostro se ponía colorado al pensar en todas las maneras diferentes en las que se habían tomado, besado y amado hasta las primeras horas de la madrugada.

—¿Estás despierta? —preguntó Sam, tenía la voz ronca por el sueño.

Gillian se rio entre dientes.

–No. Creo que sigo soñando. La realidad no puede ser tan buena.

–En ese caso, no me despiertes. Sigo flotando en una especie de dicha increíble. –Sam volvió a cerrar los ojos.

Gillian le recorrió la espalda con los dedos hasta que la piel de gallina siguió su rastro. Por más que se quisiera quedar así el resto del día o, mejor aún, el resto de su vida, no podía. Una mirada a la alarma le confirmó que ya estaba bien entrada la mañana. No era de sorprender que estuviera cansada; ninguna se había podido dormir hasta hacía unas pocas horas.

–¿Sam?

–¿Eh? No te detengas.

–Lo siento, cariño, pero me tengo que ir en dos horas y pensé… Bueno, a lo mejor te gustaría que desayunemos juntas. –Contuvo el aliento, seguía sin saber con certeza cuánta realidad Sam estaba dispuesta a aceptar. En lugar de tener otra maratónica sesión de sexo o por lo menos pasar el día juntas, tendrían que seguir el horario de Gillian y las necesidades de los niños.

Sam la miró fijo con una sonrisa en el rostro.

–Bueno, nos podemos arriesgar a mirar mi refrigerador.

–Sí, podemos. –Gillian hizo una mueca–. Pero no me gustan los huevos en conserva.

–Ten un poco de fe. Eso era antes de que hiciera una mega compra para mi chica favorita. –Sam bostezó lánguidamente–. El buen sexo siempre me deja muerta de hambre a la mañana siguiente. Y te diré que el sexo que tuve ayer me dejó sin aliento.

Gillian la besó suavemente.

–Sí, a mí también. Y lo curioso es… que tú también estabas allí. –Se alejó de los dedos que pellizcaban de Sam hasta que casi se cayó de la cama. Las risas llenaron la habitación–. Detente. Tengo que ir al baño.

Sam lentamente estiró su cuerpo glorioso.

–Está bien, mientras tanto, prepararé el café.

–Gracias. –Gillian se incorporó y se sintió levemente dolorida, pero el más mínimo dolor valía el amor que había encontrado. Por primera vez, no tenía ninguna duda de que estar con Sam resultaría bien, y ese pensamiento era condenadamente bueno.

CAPÍTULO 21

Unos copitos blancos cayeron flotando al suelo congelado. Sam inclinó la cabeza contra el cristal frío y miró el jardín. Todo estaba cubierto por una manta blanca, intacta e inmaculada. Solo las huellas de un gato interrumpían la helada y la nieve que cubrían el césped. Sam suspiró. Vivir en la zona residencial realmente tenía sus ventajas. El centro de Springfield no se veía como salido de un sueño invernal, sino más bien como la unión entre un hueco de barro y la nieve abusada.

–Oye, Sam. ¿Quieres los huevos revueltos o fritos? –La voz de Tilde interrumpió sus pensamientos.

–Fritos –le gritó y el cristal que tenía enfrente se empañó.

–¿Con la yema hacia arriba o hacia abajo?

–Hacia abajo.

–De acuerdo.

Si la nieve blanca y esponjosa seguía cayendo a ese ritmo… quizás podría construir un muñeco de nieve con los niños más tarde. Bueno, con Michael. Angela probablemente era demasiado grande para ese tipo de cosas.

Vio el reflejo de Gillian en el cristal antes de que sus brazos la envolvieran por la cintura. Le dio un beso suave en el cuello.

–Buen día. –El aliento de Gillian le hizo sentir un cosquilleo en la piel–. Qué vista más increíble para despertarse.

Sam colocó las manos sobre las de Gillian.

–Sí. Va a ser un caos regresar a casa hoy. Pero sí que se ve agradable.

–Sí, el maravilloso paisaje invernal de afuera también es agradable, pero yo me refería a ti, en mi casa, por la mañana. –Le dio otro beso en la piel sensible–. Lo único que podría ser mejor que esto sería verte en mi cama al despertar.

Sam apretó su cuerpo contra el de Gillian y disfrutó el calor y la comodidad al tiempo que se estremecía todo el cuerpo cada vez que tocaba a su novia.

–Me gusta estar aquí. Contigo.

–A mí me gusta tenerte aquí.

Sam se volteó.

–La vista desde aquí es incluso mejor.

–Eres una aduladora. –Los ojos de Gillian destellaron como zafiros.

Sam le dio un beso en la nariz.

–Solo digo la verdad como la percibo.

–Ah, ¿sí? –Frunció el ceño.

–Apuesto a que los niños entran corriendo en el momento exacto en que mis labios rozan los tuyos.

Gillian hizo una mueca.

–De acuerdo. Tienes un buen punto.

Habían acordado que irían de a poco. Luego del día de Acción de Gracias, Gillian le había contado a los niños que Sam no solo era una amiga, sino su novia. Habían pasado más tiempo juntos y la noche anterior había sido la primera vez en que Sam se quedaba a dormir… en la habitación de huéspedes, por lo que se despertó en una cama enorme en una habitación desconocida.

–El desayuno está listo.

–Tener una criada no está nada mal.

Gillian le pellizcó la muñeca.

–No es una criada. Es una *au pair*.

–Sí, bueno. Es lo mismo. Pero sí que es práctica.

–Eso, sí. –Gillian tomó la mano de Sam–. Vamos. Sentémonos.

Atravesaron el pasillo con las manos unidas. Cuando Sam quiso retirar la suya antes de entrar en la cocina, Gillian no la soltó y le dio un apretón.

Tres pares de ojos les dieron la bienvenida: uno con bondad, otro con alegría infantil y el otro con recelo. Sam suspiró. A Angela le era más difícil aceptar lo que estaba pasando que a Michael. Se reprimía alrededor de Sam y no confiaba en ella. Por lo menos, no era abiertamente hostil. Intentó imaginarse qué derretiría a Chloe si Victoria aparecía con un posible compañero. La paciencia y la perseverancia amable con una dosis saludable de humor probablemente eran la clave. *Vale la pena. Ella vale la pena.*

–Buen día.

Gillian le apretó la mano una última vez antes de soltarla y sentarse en la mesa.

Sam inspiró antes de buscar la mirada de Angela.

–Hola, ¿está bien si me siento aquí? –Señaló la silla vacía al lado de la niña.

Angela le dio una sonrisa amable.

–Claro, si quieres.

–Gracias. –Sam se sentó y sonrió ante el guiño que le dio Gillian.

Tilde colocó un plato con dos huevos fritos frente a Sam antes de sentarse.

– *Smaklig måltid!*

–Eso es sueco y significa "buen provecho" –explicó Angela.

–Gracias. –La mirada de Sam recorrió la mesa. Soltó un silbido entre dientes. Increíble. No podía recordar la última vez que había visto una mesa de desayuno que contuviera tanta variedad de comida. Ella solía beber una taza de café casi de salida y a lo mejor comía un sándwich que compraba en el camino. Pero eso… Vaya. Había de todo, desde huevos revueltos a tocino, queso, frutas, cereales… Era como almorzar en un hotel.

–¿Siempre se dan un festín como este por la mañana?

Angela hizo un gesto negativo con la cabeza.

–No. Solo los domingos. –Vertió cereales en un bol y lo llenó con leche.

–¿Sam? –La sonrisa de Michael era dulce. Muy dulce.

–¿Sí?

–¿Te gusta la nieve?

Ay, es bueno.

–Sí.

Gillian sonrió, pero mantuvo el rostro fijo en el plato.

–A mí también.

–Bueno, en ese caso, eres un niño afortunado. No creo que deje de nevar pronto.

Michael se mordió el labio.

–¿Te gustaría ir afuera después del desayuno?

–¿Afuera? –Sam hizo su mejor intento de sonar inocente, aunque estaba segura de lo que él tramaba.

Él asintió.

–Sí.

–Apuesto que quiere hacer un muñeco de nieve. Como todos los niños. –Escupió Angela, remarcando su desagrado hacia las actividades infantiles.

–No.

–Claro que sí.

–En realidad, me encantaría hacer un muñeco de nieve. –Se volvió hacia Angela–. Y quizás nos puedas ayudar.

No había ni una chispa de interés en sus ojos.

–Ya no soy una niña.

Detesto la pubertad. Quizás con un enfoque distinto…

–Ayer vi tus dibujos. Eres muy creativa. Y creo que estaría bien que nuestro muñeco de nieve sea distinto al del resto del vecindario. Todos estarán celosos porque el nuestro será más guay.

Angela inclinó un poco la cabeza.

–¿Qué tan diferente?

–Bueno, no lo sé. Yo no soy el genio creativo aquí. –Sam apoyó el tenedor–. ¿Qué te parece?

El timbre del teléfono detuvo lo que fuera que Angela iba a decir.

–Yo atiendo. –Gillian se incorporó.

–Buen día, Margret. –Su voz definitivamente sonaba más seria que de costumbre.

–La abuela –gimió Angela.

Tilde hizo una mueca.

Sam no iba a hacer ningún comentario, de ninguna manera. El desagrado que sentía por la mujer que ni siquiera había conocido era enorme, pero se reservaba su opinión.

–No, no podemos. –Gillian hizo un gesto negativo con la cabeza–. Te dije que pasaremos Noche Buena y el día siguiente en casa.

Ah. Eso no iba a ir bien con la Dragona. No dejó de mirar a Gillian.

–No, Margret. Pasamos Acción de Gracias contigo. Y en esa ocasión te dije que no celebraríamos navidad contigo.

Gillian puso los ojos en blanco.

–No estamos solos. Tilde pasará la Navidad aquí y Sam está aquí.

La voz al otro lado del teléfono fue tan alta que hasta Michael elevó la mirada.

Sam se encogió.

Angela le dio un golpe con el hombro.

–Quizás podemos construir una muñeca de nieve en lugar de un muñeco.

–Esa es una idea interesante. –Quizás podían construir dos muñecas de nieve besándose. En ese caso, Gillian no se tendría que preocupar de exponerse ante los vecinos–. Pero, ¿qué te parece construir algo que…?

Gillian elevó la voz y sonó determinante.

–Bueno, Margret, lamento haber destruido tu Navidad, pero no cambiaré nuestros planes. Los niños pasarán dos días contigo si aún quieres, pero pasaremos el resto del tiempo aquí como una familia.

Ay, mierda. Eso no iba bien. Sam contuvo el aliento. Por más que había esperado con ansias pasar la Navidad allí…

El rostro de Gillian se puso colorado.

—Los niños y Sam son mi familia y Tilde también forma parte de ella.

Sam se preguntó si ayudaría o empeoraría las cosas que se levantara y…

—Te tendrás que acostumbrar a que esté en una relación con una mujer. Eso no cambiará. —Colgó de un golpe y respiró entrecortada.

Sam se incorporó y se dirigió hacia donde estaba con el mentón temblando.

—Oye, ven aquí. —Abrió los brazos y Gillian aceptó la oferta, casi se enterró en Sam.

Durante un momento, nadie dijo nada. Ni un sonido provino de la mesa y Sam no tenía idea de qué decir con los niños presentes en la habitación.

—Oigan —Michael interrumpió el silencio—. Están paradas debajo del muérdago. Se tienen que besar.

Sam elevó la mirada. Tenía razón. Bueno, no del todo. Estaban paradas a medio metro de una de las ramitas que Tilde había colocado por toda la casa.

La risa de Gillian sonó un poco distendida.

—No quiero ni saber cómo es que mi hijo de seis años sabe de muérdagos y besos.

—Apuesto que no quieres saber qué más sabe. —Sam le dio un beso en la cabeza—. Y no te besaré mientras los ojos de Angela me perforen a espalda.

Gillian elevó la mirada hacia sus ojos.

—Yo…

Aunque dolía formar las palabras, tenía que decirlo:

—Si es más fácil para ti, estaré bien si pasas la Navidad…

—No —Gillian tensionó la mandíbula—. No es más fácil. Quiero pasar la Navidad contigo.

–De acuerdo. –Sonrió–. Me encantaría pasar la Navidad aquí.

Gillian inspiró hondo y rompió el abrazo.

–Muy bien. Es un hecho entonces. –Tomó la mano de Sam–. Terminemos el desayuno y disfrutemos el resto del día.

–Me parece bien. Hablemos más tarde. –Sam se volteó.

Angela le sonrió.

–Entonces, con respecto a la muñeca de nieve, ¿y si hacemos la escena de una película? ¿Algo de Harry Potter?

Michael saltó de la silla.

–¡Sí!

–Hace mucho, mucho frío. –Gillian se frotó las manos contra el frío que le invadió la ropa. Realmente lo habían hecho. Al lado de una Hermione y un Dumbledore, había un muñeco de nieve de Harry Potter, con tres ramitas que salían del sitio donde debían tener los brazos y apuntaban a una criatura que se podía interpretar como un gato, un perro o un Mortífago encogido. Se quedaron sin nieve hacia el final.

–Mira eso. –La nariz de Sam estaba tan colorada como la de Michael y su sonrisa también hacía juego con la de él.

Tilde y Angela le estaban dando los toques finales al Mortífago.

Gillian no pudo recordar la última vez que se habían divertido tanto juntos.

–De acuerdo. –Aplaudió–. Tilde, toma las fotografías mientras voy a preparar chocolate caliente para todos.

–Yo te ayudo. –Sam la siguió adentro.

Unos minutos después, la leche hervía en la estufa mientras Sam preparaba café para Tilde y para ella.

–Ay, rico y cálido. –Gillian puso las manos sobre la vasija de la leche–. Creí que se me iban a caer las manos.

Sam se rio entre dientes.

–Sí, eso es lo más ambicioso que construí con nieve. –Eliminó la distancia que las separaba, tomó las manos de Gillian entre las suyas y las frotó suavemente–. ¿Cómo estás?

En sus ojos café había cautela. Cautela con un miedo que Gillian esperaba que desapareciera con el tiempo.

–Estoy bien. –Se inclinó hacia adelante y le dio un beso duradero en los labios–. Y si tengo que elegir entre ti y alguien más, algo más… siempre escogeré a los niños y a ti. Siempre.

–Pero… ¿te duele? ¿La forma en la que tienes que luchar?

Gillian suspiró.

–No soy una luchadora, pero nunca me echaré atrás cuando se trate de ti. Siempre lucharé por mi familia.

–¿Yo soy tu familia? –En los ojos de Sam se formaron unas lágrimas.

Gillian estiró la mano y tocó la mejilla de Sam.

–Sí, eres parte de la familia. De mi familia. De nuestra familia. ¿Entendido?

–Entendido.

Un dejo de cautela permaneció en los ojos de Sam. Gillian sabía que llevaría tiempo construir confianza y demostrarle que esas palabras no eran promesas vacías, pero, afortunadamente para las dos, tenían todo el tiempo del mundo.

EPÍLOGO

La carne debajo de los dedos de Sam estaba caliente. Tenía el corazón acelerado y le temblaban los músculos. Eso era el cielo. O al menos lo más cerca que estaría del cielo. Unos minutos antes finalmente se las había arreglado para poner a Gillian contra la puerta de la cocina y ahora tenía una mano sobre un pecho suave mientras los dedos de la otra frotaban pequeños círculos en el clítoris de Gillian.

–Te amo.

Gillian gimió.

–Sí. Sí.

–Quiero que acabes. Y quiero verte explotar.

Su respuesta fue un gemido.

Sam deslizó dos dedos en el interior de Gillian. Tan resbaladizo que era maravilloso.

Se golpeó una puerta.

–Mierda. –Los ojos de Gillian estaban abiertos de par en par.

–No. No. –Sam se quejó y se acercó a Gillian–. Se supone que no regresarían antes de las cinco. Esto no es justo. –Había querido tachar el sexo en la cocina de su lista. *Maldición. Maldición. Maldición.*

Gillian exhaló audiblemente.

–Lo siento, cariño.

–Yo también.

–¿Mamá? ¿Dónde estás?

–Podría haber sido peor. –Gillian sonrió–. Dos minutos más tarde y hubiera considerado ponerlos en adopción. –Le dio un beso delicado en los labios de Sam y se alejó–. Estamos en la cocina.

Sam se frotó el rostro intentando calmarse. Tenía el olor de Gillian en los dedos. *Mierda.*

Se llevó las manos traicioneras a los bolsillos de los vaqueros. Debía ir al baño. Lo más rápido posible. Salir con la madre de dos niños realmente tenía sus desventajas. Habían acordado no ser muy explícitas en presencia de los niños. Los besos ocasionales estaban bien, al igual que sostener las manos, los abrazos y los arrumacos eran obligatorios. Sin embargo, todo lo que no fuera apto para todo público, estaba prohibido.

La sonrisa en el rostro de Angela no podía ser más radiante.

–Tengo un libro nuevo. Mira. –Sostuvo la portada que exhibía un dragón y a una chica con una espada–. Me lo compró la abuela.

–Me alegra que estés contenta, querida. –La sonrisa falsa de Margret ensombrecía la cocina. Sus ojos dieron con los de Sam–. Hola. Qué linda sorpresa.

Sam inspiró aire y se puso rígida. *¿Qué hace ella aquí?* La Dragona era una bruja cuando sus caminos se cruzaban. Esa noche era la primera barbacoa de la temporada y habían planificado divertirse y pasarlo en familia. Y ahora ella estaba allí. Sam clavó la mirada en el suelo, contando lentamente hasta diez. Permanecería tranquila sin importar lo que le dijera.

Una mano alrededor de la cintura la atrajo hasta que su cuerpo quedó apretado contra el de Gillian. Sam elevó la mirada.

La sonrisa de Gillian le envió varios mensajes, el más importante decía: "Estoy aquí, a tu lado".

Sam no pudo evitar devolverle la sonrisa.

–Mamá, mira. Mira. –Michael entró disparado en la cocina, con una tableta en la mano–. La abuela me regaló un iPad.

La mano en la cintura de Sam se tensó.

–Qué bueno, Michael. ¿Por qué no lo llevas a tu habitación? Y, ¿Angela? –Gillian se dirigió a su hija–. Por favor, lleva tu libro a tu habitación. Comenzaremos la barbacoa un poco antes de lo planificado. Michael tiene que hacer los toques finales en la cubierta. Con Sam.

–Sí. –Michael se volteó y se apresuró hacia su habitación.

–Y, Angela, querías pintar la silla nueva. Si lo haces ahora, quizás la puedas usar mañana.

–Ay, sí. Eso sería genial. –Se fue sin mirar a la abuela.

Los rayos láser que salían de los ojos de Margret pulverizarían, pero la sonrisa en el rostro de Gillian no se desvaneció ni un segundo.

–Gracias por traer a los niños de regreso. –Miró a Sam–. Comenzaré con la ensalada. Pensé en hacer una liviana con verdes y esta mañana preparé la ensalada de patatas. ¿Está bien? ¿O te gustaría algo más?

Cielos. Quería besar a Gillian hasta dejarla sin sentido. Pero tendrían que esperar hasta la noche.

–No, gracias. Un filete, ensalada de patatas y una cerveza fría suenan perfecto.

Un músculo palpitó en la mejilla izquierda de Margret.

–Gillian. –Su voz tenía la calidad de las uñas sobre una pizarra–. ¿Tienes un minuto?

–Lo siento, Margret. Pero no. Realmente tenemos que empezar a trabajar si queremos comer temprano. ¿A lo mejor nos puedes llamar la próxima vez que quieras venir?

Sam se tuvo que morder la lengua para no reírse. Eso no tenía precio.

–Yo no…

–Eso es, Margret. No lo entiendes. Pero ese es tu problema. –Le dio un beso a Sam en la mejilla antes de enfrentar a su exsuegra–. Sam es parte de esta familia. Comparte la vida con nosotros. Los niños la quieren. Y yo la quiero. Así que, si quieres formar parte de la vida de los niños, será mejor que lo intentes mejor.

–¿Disculpa? –La expresión facial de Margret le hizo acordar a Sam al momento en que Michael había chupado un limón hacía unas semanas.

Gillian no respondió. Se limitó a mirar fijo a Margret como si la retara a decir algo más, a cruzar la línea.

Margret abrió la boca, pero no emitió palabra. Cerró los labios antes de voltearse y abandonar la cocina. Poco después, el golpe de la puerta principal hizo eco en la cocina como un disparo.

–Vaya. –Sam miró a Gillian–. Vaya, vaya, vaya.

–¿Qué? –Gillian frunció el ceño–. Estoy cansada de su comportamiento repugnante. Intentamos ser amables. Los invitamos a cenar. Varias veces. Primero, no aparecieron, y luego empezaron una pelea detrás de la otra. –La mirada obscura en el rostro de Gillian era la que reservaba para hablar de sus suegros–. Ya es suficiente. O entran en razón o no. Pero yo ya no lo intentaré más. Creo que hoy entendió que más allá del precio de los regalos, no puede ganar contra nosotras.

–¿Nosotras? –Sam se sintió llena de felicidad.

–Sí. Nosotras. Nosotras somos su familia –dijo Gillian–. No sacaré a sus abuelos de sus vidas. Pero ya no inventaré excusas para ellos.

Sam se estremeció de la emoción. Gillian había dicho "nosotras" de corazón.

–Gracias.

–No. –Gillian hizo un gesto negativo con la cabeza–. No. Gracias a ti por llegar a mi vida.

–Creo que nos encontramos mutuamente.

–Sí, creo que sí.

Gillian sintió el olor de la carne asada y el carbón cuando atravesó las puertas de cristal llevando dos recipientes de ensaladas y un plato de queso en una bandeja. La luz del atardecer se deslizaba entre las copas de los árboles y bañaba la cubierta de madera recién instalada y los nuevos muebles de teca con una luz cálida. Era un maravilloso día de mayo con una brisa ligera. Perfecto para una barbacoa en familia.

Se dirigió al sitio en que Sam y Michael estaban parados frente al grill y charlaban de la cubierta de madera perfecta que habían construido en las últimas semanas. Michael llevaba dos tiritas en los dedos, pero había salido ileso.

–Hola, linda.

Michael hizo un sonido de arcada.

Sam le sonrió.

–No veo la hora de que tengas tu primera novia.

Michael hizo una arcada.

–Jamás. Odio a las niñas.

Sam le agitó el cabello.

–Sí, bueno. Créeme… eso va a cambiar.

La mirada en su rostro le hizo acordar a Gillian a la de Margret ese día.

–¿Cuánto falta para eso? Estoy muerta de hambre. –Señaló los filetes que se cocían lentamente en el grill.

Sam bebió un sorbo de cerveza.

–Las hamburguesas ya casi están listas.

–Genial. Michael, ve a buscar a Angela, por favor.

–Está bien. –Michael dejó el vaso y se apresuró hacia el interior.

–Molestarlo cuando venga con una niña será genial. –Con un brillo en los ojos, Sam inclinó la botella y se bajó la mitad con un sorbo.

–Y yo no veo la hora de que tú le enseñes todo lo que necesite saber sobre los métodos anticonceptivos.

–¿Yo? ¿Por qué yo?

–¿Por qué no? –Gillian no pudo evitar reírse ante la expresión de pánico en el rostro de Sam–. ¿Quieres un beso?

La boca de Sam se curvó en una sonrisa lenta y satisfecha.

–Siempre.

La boca de Gillian se movió suavemente sobre la de Sam sin profundizar el contacto.

—No veo la hora de continuar lo que empezamos antes.

—Tras puertas cerradas.

—Absolutamente.

Sam se rio entre dientes.

Entre risas, Angela y Michael salieron a la cubierta.

Sam le dio otro beso en los labios a Gillian antes de recoger un plato.

—Muy bien. ¿Quién tiene hambre?

Gillian suspiró. A lo mejor su vida no se trataba de vivir felices para siempre… pero estaba cerca de ser condenadamente perfecta.

SOBRE EMMA WEIMANN

Emma Weimann supo de joven que quería ganarse la vida como escritora. Sabía exactamente cómo y dónde quería escribir los libros que pagarían por su casa en la playa y el escritorio con vista al océano.

Aunque ha tenido esos sueños durante más de treinta años, ni la casa ni el escritorio existen. Todavía. Pero se gana la vida produciendo libros, no solo como escritora sino también como editora y fundó Ylva Verlag y su firma internacional, Ylva Publishing, en el 2011 y en el 2012.

Derrota al corazón
© por Emma Weimann

ISBN: 978-3-96324-034-8

También disponible en formato electrónico.

Publicado por Ylva Publishing, entidad legal de Ylva Verlag, e.Kfr.

Ylva Verlag, e.Kfr.
Dueña: Astrid Ohletz
Am Kirschgarten 2
65830 Kriftel
Alemania

www.ylva-publishing.com

Derechos de autor © de la versión original 2014 de Ylva Publishing
(*Heart's Surrender*)

Primera edición: 2018

Créditos
Traducción: Carolina García Stroschein
Diseño de portada: Streetlight Graphics